Grayhawk & Onyx

Von Kevin Groh

Omni Legends

Grayhawk & Onyx

Outcast

Von Kevin Groh

OMNI LEGENDS

Die Deutsche Nationalbibliothek verzeichnet diese Publikation in der Deutschen Nationalbibliografie; detaillierte bibliografische Daten sind im Internet über http://dnb.dnb.de abrufbar.

Covergestaltung: Trif Bookdesign
Kartengestaltung: Illumarie (Ann-Marie Rechter)

1. Auflage, 2024

Kastanienweg 2
35321 Laubach
Hessen,Deutschland
Verlag: BoD • Books on Demand GmbH, In de Tarpen 42,
22848 Norderstedt
Druck: Libri Plureos GmbH, Friedensallee 273, 22763
Hamburg
ISBN: 978-3-7583-6306-1
admin@omni-legends.com
www.omni-legends.com

Inhaltsverzeichnis

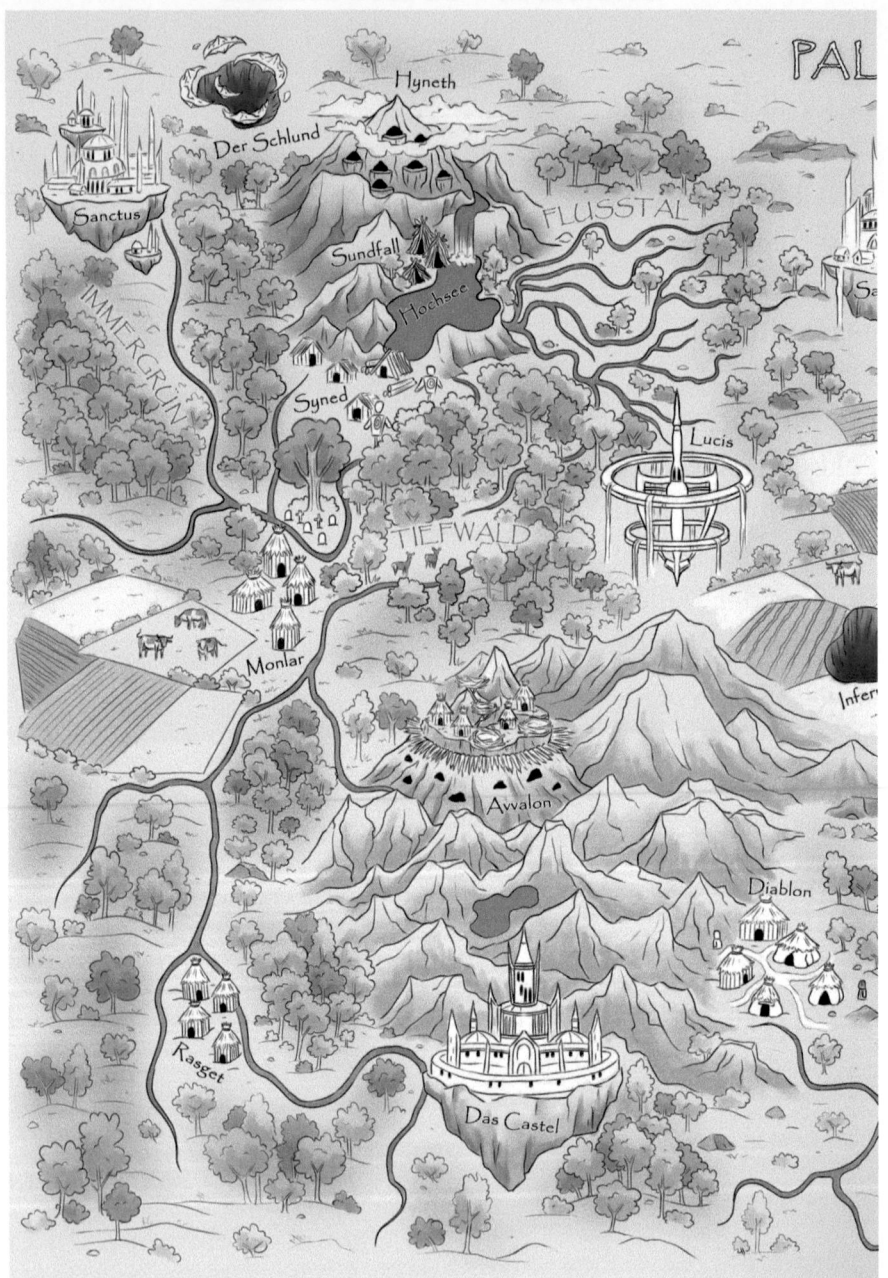

Das Volk des Steins

Endlich wieder zuhause, dachte Onyx, als er aus dem dunklen Felstunnel trat und die Stadt erblickte. Tupukah war die größte Ansiedlung seines Volkes und lag im Herzen des gewaltigen, aktiven Pahada-Vulkans im Südosten des öden Landes. Vor ihm breitete sich ein monumentaler See aus glühender Lava aus, in dessen Mitte ein flaches Plateau aus dunklem Fels emporragte, auf dem die Stadt stand. Der Qualm des flüssigen Gesteins waberte hinauf zur riesigen Öffnung weit über ihm, sodass das Tageslicht nur vereinzelt bis hinunter gelangte.

»Tut das gut, wieder hier zu sein!«, brummte Granite und blieb neben ihm stehen.

Onyx musterte ihn. Er war einer der größten und breitesten Torkan, die er je gesehen hatte. Obwohl das Steinvolk generell solide gebaut war und sich durch Kraft und Robustheit auszeichnete, war sein Kamerad Granite ein Sonderfall. Er war mehr als zwei Meter groß, seine Gliedmaßen waren breit und er wirkte beinahe kastenartig, da unter anderem sein Kopf recht kantig war. Er bestand aus hellgrauem Gestein mit schwarzer Körnung, einer besonderen Form von Granit, daher auch sein Name.

Neben ihm stand Obsidian, die trotz der nicht vorhandenen Geschlechtertrennung ihres Volkes eher weiblich aussah, da sie zierlicher geformt war und eine höhere Stimme hatte. Sie war kleiner und bestand aus dem namensgebenden schwarzen Material, dessen glatte Oberflächen oft in scharfen Kanten endeten. Ihr Kopf war schmal und ungewöhnlich rund, was unter den Torkan selten zu beobachten war. Anders als die breiten, groben Gesichtszüge Granites waren ihre eher abgerundet und hatten helle Streifen und Schlieren. Dadurch wirkte ihr Erscheinungsbild deutlicher und zeigte mehr Kontrast.

Onyx selbst bestand eigentlich gar nicht aus reinem Onyx, sondern aus einem Mischgestein, dessen raue Oberfläche dunkelgrau war und an einigen Stellen ins Schwarze überging. Er war ebenfalls breit gebaut und hatte nach oben abstehende Kanten an den Schultern. Da seine Taille schmaler war, wirkte er weniger monströs als Granite. Zudem war sein Kopf humanoid geformt und hatte auf der Oberseite grobe, unebene Enden.

Sie alle drei zählten zu den besten Kriegern ihres Volkes und waren so oft auf Reisen, dass man sie in Tupukah eher selten zu Gesicht bekam.

»Wie lange ist es jetzt her, Obsidian?«, fragte er.

Sie rieb sich das Kinn, wodurch ein schabendes Geräusch entstand. »Ein paar Monate mit Sicherheit. War das das Mal, als man uns aus der Rüttelbar geworfen hat?«

Granite kicherte tief. »Nein, das war das Mal davor. Unser letzter Besuch endete mit einer Ermahnung, weil wir mit der Siegesfeier einen Steinrutsch ausgelöst haben.«

»Wenn man nicht mal ausgiebig feiern kann, wofür kämpfen wir dann überhaupt?«, schüttelte Onyx grinsend den Kopf.

Sie spazierten gemächlich über die sich leicht schlängelnde Fels-brücke oberhalb der Lava in Richtung Stadt.

»Na weil wir diese lästigen Engel plattmachen können! Warum denn auch sonst?«, meinte Obsidian. »Diese geflügelten, selbstverliebten Wichtigtuer müssen aufs Maul kriegen.«

Granite stimmte ihr zu. »Ja, die glauben, nur weil sie in ihren tollen schwebenden Städten leben, wären sie was Besseres. Wir lassen uns nicht vorschreiben, wie wir zu leben haben. Dem nächsten dieser Bastarde, den ich in die Finger kriege, ziehe ich seine Wirbelsäule aus dem Arsch!«

Darüber musste Onyx lachen. »Das sagst du doch jedes Mal, Kumpel! Das Problem dabei ist aber, dass der Stock im Weg ist, den sie alle da drin haben.«

Je näher sie kamen, desto deutlicher konnten sie die Umrisse von Tupukah erkennen. Das Volk der Torkan zeichnete sich nicht durch Kunstfertigkeit und Detailverliebtheit aus. Die meisten ihrer Häuser waren grobe, aus dem Basalt des Vulkans errichtete Kuppeln, die eine Art Höhle bildeten. Dabei waren viele davon schief und manche sogar löchrig. Hin und wieder hörte man den Begriff Steinzelte dafür. Raumtrennung und Architektur waren ihnen fremd, denn für Dekoration oder Planung hatten sie keine Geduld. Das spiegelte sich auch in den Straßen des Ortes wieder, wo es nur sehr einfache, primitive Skulpturen und einige hastig aufgeschichtete Steinmännchen gab, um die Wege zu unterscheiden. Die Stadt war ansonsten mit Metallen verziert, darunter neben Stahl und Eisen auch Silber und an diversen Stellen sogar Gold, wobei die Muster und Formen meist grob und unscharf gehalten waren.

Da die Torkan zusätzlich zu Stein ebenfalls zu Metall eine starke Affinität hatten, war dieselbe Dekoration auch an den Bewohnern zu erkennen. Viele von ihnen trugen grobe Rüstungsteile, hatten sich Stahl- oder Silber in Körperteile geschlagen oder einfachen Schmuck daraus hergestellt. Granite hatte seine Oberschenkel mit Eisen verkleidet, während Obsidian ihre Arme, Beine und den Brustbereich mit Silberlinien verziert hatte. Onyx trug einen Schulterschutz aus Stahl mit

Dornen daran und zwei überlappende Panzerplatten, die über den Oberarm ragten.

Generell unterschieden sich die Mitglieder des Volkes der Torkan hauptsächlich durch ihren Körperbau, das Steinmaterial, aus dem sie bestanden, und die Stimme. Geschlechter im herkömmlichen Sinne hatten sie nicht, da sie sich nicht fortpflanzten. Aus diesem Grund war Körperschmuck ein wichtiger Faktor für die meisten von ihnen, um ihre Individualität zum Ausdruck zu bringen.

Die tiefgrün leuchtenden Augen vieler Anwohner musterten sie respektvoll, als die drei siegreichen Krieger durch die Straßen schlenderten. In Obsidians Gesicht zeichnete sich deutlich ab, wie sehr ihr die Ehrerbietung gefiel.

»Ist es nicht ein tolles Gefühl, wenn die einfachen Leute uns mit diesem gewissen Blick bewundern?«, fragte sie.

Granite entgegnete: »Das haben wir uns ja auch verdient. Ich meine, wer sonst sorgt hier für Frieden? Ohne uns würde doch alles im Chaos versinken.«

»Sie müssen von unserem letzten Sieg gehört haben. Da haben wir den Engeln ordentlich eingeheizt. Sowas spricht sich schnell herum. Bestimmt will uns Basaltan deshalb sehen,« vermutete Onyx.

Obsidian breitete die Arme aus und genoss die Aufmerksamkeit. »Davon kannst du ausgehen, mein Freund. Man wird schließlich nicht jeden Tag in den Felsendom gerufen.«

Dabei handelte es sich um das größte, palastähnliche Gebäude im Zentrum von Tupukah, wo das Oberhaupt des Steinvolkes residierte. Es war ein längliches Gebilde mit einem höheren, zentralen Teil, der halbwegs rechteckig aussah. Im Gegensatz zu den meisten anderen

Bauwerken der Stadt bestand der Felsendom aus hellem Stein, der aufgrund des Qualms verdunkelt worden war. Dennoch war das mit Silber überzogene Dach ein beeindruckender Anblick.

»Sieh dir das an, Onyx! Eines Tages werden wir da drin wohnen und als oberste Militärberater in Saus uns Braus leben,« schwärmte Granite und schnaufte, als der Weg leicht bergauf ging.

Der Angesprochene reagierte skeptisch. »Wir sind Krieger, keine Berater. Das Beste, auf das wir hoffen können, ist ein Posten als General. Du weißt doch, wie es immer heißt: Das gehört nicht zu unseren Aufgaben ...«, äffte er nach. »Dieses ganze aufgabenbasierte System ist doch vollkommen bescheuert!«

»Eigentlich ist es ziemlich logisch und unkompliziert,« argumentierte Obsidian. »Jeder bekommt nach der Beseelung eine feste Aufgabe zugeteilt, die er in der Gesellschaft zu erfüllen hat. Niemand muss sich mit der Entscheidung herumplagen, was er tun könnte oder möchte, sondern es ist einfach vorgegeben. Man kann sich damit abfinden und sich darauf konzentrieren.«

Onyx fand dieses Vorgehen alles andere als gut. »Das sagst du nur, weil du Kriegerin geworden bist. Stell dir vor, du müsstest dein Leben lang Häuser bauen, Glutdrachen züchten oder Beseelungsfelder bewachen. Das muss doch unfassbar langweilig sein.«

»Nach all den Kämpfen in letzter Zeit wäre in bisschen Langeweile gar nicht so verkehrt ...«, brummte Granite.

***

Am Nachmittag wurden sie im Felsendom erwartet, daher fanden sie sich rechtzeitig am Haupteingang ein. Dort standen zwei wuchtige Torkan aus hellgrauem Stein mit großen Äxten wache.

Onyx amüsierte sich darüber, wie sie den ganzen Tag nutzlos herumstanden.

Als einer von ihnen sie begrüßte, meinte er: »Die Statue hat gerade gesprochen! Habt ihr das gehört?«

Obsidian und Granite schmunzelten kurz, aber der Wachmann starrte ihn emotionslos an. »Humor gehört nicht zu deinen Aufgaben, Krieger. Glücklicherweise gehört es zu niemandes Aufgaben.«

Auf diese stoische Aussage hin verdrehte Onyx die Augen und trat kopfschüttelnd ein. Die große Halle war mit vielen dicken, unebenen Säulen gefüllt, die die Decke abstützten. Da das Steinvolk nicht über Stoffe verfügte, gab es einen Teppich aus Kupfer, der in Richtung Thron führte.

»Humor ist doch keine Aufgabe ... Man kann doch nicht ausschließlich nur seine Arbeit machen. Wir sind nicht zum Leben erweckt worden, nur um zu arbeiten,« murrte Onyx unzufrieden.

Granite entgegnete: »Wenn du den Häuptling fragst schon. Wir pflanzen uns nicht fort, also gibt es keine Familien. Welchen Lebenssinn sollten wir sonst haben, wenn nicht unsere Aufgaben?«

»Engel töten. Das macht Spaß und ist zeitgleich unsere Aufgabe. Besser hätten wir es doch gar nicht treffen können,« kommentierte Obsidian.

Die drei Krieger stampften auf dem Kupferteppich durch den großen Saal. An mehreren Stellen standen steinerne Gargoyles herum und schienen zu schlafen. Am Ende führten einige Stufen hinauf in einen länglichen Bereich, wo sich der Thron befand. Davor waren sechs Wachen pro Seite aufgereiht, die dort reglos herumstanden, während auf dem Sitz ein breit gebauter Torkan aus löchrigem Basaltgestein saß. Sein

Körper war aus unzähligen kleinen Steinbrocken geformt und das Gesicht hatte besonders viele einzelne Teile, was es grob wirken ließ. Da der Kopf wie ein umgedrehter Zylinder aussah, erinnerte er Onyx an einen sprechenden Trichter.

Die drei gingen auf ein Knie herunter und neigten die Häupter. »Du hast uns gerufen, Basaltan. Du hast uns gerufen und wir sind deinem Ruf gefolgt,« sagte Granite laut.

Obsidian fügte leise hinzu: »Nachdem wir auf dem Schlachtfeld siegreich waren, wie immer.«

Der Anführer lehnte sich leicht zurück und erwiderte mit seiner tiefen Stimme: »Ich habe von euren Leistungen während der letzten Auseinandersetzungen mit den Engeln gehört. Ihr habt euch hervorragend geschlagen. Nun brauche ich euch oben im Norden, wo sich eine weitere Schlacht abzeichnet.«

Obsidian stutzte. »Wieder ein Kampf? Wir sind seit Monaten ohne Pausen von einem Kriegsgebiet ins nächste gezogen und haben Sieg um Sieg errungen. Viele Engel sind durch unsere Hände gefallen. Wir dachten, du hättest uns gerufen, um uns zu ehren oder uns zumindest eine Pause zu gewähren.«

»Eine ... Pause? Ihr seid Krieger. Pausen gehören nicht zu euren Aufgaben. Wir haben in den letzten Jahren gesehen, welche Schäden Tupukah davongetragen hat, wenn ihr drei zu viel Freizeit hattet. Nein, ich schicke euch sofort wieder los,« stellte Basaltan klar.

»Bei allem Respekt, Häuptling, aber wir müssen uns ausruhen. Nach einer so langen Zeit ununterbrochener Kämpfe sind wir müde und erschöpft. Zumindest ein Besuch in den Teergruben sollte uns zustehen,« widersprach Onyx.

Basaltan lehnte sich vor und legte die Fäuste aneinander. »Das klingt mir sehr nach Widerstand, mein lieber Onyx. Deine persönliche Meinung zu unserer Lebensart ist mir durchaus bekannt, doch das zählt hier nicht. Ich habe deine ständige Widerspenstigkeit allmählich satt! Muss ich dich etwa daran erinnern, was mit jenen passiert, die sich nicht an meine Regeln halten? Selbst ein siegreicher Krieger wie du übersteht es nicht, wenn man ihn in den Lavasee wirft.«

Die Drohung hallte noch einen Augenblick im Raum nach, bevor Granite seine massige Hand auf Onyx' Schulter legte. »Was mein Kamerad sagen wollte, war, dass es uns eine Ehre ist, unsere Pflicht so bald wieder erfüllen zu dürfen.«

Nach einem langgezogenen, tiefen Brummen nickte Basaltan zufrieden. »Das klingt doch schon viel besser. Du solltest öfter auf deine Kameraden hören, Onyx. Sonst endest du irgendwann doch noch in der Lava.« Er lehnte sich wieder entspannt zurück. »Es gibt Anzeichen für einen bevorstehenden Angriff der Engel auf das Kargland. Die Gegend ist zwar strategisch nicht besonders wichtig für uns, aber die Nähe zur Festung Gram macht es erforderlich, unsere Präsenz dort zu halten. Ich will, dass ihr drei und einige andere Krieger einen Konvoi mit Katapulten und Steinschleudern nach Norden begleitet. So sehr ihr mir auch auf die Nerven geht, seid ihr unbestreitbar drei unserer besten Krieger. Helft General Jade dabei, dieses lästige Federvieh zurückzuschlagen. Wenn euch das gelingt, sehe ich mich vielleicht geneigt, euch Zugang zu den Teergruben zu gewähren. Und jetzt verschwindet!«

Sofort liefen sie wieder nach draußen, wo Granite Onyx an die Wand drückte. »Hast du den Verstand verloren?! Du kannst Basaltan doch nicht einfach mit Ungehorsam herausfordern! Hast du etwa vergessen, wie viele von uns er schon in den See hat werfen lassen? Ich habe keine Lust, mich aufzulösen, nur weil du unzufrieden mit deinem Leben bist!«

»Ich habe doch nur nach einer kurzen Pause gefragt! Wenn das schon als Verrat gewertet wird, läuft doch irgendwas falsch!«, protestierte Onyx.

Obsidian klopfte Granite auf den Rücken, damit er losließ. »Es ist völlig in Ordnung, wenn du mit uns über sowas redest. Natürlich läuft nicht alles super, aber gegenüber Basaltan musst du wirklich die Klappe halten. Er ist von der alten Schule und lebt seit Jahrhunderten nach den Regeln. Den wirst du nicht davon abbringen. Eher wird er dich in den See werfen, als zu riskieren, dass irgendwer sonst auf dumme Ideen kommt.«

»Ich weiß ... Es ist manchmal einfach frustrierend. Tut mir leid, dass ich euch in Gefahr gebracht habe. Danke, dass du uns den Arsch gerettet hast, Granite,« räumte Onyx ein.

Der große Torkan schubste ihn leicht. »Dir den Arsch zu retten ist meine Aufgabe. Ohne mich würdest du doch schon irgendwo in Einzelteilen herumliegen.«

»Pah! Du hast wohl einen Kiesel locker, Kumpel! Wer von uns beiden musste denn neulich aus dem Weg geschubst werden, um nicht von einem Seraphim erschossen zu werden? Ich sicher nicht!«

Obsidian kicherte. »Das hat wirklich lustig ausgesehen, wie ihr da herumgerollt seid. Vergessen wir aber mal nicht, wer euch beide gerettet hat! Ich habe diese sechsflügelige Missgeburt zerrissen, bevor sie euch abknallen konnte.«

Zankend und sich gegenseitig übertrumpfend stampften die drei Krieger vom Felsendom aus in Richtung Süden. Dort befanden sich die Waffenschmiede und Baumeister, die das Kriegsgerät für die kommende Schlacht vorbereitet hatten. Gemeinsam würden sie den langen Marsch ins Kargland antreten, wo es erneut zu einem Zusammentreffen mit dem Volk der Lüfte geben würde.

Grayhawk

Die Lichtstrahlen des Kerns weit oberhalb der Stadt waren morgens am stärksten. Sie ließen die hellen Gebäude mit den spärlichen goldenen Verzierungen erstrahlen, deren hohe, schlanke Türme hoch über den Straßen in den Himmel emporragten. Vania war eine der kleineren Himmelsstädte der Engel weit im Osten von Paldur. Sie schwebte in großer Höhe über den öden Feldern des Karglands und diente mehr als Militärstützpunkt als als normale Stadt der Cherubim. Da sich der Ort oberhalb des Gebiets der Nephilim befand, war es eher eine Kasernenstadt als ein Wohnort für Zivilisten. Entsprechend waren die Gebäude wenig kunstfertig, aber dennoch grazil, anmutig und mit viel Gold verziert, während die nicht-metallischen Fassaden hellgrau und weiß waren. Aufgrund der Nähe zu den Nephilim, die sich selbst Torkan nannten, war Vania das zweitgrößte Militärlager nach dem Castel und verfügte über zahlreiche Ringstrecken ober- und unterhalb der eigentlichen Stadt. Zudem war der Ort bekannt für seine Waffenschmieden, wo die besten Lichtlanzen hergestellt wurden. Mehr als 60% der dortigen Bevölkerung war im aktiven Militärdienst.

Dazu zählte auch Sariel, die am Fenster ihres Zimmers stand und das Treiben draußen beobachtete, während sie über all das nachdachte. Sie drehte sich um und blickte in den Spiegel neben dem Bett, wie sie es jeden Tag tat.

Er zeigte eine hochgewachsene, schlanke Frau mit ansprechenden Kurven, einer sportlichen Form und einem hübschen Gesicht, das von einer schmalen Nase, geschwungenen Lippen und ihren einzigartigen Augen geprägt wurde. Anders als bei anderen Engeln waren sie tiefblau, hatten aber vogelartige Schlitzpupillen. Ihr hellblondes, glattes Haar fiel ihr bis auf den oberen Rücken. Als sie es zu einem Pferdeschwanz bändigte, blieb sie an einem ihrer Flügel hängen, die neben ihren Augen der zweite Grund waren, weshalb sie besonders war. Anders als bei gewöhnlichen Cherubim oder Engeln waren ihre großen Schwingen nicht weiß gefiedert, sie waren hellgrau. Das lag daran, dass ihre Mutter kein Engel war, sondern eine Avianerin, ein Mitglied des Adlervolkes. Wer ihr Vater war, wusste sie nicht.

Sariel war beim Volk ihrer Mutter aufgewachsen, entschied sich aber eines Tages dafür, den Engelschören beizutreten, um die Lebensweise ihrer Vorfahren väterlicherseits kennenzulernen. Anders als die Avianer waren die Engel allerdings weit weniger nachsichtig mit Mischlingen. Sie wurde vom ersten Tag an wie eine Aussätzige behandelt. Als Halbengel war es jedoch ihr Recht, bei ihrem Volk zu leben, was sie auch stets bekräftigte. Nach vielen Jahren hatte sie sich trotz Gegenwehr und Rassismus einen mittleren Rang erarbeitet. Sie war ein Leutnant, wartete aber schon länger auf die nächste Beförderung, um endlich andere Krieger anführen zu dürfen.

Sie zog ihre Rüstung an, ein klassisches Modell der Cherubim-Truppen. Es handelte sich um eine schwere Plattenrüstung mit überlappenden Teilen, die größtenteils golden gefärbt war. Besonders die Panzerstiefel und die Armpanzerung waren aufwändig verziert und ästhetisch ansprechend. Über den Beinpanzern bis zu den Schienbeinen trug sie einen langen Rock aus weißem Stoff mit gelben Mustern darauf. Zudem hingen mehrere goldene Ketten vom Gürtel herunter und bildeten Schlaufen, in denen verschiedene Waffen eingehängt werden konnten. Zur Ausstattung gehörte auch eine weiße

Kapuze, die allerdings meist eher von den männlichen Soldaten benutzt wurde. Sie spürte lieber den Wind im Gesicht.

So gerüstet trat sie aus der Tür ihres Zimmers auf den Vorsprung davor. Nicht jeder Stadtteil war über Straßen miteinander verbunden. Manche Bereiche lagen direkt an Abgründen oder ließen bewusste Lücken, durch die man bequem zur Unterseite der Stadt gelangen konnte. Von ihrem Standort aus konnte sie weit unter sich die weitläufigen, graubraunen Konturen des nördlichen Ödlands sehen.

Sariel atmete tief und genüsslich ein, bevor sie sich in die Tiefe fallen ließ. Sofort rauschte die Luft an ihren Ohren vorbei und sie spürte den freien Fall. Nach einigen Sekunden entfaltete sie ihre Flügel und fühlte genau, wie der Wind durch die Federn fuhr und sie sich spannten. Damit fing sie den Sturz ab und nutzte die Strömung, um wieder an Höhe zu gewinnen. Dabei sah sie hinauf zum leuchtenden Kern.

Paldur war keine gewöhnliche Welt. Der Kern des Planeten war eine Energiequelle, die intensiv genug strahlte, um Leben zu ermöglichen, aber nicht so stark, dass es zu heiß wurde. Die Engel hatten den Kern mit einem mechanischen Konstrukt umschlossen, dessen Öffnungen das Licht nachts blockieren konnten. Eine massive Energieleitung war mit der Hauptstadt Lucis weiter im Westen verbunden. Die Landmassen Paldurs befanden sich auf der Innenseite des hohlen Planeten, der jedoch groß genug war, dass man beim Blick nach oben nicht die gegenüberliegende Seite der Welt sehen konnte. Während die Avianer und Nephilim ihre Ansiedlungen am Boden errichteten, hatten die Engelsvölker ihre goldenen Städte schwebend am Himmel gebaut.

Mit drei starken Flügelschlägen stieg Sariel weiter nach oben, bis sie durch eine breite, runde Öffnung glitt, die sich am Boden der großen

Kaserne befand. Dort landete sie und ging zum Speisesaal, um zu frühstücken. Dabei legte sie ihre Flügel wieder eng am Körper an, da sie trotz der breiten Türen gelegentlich daran hängenblieb.

Kaum hatte sie den Speisesaal betreten, wurde sie auch schon zur Seite gestoßen, als drei andere Cherubim an ihr vorbeigingen.

Eine von ihnen drehte sich um und sagte: »Pass auf, wo du hinläufst, Grayhawk. Hässliche Mischlinge wie du sollten sowieso nicht hier sein.«

Es war eine sehnige, dünne Frau mit dunklem Hautton, die ihr schwarzes Haar in einem Dutt trug.

»Halt einfach den Rand und verschwinde, Serenidiel!«, schnauzte ein hellhäutiger Cherubim mit Dreitagebart, muskulöser Statur und einigen Narben im Gesicht die Frau an.

Sariel sah in seine grünen Augen und meinte: »Lass gut sein, Viciodiel. Sie war schon immer ein Miststück und sie ist ja auch nicht die Einzige, die so denkt. Ich habe mich an den Spott und die Ausgrenzung gewöhnt.«

»Mag sein, dass es dich inzwischen kaltlässt, aber trotz allem sind wir Soldaten und müssen uns aufeinander verlassen können. Stattdessen verhält sie sich wie eine Jugendliche,« schüttelte er den Kopf.

Die beiden holten sich ihre Rationen und setzten sich an einen abgelegenen Tisch. Niemand wollte in ihrem Umfeld sitzen.

»Warum bleibst du eigentlich in meiner Nähe? Du bist ein vollwertiger Cherubim. Wenn du dich mit dem aussätzigen Grayhawk mit den grauen Flügeln sehen lässt, schadet das doch nur deinem Ruf,« sagte Sariel und schob sich eine Gabel Ei in den Mund.

Er kaute an einem Stück Brot. »Ich lasse mich mit dir sehen, weil du mir als Partnerin zugeteilt wurdest. Ich habe kein Problem mit dir und ich befolge Befehle. Es ist eine Schande, dass sie dich mit diesem Namen betiteln. Man könnte meinen, wir wären mit den Avianern nicht verbündet und es wäre ein Schimpfwort, einer von ihnen zu sein. Du bist ja schließlich keine Harpyie.«

»Sie behandeln mich aber, als wäre ich eine. Seit drei Jahren bin ich eine Vorzeigesoldatin und leiste mehr als viele andere hier, einschließlich die supertolle Serenidiel. Und trotzdem werde ich bei jeder Beförderung übergangen. Offenbar ist die Farbe der Flügel wichtiger als die Fähigkeiten,« murrte sie und nahm einen Schluck Wasser.

Viciodiel boxte ihr freundschaftlich gegen den Oberarm. »Das wird schon noch. Sieh nur, wie weit du schon gekommen bist! Selbst wenn es länger dauert, bin ich überzeugt, dass man mit Disziplin, Gehorsam und harter Arbeit bis ganz nach oben kommen kann.«

Sie sah ihn an und spürte, dass seine Aussage mit inneren Zweifeln verbunden war. »Du hast Sorge, dass du dich irren könntest, nicht wahr? Wenn man mich aufgrund meiner Herkunft ausbremst, welche anderen Faktoren könnten dann noch in die Entscheidungen mit einfließen?«

»Wie machst du das nur immer? Es ist unheimlich, wenn du meine Gedanken liest ...«, meinte er und schauderte.

Sie grinste. »Ich lese keine Gedanken. Ich habe lediglich ein gutes Gespür dafür, was andere in meinem Umfeld fühlen. Deshalb weiß ich auch, dass Leute wie Serenidiel sich um ihr eigenes Ansehen sorgen und andere schlecht machen, um selbst besser dazustehen. Bei dir spüre ich Zweifel, ob deine Disziplin dich wirklich bis an die Spitze bringen wird.«

»Bis hierher hat sich mich schon gebracht. Es ist noch zu früh, deswegen besorgt zu sein,« reagierte er.

Sariel stellte ihren Becher ab. »Deine Gefühle scheren sich nicht um Logik, Viciodiel. Egal wie sehr du es dir auch schönredest, diese subtile Angst davor, niemals etwas zu erreichen, wird bleiben. Du solltest sie annehmen, anstatt sie wegzuschieben. Stelle dich deiner Furcht.«

Er stand auf. »Lass uns lieber zum Parcours gehen, bevor wir wieder die Letzten sind,« wechselte er das Thema.

***

Rund um Vania befanden sich große, goldene Metallringe, die entweder mit stabilen Armen verankert waren oder frei in der Luft schwebten. Sie waren überall verteilt, sowohl unter, als auch in, neben und über der Stadt. Sie dienten den Soldaten als Übungsziele für fortgeschrittene Flugmanöver. Das Militär legte verschiedene Routen und Reihenfolgen fest, in denen die Ringe durchflogen werden sollten. Dabei ging es um Schnelligkeit, Wendigkeit und Präzision. Flügel zu haben reichte bei Weitem nicht aus, um ein guter Flieger zu sein. Da die Cherubim sich größtenteils auf den Kampf aus der Luft spezialisierten, waren die Flugfähigkeiten der Soldaten von essenzieller Bedeutung. Aus diesem Grund absolvierten sie täglich mehrere solcher Übungsflüge.

Kaum waren Sariel und Viciodiel zusammen mit einigen anderen Kameraden beim Trainingsgelände angekommen, stand auch schon eine Ausbilderin vor ihnen.

»Da seid ihr ja endlich! In euren Plänen steht für heute ein Zielübungsflug. Es geht also nicht nur darum, die Ringe schnell und in der richtigen Reihenfolge zu passieren, sondern ihr müsst nebenbei noch alle Ziele treffen, die auftauchen,« erklärte die Frau und drückte ihnen beiden eine Lichtlanze in die Hand.

Dabei handelte es sich um einen Speer mit goldenem Schaft und silberner Klinge, die in der Mitte geteilt war. Dazwischen lag eine kleine Öffnung, aus der gebündelte Lichtprojektile oder Strahlen abgefeuert werden konnten.

Da diese Art des Trainingsflugs nichts Neues für sie war, traten sie an die nächstbeste Kante und blickten auf das karge Land weit unter ihnen.

»Ich bin diese ständigen Flüge leid ... Manchmal habe ich das Gefühl, wir tun nichts anderes mehr,« beklagte sich Viciodiel.

Sariel wog die Lichtlanze in den Händen. »Ist das die gnadenlose Disziplin, von der du immer so viel erzählst?«, grinste sie ihn an und vollführte einen galanten Kopfsprung in die Tiefe.

Sie hörte, wie er ihr nachfolgte, sodass sie ihre üblichen Flugmuster durchgingen, um sich aufzuwärmen. Dabei flogen sie dicht untereinander und neigten die Flügel synchron, um sich nicht ins Gehege zu kommen. Nacheinander zogen sie sie jeweils kurz ein, um eine Fassrolle auszuführen. Dieses Manöver musste jeder von ihnen perfekt beherrschen, um schnell auszuweichen. Als Viciodiel seine Schwingen ausbreitete, um in der Luft stehenzubleiben, machte sie einen Flügelschlag und tauschte die Plätze mit ihm.

Solche einfachen Übungen begleiteten sie schon seit dem ersten Tag beim Engelscorps und waren ihnen in Fleisch und Blut übergegangen.

Auch andere Kameraden trainierten über und unter der Stadt und sie sahen sie überall fliegen und schießen.

»Sollen wir mit dem Durchlauf starten?«, fragte ihr Partner.

Anstelle einer Antwort richtete sie ihre Schwingen leicht anders aus, um nach rechts zu steuern. Der erste Ring ihres Parcours fand sich seitlich neben Vania. An diesem Tag hatte man einen der schwierigeren

Kurse für sie ausgewählt, der zum Teil zwischen den höheren Gebäuden und durch die Klüfte führte. Das störte Sariel jedoch nicht im Geringsten, da sie eine begnadete Fliegerin war.

Untereinander schossen die beiden durch den ersten goldenen Ring, der über einen starken Metallarm an der Seite einer Gebäudefassade befestigt war. Daraufhin erleuchtete er für zwei Sekunden und markierte den Beginn der Übung. Der nächste Ring leuchtete ebenfalls, damit sie ihn von Weitem sahen.

Zusätzlich zur Navigation zwischen den Wegpunkten tauchten urplötzlich leuchtende Silhouetten von Nephilim in der Luft um sie herum auf. Ein paar davon erschienen direkt vor ihnen, andere in einiger Entfernung und schwerer zu sehen. Ziel der Übung war es, alle feindlichen Objekte zu treffen und dabei nur die goldenen Lichter anzuvisieren, wobei die weißen Exemplare Zivilisten und Verbündete darstellten.

Sofort führten beide Partner eine halbe Fassrolle aus und flogen seitlich Rücken an Rücken, während sie mit den Lichtlanzen in verschiedene Richtungen feuerten. Da ihre Route abfallend war, mussten sie nur gleiten und konnten sich auf den Beschuss konzentrieren.

Das änderte sich jedoch, als sie den nächsten Ring erreichten und ihr Weg in die Stadt hineinführte. Die Ziele tauchten in engen Seitenstraßen und zwischen den Wolkenkratzern auf, sodass schlechtes Anvisieren leicht zu Schäden führen konnte.

Viciodiel wurde von einem unerwarteten Wechsel der Windrichtung überrascht und strauchelte kurz, wodurch sein Flügelschlag Sariel am Arm erwischte und sie aus der Bahn warf. Zwar konnte sie sich einen

Schuss verkneifen, doch dadurch verpassten sie ein Ziel, und ihr Partner feuerte zu hektisch, was ein Brandloch in einer Hausecke hinterließ.

»So ein Mist!«, fluchte er und beschleunigte mit zwei weiteren Flügelschlägen, während Sariel sich hochkonzentriert auf den nächsten Ring zubewegte.

Sobald sie ihn passiert hatten, führte ihr Weg senkrecht nach unten, sodass sie beide die Schwingen anlegten und in rasantem Tempo in einen Sturzflug übergingen. Dabei gelang es der erfahrenen Fliegerin, zwei Ziele mit einem Schuss zu erwischen und ein anderes mit der Spitze der Lanze direkt zu treffen.

Auch Viciodiel hatte sich wieder gefasst und kümmerte sich um zwei Lichter, jedoch spürte sie seine Enttäuschung und den Ärger auf sich selbst.

»Lass dich nicht ablenken! Fokus!«, ermahnte sie ihn über den Wind hinweg.

Nachdem sie durch den nächsten Ring gefallen waren, entfalteten sie die Flügel und nutzten den großen Schwung für einen ausgedehnten Gleitflug unterhalb der schwebenden Stadt. Wie immer auf diesem Kurs würden in Kürze viele feindliche Subjekte in schneller Abfolge erscheinen. Nur mit maximaler Präzision war dieser Abschnitt sauber zu schaffen, doch Sariel hatte das unzählige Male geübt und war bereit.

Die beiden machten zwei hastige Flügelschläge, um beim Schießen nicht durch das Abfallen behindert zu werden, und feuerten los, sobald das erste Ziel erschien.

Als eingespieltes Duo rollten sie in der Luft umeinander und trafen Ziel um Ziel. Bei dieser Art Übung waren ihre übernatürlich stark ausgeprägten Reflexe ein massiver Vorteil, da das Geschehen für sie langsamer zu sein schien als für andere.

Völlig unerwartet prallte ein Projektil gegen Sariels Brustpanzer und warf sie aus der Bahn, sodass sie mehrere Treffer vermasselte. Als sie sich nach dem Ursprung der Störung umsah, schossen Serenidiel und drei ihrer Freunde dicht an ihnen vorbei und lachten dabei hämisch.

»Dieses verdammte Miststück!«, rief sie zornig und legte auf sie an.

Viciodiel packte den Schaft und drückte ihn beiseite. »Nicht! Du darfst niemals auf ihr Niveau sinken! Das war bewusste Einmischung von ihr. Dafür wird man sie bestrafen.«

»Ach bitte! Sie wurde noch nie auch nur gerügt, wenn es um mich ging, weil selbst die hochrangigen Cherubim ein Problem mit mir haben,« knurrte sie.

»Umso mehr Grund, ihnen keine weitere Munition gegen dich zu liefern. Lass uns weitermachen. Vielleicht können wir noch was retten,« forderte er sie auf und sie kehrten zum Kurs zurück.

Ihr Weg führte steil nach oben und die Ziele dort waren schwerer zu erwischen, weil die zum Aufstieg erforderlichen Flügelschläge ruhiges Anvisieren erschwerten. Dennoch konnten sie bis zum Ende der Strecke alle übrigen Treffer problemlos landen.

Die beiden traten zur Ausbilderin, die sie mit erhobener Braue ansah. »Was ist denn passiert? Eure Zeit und die Treffsicherheit waren schon lange nicht mehr so schlecht. Und was ist das für ein Brandfleck auf deiner Rüstung, Grayhawk?«

Sariel zuckte kurz und musste sich beherrschen, wegen des gehässigen Spitznamens nicht wütend zu werden. »Wir wurden von Serenidiel bewusst behindert. Sie hat auf mich geschossen!«

Erst bemerkte sie in den Augen der höherrangigen Soldatin Ärger wegen der Einmischung, doch dann veränderte sich ihr Gesichtsausdruck zu leichter Schadenfreude, als sie sagte: »Unerwartete Störungen und Angriffe sind auch in echten Kampfsituationen eine Möglichkeit. Wenn ihr mit so etwas nicht umgehen könnt, seid ihr nicht für die Welt da draußen bereit.«

Viciodiel schlug sich mit der Faust auf die Brust. »Wir werden uns verbessern, Kommandantin.«

»Ist das dein Ernst?!«, fragte Sariel ihn. »Man sabotiert unser Training, unsere eigene Vorgesetzte lässt es durchgehen, weil sie ein Problem mit mir hat, und du neigst einfach den Kopf und sagst noch Danke?!«

»Achte auf deinen Ton, Grayhawk!«, ermahnte die Ausbilderin.

Sie trat dicht an die Frau heran und setzte ihr einen Finger auf die Brust. »Mein Name lautet Sariel!«, sagte sie zornig.

Der Gesichtsausdruck der älteren Cherubim wurde todernst, doch bevor sie etwas sagen konnte, ertönte das Alarmhorn der Stadt. Sie wirbelten herum und sahen einen Lichtstrahl aus dem Stadtzentrum, der senkrecht in den Himmel ragte – ein Sammelsignal für alle aktiven Soldaten.

Die Ausbilderin sagte: »Über dieses Verhalten reden wir noch ... Sariel. Aber jetzt folgen wir dem Ruf. Los!«

***

Gemeinsam folgten sie dem Signal zum großen Platz in der Mitte von Vania, wo sich immer mehr Cherubim in voller Ausrüstung aufstellten. Der Himmel erinnerte an einen Bienenstock, weil so viele fliegende

Wesen aus allen Richtungen kamen. Die Zivilisten, die in den Straßen ihren Geschäften nachgingen, beobachteten, was vor sich ging.

Sariel und Viciodiel landeten bei ihrem Zug, wobei Serenidiel sie schelmisch angrinste.

»Na, haben wir die Übung vergeigt?«

»Du kriegst noch, was du verdienst, Miststück!«, knurrte Sariel, wurde aber von ihrem Partner zurückgehalten, während viele andere Soldaten sie missbilligend ansahen.

»Selbstbeherrschung, Sariel! Du machst es nur immer schlimmer, wenn du jedes Mal so heftig reagierst und nicht nachdenkst!«, zischte er ihr zu.

Sie stieß seine Hand beiseite und stellte sich innerlich brodelnd neben ihm auf, um darauf zu warten, was der Grund für den Tumult war.

Nach einer Weile schwebte General Apollodiel vor ihnen in die Lüfte, sodass ihn alle sehen konnten. Er war einer der obersten Befehlshaber des Engelscorps und ein Seraphim, ein Engel mit sechs Flügeln, der auch ohne sie schweben konnte. In seiner massiven Rüstung sah er erhaben aus und seine leicht leuchtenden Hände hielten den Griff einer wuchtigen Lichtklinge. Der große Zweihänder war ein typisches Modell eines Breitschwerts mit silberner, gespaltener Klinge, die ebenso funktionierte wie eine Lichtlanze.

Mit seiner tiefen, leicht rauchigen Stimme sagte er: »Die Nephilim haben sich erneut zu weit ins Kargland gewagt. Sie wollen sich ausbreiten und ihre primitiven Katapulte aufstellen, um uns in unseren Städten bombardieren zu können. Ihre Zahl scheint unaufhörlich zu wachsen, ebenso wie ihr Drang, uns zu vernichten.«

Wütendes Gemurmel ging durch die Reihen und auch Sariel verspürte brennenden Hass gegen das Steinvolk, das immer wieder Angriffe provozierte und Engel umbrachte.

»Diesmal ist ihre Armee in großer Zahl dort versammelt. Es ist nur eine Frage der Zeit, bis sie uns attackieren, daher werden wir ihnen zuvorkommen. Gemeinsam mit den Truppen aus Sapientia werden wir ihnen entgegentreten und sie ein weiteres Mal aus der Region vertreiben!«

Im Chor stimmten die Cherubim mit einem Kampfschrei zu. Direkt im Anschluss flogen die Offiziere zu ihren Truppen und kümmerten sich um die Aufstellung für den Angriff.

Sariel konnte es kaum erwarten, in die Schlacht zu ziehen. Sie war voller Zorn über ihre Kameraden und Vorgesetzten, aber auch auf das brutale und primitive Steinvolk, das für die Notwendigkeit eines stehenden Heeres verantwortlich war. Endlich gab es wieder eine Gelegenheit, ihre aufgestaute Wut gezielt freizusetzen.

Kargland

Die Luft war erfüllt vom Gebrüll der Krieger und dem Scharren der großen Belagerungswaffen, die über den Boden gezogen wurden. Mächtige Katapulte aus Stein, die stark genug waren, um selbst die Himmelsstädte der Engel zu erreichen.

Onyx stand neben Granite auf einem Felsen und beobachtete das Treiben unter sich. Das Kargland war ein endloses, ödes Land ohne jede Flora. Es gab nur nackten Stein und Meere aus Felsbrocken, was für die Torkan ein paradiesischer Zustand war. Sie wollten dort sein langer Zeit siedeln, doch die beiden Städte Vania und Sapientia, die weit über ihnen schwebten und als goldene Punkte erkennbar waren, verhinderten das immer wieder.

Nun zogen hunderte steinerner Krieger und ebensoviele Gargoyles über das Feld, um die großen Waffen in Stellung zu bringen, die die schwebenden Städte der Engel vom Himmel holen sollten.

»Denkst du, wir treffen überhaupt irgendwas mit diesen Dingern? Die Städte sind verdammt hoch oben ...«, fragte Granite und kratzte sich schabend an der Brust.

Onyx fuhr mit den Fingern über den Kopf seines Schlachthammers aus reinem Diamant. »Schwer zu sagen, aber ich habe einige der Tests gesehen und die Teile haben ordentlich Bums. Andererseits haben wir keine Ahnung, woraus diese Städte bestehen oder was sie da oben hält.«

»Ich verstehe nicht, warum uns diese blöden Flugheinis nicht einfach in Ruhe lassen können. Die sind da oben, wir hier unten. Wozu das Kämpfen?«, überlegte Granite.

»Weil die Engel egoistische Arschlöcher sind, die nicht akzeptieren können, dass auf dieser Welt jemand lebt, der nicht vor ihnen im Staub kriecht,« kommentierte Obsidian, die zusammen mit einem Gargoyle zu ihnen stieß. »Das hier ist Venge, mein neuer, treuer Wegbegleiter. Ihr Idioten wart mir einfach nicht mehr genug,« scherzte sie.

»Du hast dir einen Gargoyle zugelegt? Du weißt doch, wie viel Dreck die machen!«, meinte Onyx belustigt.

»Nicht so viel wie Granite, wenn er seine Beine schleift,« entgegnete sie grinsend.

»Hey! Glatte Beine sind im Moment in Mode! Nur weil du aus perfekt spiegelglattem Obsidianstein bestehst, bedeutet das nicht, dass ich nicht auch gut aussehen kann,« protestierte er.

Während die beiden sich zankten, blickte Onyx wieder auf die Armee. »Wir haben nur selten so viele Truppen aufgefahren. Basaltan muss viel Vertrauen in diese neuen Katapulte haben. Er muss aber ein Narr sein, wenn er glaubt, die Engel würden uns hier nicht bemerken.«

Obsidian trat neben ihren ältesten Freund. »Ich will doch schwer hoffen, dass sie uns bemerken. Eine Schlacht dieses Ausmaßes hat es schon lange nicht mehr gegeben. Ich kann es kaum erwarten, ein paar Engeln die Flügel zu stutzen. Und ich will sehen, was Venge draufhat. Der Züchter versicherte mir, dass er ein außerordentlich zähes Exemplar ist.«

»Hätte nicht gedacht, dass du dir mal einen Gargoyle zulegst. Hast du die Viecher nicht immer gehasst?«

»Früher schon, aber inzwischen erkenne ich den Wert eines Haustiers mit scharfen Klauen, Flügeln und Giftatem. Als Krieger ist das ein ziemlicher Vorteil,« erklärte sie.

Onyx betrachtete das Wesen. Es war fast zwei Meter groß, was jedoch bei dem stark gebeugten Gang kaum zur Geltung kam. Die Haut eines Gargoyles war steinähnlich, sodass sie im Stillstand wie Statuen aussahen. Widderhörner, Knochenklingen an den Armen, Klauen und ledrige Flügel machten diese Wesen für Fleischlinge wie die Engel extrem gefährlich. Torkan waren gegen den giftigen Atem und die scharfen Klauen immun.

»Na ich hoffe mal, dein Venge ist wirklich so effektiv, wie man ihn dir angepriesen hat. Auf mich wirkt er wie jeder andere Gargoyle da unten,« meinte Granite.

Als das Wesen fauchte und mit den Krallen nach ihm schlug, packte der Hüne dessen Hand und schob sie zur Seite. Anschließend verpasste er ihm einen Schlag gegen den Kopf, woraufhin Obsidians neues Schoßtier sich brav hinsetzte.

»Du hast ein Händchen für sowas, wie es scheint,« schmunzelte sie, doch er brummte nur. Dann fragte sie Onyx: »Was meinst du, wie das hier ausgehen wird? Es fällt mir schwer, mir eine der Himmelsstädte brennend am Boden vorzustellen.«

Er stellte seinen Hammer auf den Felsboden neben sich und sah zum Himmel hinauf, wo ihm auffiel, wie sich ein ganzer Schwarm winziger Punkte in Formation auf sie zubewegte.

»Wie es aussieht, werden wir das bald herausfinden. Die Engel haben uns bemerkt und offenbar beschlossen, uns keinen Versuch unternehmen zu lassen. Das sind verdammt viele. Macht euch besser bereit für einen harten Kampf, Freunde. Selbst wenn die Katapulte funktionieren, werden wir um unser Überleben kämpfen müssen.«

***

Zusätzlich zu den vielen Engeln, die sich ihnen schnell näherten, verdunkelte sich der Himmel durch ein aufziehendes Unwetter.

Die drei Krieger standen regungslos ein Stück weiter hinten, um die Katapulte zu beschützen, während die Gargoyles und eine Menge kampferprobte Torkan die vorderen Reihen füllten. Die Generalin der Truppen war niemand anderes als Jade, die berühmte grüne Kriegerin, an der sich Obsidian seit jeher orientierte und ihr nacheiferte. Trotz ihrer schlanken Statur und der ungewöhnlichen Farbe hatte sie sich nach oben gekämpft und wurde selbst von Basaltan respektiert.

Sie stand auf einem Felsen über allen anderen und koordinierte die Aufstellung, um bestmöglich auf die herannahenden Feinde vorbereitet zu sein.

Onyx hatte die Arme verschränkt und einen Fuß auf den Kopf seines Hammers gestellt. »Gleich ist es so weit. Diese fliegenden Pisser sind fast in Reichweite für die Steinwerfer. Dann wird es lustig.«

Die anderen standen schweigend zu beiden Seiten neben ihm, während der rasselnde Atem von Venge hinter ihm zu hören war.

Obsidian hatte nie eine Waffe dabei, da die scharfkantigen Stellen ihres Körpers bereits ausreichten. Granite neigte mehr zur Nutzung seiner riesigen Fäuste, warf aber auch gern Felsbrocken. Insgesamt verwendeten recht wenige Torkan richtige Waffen, sondern verließen sich eher auf ihre naturgegebenen Fähigkeiten und Robustheit.

Sobald die ersten fliegenden Feinde über den Bodentruppen der Steinkrieger erschienen, nutzten sie ihre Kräfte der Steinmanipulation und erschufen große Steinbrocken, die sie mit ihrer Stärke nach den Angreifern schleuderten. Zeitgleich feuerten die Cherubim gebündelte

Lichtprojektile aus ihren Lanzen und Schwertern auf sie. Dadurch entstand ein dichtes Durcheinander direkt über dem Schlachtfeld.

Es dauerte nicht lange, bis auch die Gargoyles abhoben und sich auf einzelne Ziele stürzten, um sie mit den Klauen aufzuschlitzen oder mit ihrem Atem zu vergiften.

Granite fing an, riesige Steinbrocken nach oben zu schleudern, und ächzte dabei laut. Venge sauste los und packte einen Engel am Bein, um ihn zu Boden zu reißen, wo sein Kopf von Obsidian zertrampelt wurde. Als ihr Körper vom roten Blut bespritzt wurde, lachte sie hörbar auf.

Seufzend griff Onyx seinen Diamanthammer und katapultierte sich mit einem herausschnellenden Stein in die Lüfte genau zwischen die Horden der Cherubim. Dort zertrümmerte er zwei Arme, ein Bein und eine Schulter, bevor er eine Frau am Kragen packte und sie mit nach unten zog. Er schmetterte sie auf die steinige Erde, trat auf ihren Rücken und riss ihr die Flügel aus. Ihre schmerzerfüllten Schreie verebbten erst, als er es mit dem Hammer beendete.

Die Projektile der Lichtlanzen prallten gegen seinen Körper und sprengten kleine Stücke heraus, daher schuf er einen Schild aus Stein und hielt ihn vor sich. Ein Engel wollte ihn direkt angreifen, doch Granite riss ihn mit einem Wurfgeschoss aus der Flugbahn und zermalmte ihn mit bloßen Händen.

Obsidian brüllte begeistert auf, als Venge sie in die Lüfte trug und ihr ermöglichte, an seiner Klaue hängend um sich zu schlagen und zwei Cherubim mit ihren eigenen Lanzen aufzuspießen. Zeitgleich spuckte der Gargoyle Gift umher und tötete eine ganze Gruppe Engel auf einmal.

»Scheiße ist dieses Vieh heftig!«, wunderte sich Onyx und wurde von einem Lichtstrahl aus dem Weg gesprengt, der ein Katapult anvisierte.

Er krachte gegen einen spitzen Felsen und musste sich erst sammeln, bevor er wieder aufstehen konnte. Mit einem Steinbrocken in der Hand schlug er den in der Nähe schwebenden Engel zu Boden und prügelte so lange auf ihn ein, bis nur noch eine blutige Masse in einem verbeulten Metallrest übrig war. Dabei brüllte er wie ein Wahnsinniger und warf den Brocken dann in eine andere Feindesgruppe. Die Gegner waren dadurch so abgelenkt, dass Granite und Obsidian sie allesamt erledigen konnten.

Sie nutzten sämtliche Trümpfe, um die fliegenden Angreifer von den Katapulten abzuhalten, die mit dem Beschuss begannen. Zu aller Krieger Erstaunen waren sie derart machtvoll, dass die brennenden Geschosse tatsächlich meilenweit in den Himmel schossen und mit genug Zeit zum Zielen die Himmelsstadt Vania würden treffen können. Dummerweise war das den Engeln auch klar, weshalb sie sich nie lange ablenken ließen und immer wieder auf die Belagerungswaffen zustürmten.

Jade kämpfte persönlich mit und riss Dutzende Feinde zu Boden oder traf sie mit ihren berühmten Jadesplittern, die sie wie Messer werfen konnte. Dennoch wurden mehr und mehr der Katapulte zerstört.

Obsidian ließ sich vom Kampfrausch erfassen und immer weiter wegtreiben. Granite hielt derweil einen ganzen Zug der Cherubim nahezu im Alleingang auf Abstand, indem er wie ein Irrer herumbrüllte und in schneller Abfolge Felsen um sich warf.

Das alles beobachtete Onyx, während er sich wiederholt selbst nach oben katapultierte und seinen Diamanthammer effektiv gegen jeden Engel führte, der ihm zu nahe kam. Er packte eine Lichtlanze und schwang sich daran hoch, um den Hammerkopf ins Gesicht einer Frau krachen zu lassen. Er benutzte ihre herabfallende Leiche als Trittbrett, um auf dem Rücken eines anderen Feindes zu landen, der ihn abzuwerfen versuchte. Bevor es ihm jedoch gelang, brach Onyx sein Genick mit einem lauten Knacken und ließ sich auf eine Frau fallen, die dadurch zerquetscht wurde. Ihre Lanze warf er zielsicher in den Hals eines weiteren Gegners.

Während sie kämpften, wurde das Unwetter zusehends heftiger und die dunklen Wolken rumorten hörbar. Regen fiel herunter und machte das Schlachtfeld nass und schlammig, was den Torkan gut gefiel.

Obsidian rutschte auf Ascheschlamm an zwei Engeln vorbei und schlitzte ihnen mit den scharfkantigen Stellen ihrer Unterarme die Hälse auf. »Kommt nur her, ihr nutzloses Federvieh!«

Derweil gebrauchte Granite seine immense Stärke, um die Rüstungen der Cherubim einzudellen, zu verbiegen oder ganz abzureißen, um sie verwundbar zu machen. Venge nutzte diesen Zustand aus, um ihnen den Rest zu geben.

Mit dem Hammer in der Hand wirbelte Onyx um eines der letzten Katapulte herum und erschlug jeden Feind, der es wagte, sich zu nähern.

***

Sariel flog mit der Nachhut aus Sapientia in die Schlacht. Wie üblich hatte man sie bewusst der unbedeutendsten Einheit zugeteilt, doch das würde sie nicht daran hindern, im Kampf ihr Bestes zu geben und möglichst viele Nephilim zu erledigen. Der Flug in Formation war stets ein erhebendes Gefühl für sie. Jeder einzelne Engel war Teil eines größeren Ganzen. Mit Bedacht richtete sie ihre Flügel im Wind so aus, dass sie ihre Position innerhalb des Zugs beibehielt und immer neben Viciodiel blieb.

»Da unten scheint es ziemlich heftig zu sein! Sieht aus, als würden sich die Steinleute mit aller Kraft wehren!«, rief er über den Wind hinweg.

»Selbst schuld, wenn sie glauben, unsere Städte angreifen zu können!«, entgegnete die temperamentvolle Kriegerin und hielt ihre Lichtlanze fester.

Der Wind peitschte ihnen um die Ohren, da sich der Sturm immer schneller zusammenbraute und der erste Donner zu hören war.

»Die haben sich einen schlechten Tag für ihre Belagerung ausgesucht!«, grinste Viciodiel.

Sie erreichten das Schlachtfeld und der Kampfeslärm tobte unter ihnen. Anstatt jedoch direkt auf den Feind niederzuschlagen, hielt Sariel auf die Katapulte zu, die dringend zerstört werden mussten. Bevor sie allerdings in die Nähe kam, erwischte sie ein großer Felsbrocken und riss sie davon. Orientierungslos schlingerte sie in Richtung Boden und konnte sich gerade noch rechtzeitig abfangen, um sich nicht sämtliche Knochen beim Aufprall zu brechen.

Mithilfe der Lichtlanze richtete sich auf, musste aber sofort einem weiteren Wurfgeschoss ausweichen, das von einem besonders breiten Nephilim geworfen wurde. Mit wirbelnder Lanze wehrte sie zwei grobe Steinkeulen ab und schoss einem Feind ein Loch in den Kopf. Als sich zwei kleinere Gegner von hinten näherten, drehte sie sich um und riss die Flügel seitlich nach oben, um sie mit einem Windstoß davon zu schleudern, woraufhin Viciodiel sie beide durchlöcherte. Ohne Zeit zu verlieren, fokussierte Sariel den Werfer und entging dem dritten Wurfgeschoss mit einem schnellen Flügelschlag.

»Stirb, Engel! Stirb!«, brüllte das primitive Wesen, doch sie blieb unbeeindruckt.

Ihre extrem flinken Reflexe machten es ihm unmöglich, sie zu treffen, sodass sie jedem Versuch auswich.

Seine riesige Faust kam immer wieder schnell auf sie zu, doch sie vollführte galante Seitschritte, duckte sich oder zog die Flügel ein. Mit einer Schwinge schlug sie ihm in einer Drehung gegen den Kopf, damit er kurz die Orientierung verlor. Diesen Moment nutzte sie aus, um ihm die Lanze durch die Brust zu rammen. Ein einzelner Schuss riss ihm den Arm weg und er fiel auf den Rücken. Mit einem weiteren mächtigen Flügelschlag flog er über den unebenen Boden schabend davon.

Von ihrem Sieg im Duell berauscht, achtete sie nicht auf ihre Umgebung und bekam einen direkten Treffer gegen die Brustplatte, woraufhin ihre Rüstung dort eingedellt wurde. Sie spürte sofort den Druck und den Schmerz, wo das Metall sich in ihre Brust drückte und die Atmung erschwerte.

Bevor der Angreifer ihr zu nahe kommen konnte, schlug Viciodiel ihm im Sturzflug den Kopf ab und trat ihn gegen einen Gargoyle, der wiederum beim Absturz drei Nephilim umkegelte.

»Alles klar?«, fragte ihr Partner nach der Landung.

Sie keuchte angestrengt. »Wird schon gehen ... Muss es.«

Die beiden beobachteten, wie eine schlankere Gegnerin aus schwarzem Material Seite an Seite mit einem Gargoyle kämpfte und die Cherubim mit ihren scharfkantigen Unterarmen aufschlitzte.

»Da sollten wir was tun,« meinte Viciodiel und legte seine Waffe an, um zu schießen.

Er verfehlte sein Ziel, weil der Gargoyle genau in dem Moment zur Seite sprang. Der Schuss lockte die beiden Feinde an, sodass Sariel sich bereitmachte.

Sie schnellte in die Höhe und machte zwei starke Flügelschläge, um die primitive Kreatur zu motivieren, ihr in die Luft zu folgen. Genau das tat sie auch, während Viciodiel sich dem schwarzen Nephilim im Nahkampf stellte.

Der Gargoyle hieb mit den Klauen nach ihr und sie wich geschickt aus, konnte jedoch selbst ebenfalls keinen guten Treffer mit der Lanze landen. Nach einer gescheiterten Luftrolle musste sie beide Hände des Wesens mit ihrer Waffe parieren. Die Kreatur kam mit dem Kopf nah an ihr Gesicht und fletschte die Zähne mit rasselndem Knurren.

»Bist du hässlich!«, knurrte Sariel angestrengt.

Als der Gargoyle das Maul öffnete, um seinen giftigen Atem auszustoßen, legte sie blitzschnell die Flügel an und schwang sich über den Kopf des Wesens hinweg, um ihm einen Tritt in den Rücken zu versetzen. Diese Technik war hilfreich, jedoch fand sie sich schnell in einer ganz ähnlichen Parade wieder.

Viciodiel behauptete sich indes mit vielen eingeübten Bewegungen und seiner unnachgiebigen Disziplin gegen den schwarzen Nephilim. Es sah jedoch so aus, als wäre ihm die Steinkreatur überlegen.

Sariel musste aktiv werden und ihm helfen. Mit einer schnellen Abfolge von Schlägen und Tritten mit ihren gepanzerten Fäusten, Stiefeln und Knien konnte sie den Gargoyle zurückdrängen und ihr Gewicht nutzen, um ihn mit einem Wurf hart auf den Boden zu schmettern. Anstatt jedoch nachzusetzen, lächelte sie, als sie spürte, wie sich in den Wolken über ihr die elektrische Spannung sammelte.

Überall auf dem Schlachtfeld nutzten die Cherubim die natürliche Affinität ihrer Art zu Luft und Blitzen, um diese als Waffe einzusetzen. Auch Sariel hob die Lanze senkrecht gen Himmel und spürte, wie ein mächtiger Blitzschlag auf sie zu schnellte. Mit nach unten gerichteter Spitze leitete sie die vernichtende Energie auf den schwarzen Nephilim und sprengte ihn mitsamt einem Teil des Bodens davon. Ob das Wesen tot war oder nicht, konnte sie von oben nicht sagen, aber zumindest stellte es keine akute Gefahr mehr dar.

Viciodiel sah zu ihr hinauf und nickte ihr erleichtert zu, bevor er sich selbst wieder in die Lüfte aufmachte und die nächste Feindesgruppe ins Visier nahm.

Mit einer Abfolge von Drehungen in der Luft näherte sich Sariel wie ein wirbelndes Projektil dem Boden und sprengte bei der Landung eine ganze Reihe Gegner aus dem Weg. In einer nahtlosen Bewegung schoss sie einen Lichtstrahl aus der Lanze und durchschnitt die Körper einiger weiterer Nephilim, wobei sie unbeabsichtigt beinahe Serenidiel erwischte, die dahinter kämpfte.

Die streng aussehende Cherubim funkelte sie finster an und flog dann davon, doch Sariel hatte nun keine Zeit, sich darüber Gedanken zu machen. Stattdessen visierte sie eines der letzten Katapulte an, die noch aktiv waren.

Eine kleine Gruppe von Feinden schützte die Belagerungswaffe noch immer tapfer und besiegte eine Menge kampferprobter Krieger, was sie verwunderte. Sie flog auf das Gedränge zu und landete in der Nähe, da sie sonst von den Leichen dreier Kameraden aus der Luft geholt worden wäre.

Schwer atmend, weil ihre Rüstung beschädigt war, sah sie den Ursprung der Probleme dort. Es war ein dunkler Nephilim mit einem Schlachthammer aus Diamant, der sich immer wieder in die Luft katapultierte, um seine Feinde zu Boden zu reißen. Er wusste mit seiner Waffe hervorragend umzugehen.

***

Drei weitere Engel flogen tot davon, nachdem Onyx sie mit einem gedrehten Hammerschlag erwischt hatte. Trotz ihrer Flugkünste waren die Cherubim in der Luft leichte Ziele.

Er landete mit einem dumpfen Aufschlag wieder vor dem Katapult, musste aber die Arme vor das Gesicht reißen, als zwei seiner Kameraden ihm als Steinreste gegen den Körper prasselten. Sobald er nach dem Grund für das Ereignis suchte, bemerkte er einen weiblichen Engel mit grauen Flügeln, eingedellter Rüstung und voller Blut ihrer toten Leute. Ihr Blick war hasserfüllt, als sie ihn ansah. Denselben Hass trug er ebenfalls in sich, daher wartete er nicht erst auf eine Einladung, sondern stampfte mit erhobener Waffe auf sie zu.

Sie riss ihre Lichtlanze nach oben und feuerte einen Blitz auf ihn, doch er hielt den Hammerkopf vor sich und lenkte den Schlag auf eine Gruppe Engel um. Das tötete sie zwar nicht, aber sie wurden in alle Richtungen gesprengt.

Ohne zu warten, schlug er mit dem Hammer nach ihr und setzte mehrmals nach, weil sie auswich oder konterte. Es erstaunte ihn, wie schnell sie war. Sie hieb ihrerseits nach ihm und er parierte den Angriff und nutzte die Position, um den Diamanthammer am Schaft der goldenen Waffe entlang zu schieben und ihr gegen den Kopf zu schlagen. Es gelang ihm jedoch nicht, viel Kraft in den Angriff zu legen, sodass sie zurücktaumelte, sich umdrehte und die Flügel mit einem Ruck ausbreitete. Der entstehende Windstoß riss ihn von den Füßen und er krachte erst auf den Rücken und dann auf den Bauch. Mit einer Hand krallte er sich am Boden fest, weil sie den Wind mit Flügelschlägen aufrechterhielt.

Da sich inzwischen wieder andere Angreifer dem Katapult näherten, hatte Onyx keine Zeit zu verlieren. Er schrie auf und schleuderte seinen Hammer genau zwischen ihre Flügel gegen den Rücken. Der Treffer warf sie um und er rappelte sich auf, um ihr den finalen Stoß zu versetzen. Sie war jedoch zu flink.

Sie sprang über ihn und revanchierte sich mit gleicher Münze, indem sie ihm die eigene Waffe ins Kreuz schmetterte. Er fiel vornüber und rollte aus dem Weg, bevor sie seinen Kopf in Kiesel verwandeln konnte. Mit einem Ruck ließ er sich von einem Stein in die Luft werfen und riss ihr dabei seinen Hammer aus der Hand. Sie wurde mit in die Höhe gerissen, aber er knallte ihr seinen Fuß ins Gesicht und schickte sie mit hoher Geschwindigkeit in Richtung Steinboden.

Mit dem Diamanthammer über dem Kopf rauschte Onyx hinterher und wollte sie zerschmettern, doch sie hatte ihre Lichtlanze aufgehoben und trennte mit einem Lichtstrahl seinen Waffenarm ab. Überrascht krachte er ungebremst auf den Boden und musste erneut aus dem Weg rollen, damit seinem Kopf nicht dasselbe passierte.

In den Augen der Engelsfrau stand der blanke Hass geschrieben, als sie zum letzten Stoß ansetzte.

Schnell nutzte Onyx eine der Gaben seines Volkes und grub sich innerhalb eines Atemzugs in den Schoß der Erde hinein. Selbst mit nur einem Arm konnte er sich durch den steinigen Erdboden graben wie ein

Schwimmer im Wasser. Jede Vibration im Boden half ihm bei der Orientierung, sodass er genau wusste, wo die Frau gerade stand. Sie visierte das Katapult an. Das würde sie genug ablenken, damit er sie erwischen konnte.

Während er sich rapide näherte, sammelten sich die Steine im Umfeld und bildeten seinen verlorenen Arm nach. Als er aus dem Boden schoss, fand seine Faust zielsicher das Gesicht seiner Gegnerin, die zurückgeworfen wurde, wobei sie jedoch aufgrund unerklärlich schneller Reflexe den Kopf zurückgezogen hatte, um das Schlimmste zu verhindern. Dennoch lief ihr Blut über die Stirn und Wange und verfärbte auch ihr hellblondes Haar.

Onyx starrte sie zornig an und hob seinen Hammer auf. »Das ist mein Katapult! Verschwinde!«

Sie antwortete nicht, sondern ging direkt wieder zum Angriff über, sodass sie sich eine heftige Abfolge von Schlägen und Kontern lieferten. Keiner von beiden schenkte dem anderen das Geringste und jeder von ihnen musste einige Treffer einstecken. Teile seines Körpers brachen dabei ab und flogen davon, während ihre Rüstung immer stärker verbeult wurde.

Die anderen Torkan hatten die Belagerungswaffe bislang erfolgreich gegen die Engel verteidigt, doch in diesem Moment tauchte ein Seraphim über ihnen auf und richtete ein großes Schwert darauf. Mit einem gleißend hellen Lichtblitz explodierte das Katapult und riss alle umstehenden Personen davon.

Um sich selbst drehend und völlig orientierungslos krachte Onyx in einen Steinhaufen, der einst ein Kamerad gewesen war. Er kämpfte sich wieder auf die Beine und suchte seine Feindin, doch Jade brüllte von einem nahen Felsvorsprung aus, dass sie den Rückzug antreten sollten.

Mit einem zornerfüllten Schrei entdeckte er die Cherubim mit den grauen Flügeln in der Nähe, doch die Torkan folgten dem Befehl und bewegten sich rückwärts und nach Südosten in Richtung Festung Gram. Selbst wenn er wollte, könnte er den Kampf nicht beenden, da er nicht allein gegen all die Engel antreten konnte.

Keuchend und zornig brummte er: »Wir sehen uns wieder ... grauer Engel.«

Gerechter Zorn

Auf dem Rückflug vom Schlachtfeld musste Viciodiel Sariel stützen, weil ihre Rüstung so stark beschädigt war, dass sie ihre Flügel nicht richtig bewegen konnte.

»Ich hasse diese Plattenrüstungen! Gehen viel zu leicht kaputt und machen uns langsam und unbeweglich ...«

»Ohne sie würdest du jetzt aber sicher nicht mehr atmen, wenn ich mir die Dellen so ansehe,« erwiderte ihr Partner, der aus einer Wunde am Kinn blutete.

Auch sie selbst hatte diverse Prellungen, Quetschungen und Blutergüsse, darunter ein blaues Auge. »Dieser eine Nephilim mit dem Diamanthammer war stärker als alle anderen, denen ich bisher begegnet bin. Er kämpfte mit einer Verbissenheit, die ich sonst nur von mir selbst kenne.«

»Aus deinem Mund will das was heißen. Die anderen würden es sicher nie zugeben, aber du bist eine der besten Kämpferinnen, die wir haben. So schnell und gleichzeitig präzise ist sonst niemand,« lobte er sie.

Sie blickte auf das Kargland unter ihnen. »Eine Schande, dass wir sie nicht verfolgen. Wieso lässt Apollodiel zu, dass sie sich in ihre Festung zurückziehen? So wird dieser Krieg niemals enden.«

Viciodiel verzog kurz das Gesicht. »Ich maße mir nicht an, die Beweggründe und Taktiken des obersten Generals zu kennen. Wir haben sie zurückgeschlagen und alle ihre Katapulte zerstört. Das sollte sie eine ganze Weile aufhalten.«

Sie sah nach oben und bemerkte, dass sie Vania bereits weit hinter sich gelassen hatten.

»Wo fliegen wir hin?«

Er antwortete: »Die siegreichen Truppen sammeln sich in Sapientia für ein Festgelage. Wir haben da unten viele gute Leute verloren. Es wird Tage dauern, ihnen allen eine angemessene Ehrung zuteilwerden zu lassen. Außerdem gibt es nach solchen Schlachten meistens einen Haufen Beförderungen und Dankesreden. Vielleicht taucht sogar einer der Erzengel auf, wer weiß?«

»Du gibst viel zu viel auf den Engelsrat, Viciodiel. Die hocken doch immer nur in ihrem Palast in der goldenen Stadt und blicken auf den Rest der Welt hinunter, als wären sie Götter. Erst wenn sie an unserer Seite stehen und selbst eine Waffe führen, haben sie sich meinen Respekt verdient.«

Darauf erwiderte ihr Partner nichts, denn diese Diskussion hatten sie schon viel zu oft geführt.

***

Anders als Vania war Sapientia nicht nur eine Stadt des Militärs, sondern es gab eine wesentlich größere Innenstadt, in der zahllose Zivilisten lebten. Weder Ringe noch weitläufige Übungsplätze gab es dort, allerdings stand die Kaserne der in Vania in nichts nach. Auch gab es in dieser Stadt ebenso hervorragende Schmieden, jedoch waren sie auf Rüstungen spezialisiert. Was die Bauweise der Gebäude und die Aussparungen am Boden anging, glichen sich die beiden Orte völlig. Ein paar der höchsten Türme ragten weitaus höher in den Himmel als alle Bauten weiter im Osten, doch aufgrund der fehlenden Ringe wirkte Sapientia weniger interessant und eher gewöhnlich.

Sariel war schon oft dort gewesen, da sie im Rahmen der Ausbildung in den meisten Städten Wachdienst hatte schieben müssen.

Sobald sie gelandet waren, hatten die Soldaten zunächst einige Stunden Zeit, um Wunden zu versorgen und Ausrüstung in Ordnung zu bringen. So konnten die beiden einen Heiler aufsuchen, um die offenen Verletzungen behandeln zu lassen.

Bevor sie jedoch irgendetwas anderes tat, ließ sie sich von Viciodiel dabei helfen, ihren Oberkörper von den verbeulten Rüstungsteilen zu befreien. Da einige scharfe Kanten ihr Hemd aufgeschnitten hatten, waren ihre Brüste teilweise zu sehen, was ihrem Partner sichtlich unangenehm war, als er sich abmühte, den Brustpanzer zu entfernen.

»Was stellst du dich denn so an? Hast du noch nie eine Frau nackt gesehen? Ich kriege das verdammte Ding ohne dich nicht ab, also reiß dich mal zusammen, in Ordnung?«, tadelte sie ihn, als er den Blick abwendete.

»Ich versuche nur, den gebührenden Anstand zu wahren, Sariel. Wir sind nur als Soldaten Partner, nicht privat,« beharrte er.

»Du sollst ja nicht dein Gesicht reindrücken, sondern die Rüstung zurechtbiegen, bis sie abgeht,« sagte sie genervt, da sie kein Problem damit hatte, dass er sie so sehen konnte.

Nach einer kurzen Diskussion seufzte er und machte sich weiter an den störrischen Verschlüssen zu schaffen, bis es ihnen in einem gemeinsamen Kraftakt gelang, Brust- und Rückenpanzer zu öffnen. Anschließend holte er eine Heilerin herein, die sich die Schnittwunden an der Brust und die vielen Prellungen ansah.

»Da hat es dich aber ordentlich erwischt ... Die Schnitte kann ich mit einer Salbe und Verbänden behandeln, aber mehr als kühlende

Umschläge kann ich dir bei den Blutergüssen und Quetschungen nicht bieten. Du wirst die nächsten Tage einige Schmerzen haben, doch es ist zumindest nichts gebrochen. Das wird wieder,« sagte die Cherubim und lächelte sie ermutigend an.

»Danke,«entgegnete Sariel und zog sich ein frisches Hemd an, bevor Viciodiel wieder den Raum betrat. Sie legten beide ihre Rüstungen ab, deren restliche Teile ebenfalls Schrammen und leichte Beulen abbekommen hatten.

»Wir sollten die Stücke zur Schmiede bringen und uns Ersatz besorgen, bevor die offizielle Siegesfeier beginnt. Wenn wir da in zivil auftauchen, gibt es wieder unnötig Ärger,« meinte er.

***

Tatsächlich erfuhren sie, dass die Veranstaltung keine Rüstungen erforderte, sondern lediglich eine Uniform benötigt wurde. Daher kleideten sich die beiden entsprechend und machten sich anschließend auf den Weg zur großen Halle im Stadtzentrum, wo sich unter anderem auch Zivilisten versammeln konnten, um den Gefallenen die letzte Ehre zu erweisen.

Während Sariel und Viciodiel zu Fuß in Richtung Zentrum gingen, redeten sie. Unterwegs beobachteten sie, wie Engelskinder spielend durch die Luft tollten und ihre Eltern aufmerksam in der Nähe liefen. Auch Pärchen mit Einkaufskörben und einsame Fußgänger kamen an ihnen vorbei. Das Leben an diesem Ort verlief in geregelten Bahnen, was sie als Soldaten nur selten wirklich wahrnahmen.

»Ich habe so gar kein Bedürfnis, an dieser Feier teilzunehmen ...«, murrte sie.

Er hob die Brauen. »Oh Wunder. Du warst noch nie ein großer Fan von Festen oder Engelsansammlungen.«

»Wundert dich das denn? Wenn man als einzige Person graue Flügel hat, wird man ständig angestarrt wie ein Alien. Als ich neu beim Militär war, kamen noch viele Leute auf mich zu, weil sie neugierig waren. Irgendwann wurde dann Abscheu daraus und inzwischen ist es eine Art stillschweigendes Verurteilen. Ich fühle mich die ganze Zeit über beobachtet und fast schon misshandelt.«

Er kratzte sich am Kopf. »Du hast da heute eine ziemlich beeindruckende Leistung abgeliefert. Viele Kameraden haben gesehen, wie du einen Nephilim nach dem anderen erledigt hast. Zumindest diese Tatsache müssen sie respektieren.«

Sie kicherte leise über seine Naivität. »Werden sie nicht. Selbst wenn ich Jade höchstpersönlich in Ketten her schleifen würde, wäre die Rede von Glück oder Zufall. Es darf einfach nicht sein, dass die andersartige Missgeburt irgendetwas besser macht als die Reinblüter.« Während sie das sagte, fielen bereits die ersten missbilligenden Blicke auf sie. »Siehst du? Ich muss nur hier entlanglaufen, damit sie sich die Mäuler zerreißen. Ich frage mich manchmal, ob es sie sogar mehr verärgert, dass ich mich ganz gut schlage. Vielleicht wären sie zufriedener, wenn ich eine unfähige Närrin oder eine Kriminelle wäre, weil es besser zu meiner Flügelfarbe passen würde.«

Viciodiel seufzte, als er einige tuschelnde Frauen mit einem Kopfschütteln bedachte. »Warum tust du dir das eigentlich schon so lange an, Sariel? Es ist ja nicht so, als wäre die Meinung der Leute erst vor ein paar Monaten umgeschwungen. Seit deinem ersten Tag hier wurdest du so behandelt. Welchen Grund könntest du haben, diese ständigen Anfeindungen auf dich zu nehmen? Ebenso gut könntest du einfach zu den Avianern gehen und bei ihnen leben. Das wäre sogar ungefährlicher.«

Sie nickte. »Könnte ich wohl, aber meine Mutter sagte mir einst, dass ich das Engelsvolk kennenlernen muss. Ich sollte kämpfen lernen und meinen Weg in dieser Welt finden, weil mein Vater mich aus einem bestimmten Grund gezeugt hat. Offenbar habe ich eine Art Bestimmung zu erfüllen.«

»Sagtest du nicht, du kennst deinen Vater gar nicht? Wieso also interessiert dich, was er will oder nicht will?«, hakte Viciodiel nach.

»Es stimmt, ich weiß nicht, wer er ist oder war. Das ist auch gar nicht der Grund. Ich habe meine Jugend beim Adlervolk verbracht. Es war eine schöne Zeit, aber auch ziemlich langweilig. Abgesehen davon stehe ich nicht auf am ganzen Körper gefiederte Männer mit Schnäbeln. Es hat also verschiedene Vorzüge, beim Engelscorps zu sein,« meinte sie mit schelmischem Zwinkern.

»Wieso glaubst du, ein Cherubim würde sich für dich interessieren, wenn sie alle damit beschäftigt sind, über dich herzuziehen? Niemand würde riskieren, Nachwuchs mit Adlerschwingen zu zeugen,« kam es von ihrem Partner, der jedoch sofort zu bemerken schien, wie gefühllos seine Aussage war. »Es tut mir leid! Das klang härter, als ich es beabsichtigt hatte.«

»Schon in Ordnung. Natürlich will mich kein aufrechter Cherubim als feste Partnerin, aber die Neugier, ob der Freak mit den grauen Flügeln auch in anderen Bereichen ein Freak ist, hat mir schon viele spaßige Nächte beschert,« grinste sie. »Ich hoffe einfach, dass ich mit steigendem Rang immer weniger nach der Farbe meiner Federn und dafür mehr nach meinen Leistungen beurteilt werde.«

»Das kann man nur hoffen,« erwiderte ihr Partner.

***

Die große Halle von Sapientia war ein einziger, gigantischer Raum mit hoher Decke und hunderten Tischen voller Speisen und Getränke, wo sich die vom Kampf müden Soldaten stärken konnten.

Der Katapultbeschuss auf Vania hatte überraschenderweise einige Gebäude leicht beschädigt, sodass die Kaserne dort vorsichtshalber geräumt wurde. Daher war das Militär beider Städte in der Halle versammelt.

Apollodiel schwebte am Ende des Raums und sagte laut: »Heute haben wir einen weiteren großen Sieg davongetragen! Seit Jahrzehnten stellen die Nephilim ein wachsendes Problem für uns dar, während sich die Avianer weiterhin auf Neutralität berufen und die widerlichen Harpyien keinen Finger krümmen, um uns zu helfen. Wir allein sind der Schutz dieser Welt gegen die primitiven Steinköpfe. Doch nun ist es ihnen zum ersten Mal gelungen, eine unserer Städte anzugreifen. Sie werden mutiger und klüger. Mit jeder Schlacht lernen sie mehr über uns und nutzen dieses Wissen beim nächsten Mal gegen uns.«

»Könnte daran liegen, dass wir zu arrogant sind, um unsererseits etwas über sie zu lernen ...«, brummte Sariel, die allein am Tisch saß und eine eigene Weinkaraffe samt Kelch für sich hatte.

»Seit Monaten versuche ich, den Rat davon zu überzeugen, dass es an der Zeit ist, die Festung Gram anzugreifen und in die Offensive zu gehen. Vielleicht wird der Schaden in Vania sie endlich zum Einlenken bewegen.«

Ein zustimmendes, unzufriedenes Raunen ging durch die Halle.

»Die unangenehmen Tatsachen sollen uns jedoch nicht davon ablenken, welche großen Taten all jene vollbracht haben, die heute auf den Feldern des Karglands für unser Volk gekämpft haben. Viele tapfere Krieger haben ihr Leben gegeben, damit der Rest von uns weiterhin Frieden genießen kann,« verkündete er stolz.

Sariel verzog das Gesicht. »Monatliche Auseinandersetzungen sind ja ein toller Frieden ...«

Der durchdringende, ermahnende Blick des Seraphim traf sie, als hätte er sie gehört.

Während der folgenden beiden Stunden wurden die Namen all derer verlesen, die an diesem Tag gefallen waren. Da man die Leichen noch nicht alle geborgen hatte, blieb es bei dieser Form der Ehrung.

Nachdem die Stimmung aufgrund der vielen Toten merklich abgefallen war, sagte Apollodiel: »Nicht nur die verehrten Gefallenen sollen hier und heute Lob erhalten. Auch all jene, die hier unter uns sind, haben sich tapfer geschlagen und uns den Sieg geholt. Viele sind verwundet, doch die Narben werden euch stets mit Stolz daran erinnern, was ihr getan habt. Wir sind hier, um den Sieg zu feiern und darauf anzustoßen, dass wir auch in Zukunft siegreich bleiben werden.«

Die Menge jubelte und begann damit, ausgelassen zu trinken und zu feiern. Viciodiel war schnell betrunken und grölte mit einigen seiner Freunde in der Nähe, während Sariel an ihrem Tisch blieb und für sich allein trank.

Früher hatte sie deswegen Traurigkeit verspürt, doch obwohl sie auch jetzt noch immer eine gewisse Niedergeschlagenheit wahrnahm, war sie eher froh darüber, dass man sie ignorierte. Im betrunkenen Zustand konnten viele der intoleranteren Cherubim aggressiv und widerlich werden. Mehr als einmal musste sie sich plumpen Anmachen, Anfeindungen und Beleidigungen erwehren. Manchmal bekam sie sogar Wein ab, wenn jemand völlig die Beherrschung verlor. Seither hatte sie sich angewöhnt, ihre Flügel möglichst dicht zusammenzufalten und mit dem Rücken zu einer Wand zu sitzen, sodass sie nicht auffiel.

An diesem Abend hatte sie damit jedoch kein Glück, denn Serenidiel schien speziell nach ihr zu suchen. Sie blieb mit vier ihrer Kameraden vor Sariels Tisch stehen. Anders als die anderen wirkte sie nicht betrunken.

»Du hast in der Schlacht auf mich geschossen, du verdammtes Dreckstück!«

Sie blieb gelassen. »Erstens kann man im Chaos einer tobenden Schlacht unmöglich alles im Auge behalten. Ich hatte dich nicht gesehen und habe mein Möglichstes getan, den Strahl weg zu lenken, als ich dich bemerkt habe. Zweitens bist du für mich viel zu unbedeutend, als dass ich mir die Mühe machen würde, dich abzuschießen. Und drittens wäre es völlig gerechtfertigt gewesen, wenn ich es absichtlich getan hätte, wenn man bedenkt, dass du mich schon mehr als einmal während Übungsflügen angegriffen hast. Hätte ich weiße Flügel, wärst du längst rausgeschmissen worden. Wieso feierst du nicht einfach den Sieg und kümmerst dich um deine Angelegenheiten?«

Serenidiel schnaubte. »Ausreden und leere Worte, wie immer! Nicht mal eine Entschuldigung kriegst du zustande!«

»Warum auch? Du bist noch ein knappes Dutzend Entschuldigungen im Rückstand. Du darfst gerne eine streichen, wenn du möchtest,« erwiderte Sariel kalt.

Die dunkelhäutige Cherubim knurrte vor Wut. »Dich kriegen wir noch! Verlass dich drauf, Grayhawk!«

Sie lehnte sich leicht vor und deutete auf ihre Augen. »Du magst mich wegen meiner Flügel belächeln, aber mein Mischlingsblut hat mir die Augen eines Avianers verliehen. Ich sehe dich schon kilometerweit kommen, also versuch es ruhig, Serenidiel.«

Brodelnd stampfte sie davon und nahm ihre Leute mit.

Sariel blieb sitzen und beobachtete trinkend den Trubel in der Halle. Sie bemerkte Gruppen, die sich offen abfällig über Torkan, Harpyien oder Avianer äußerten und grölend lachten. Unweit davon prügelten sich einige andere Soldaten. Ein paar beteiligten sich an einem Wetttrinken, wobei auch immer wieder Teilnehmer auf den Tisch kotzten. Je länger sie das Treiben betrachtete, desto weniger verstand sie, weshalb die Engel sich für das am höchsten entwickelte und erhabenste Volk hielten. Sie hatten moderne Technologien und eindrucksvolle Städte, doch geistig hätten die meisten Cherubim kaum unreifer sein können.

Es war eine große Erleichterung für sie, als die ersten betrunkenen und übermüdeten Soldaten den Heimweg antraten, weil ihr das eine Ausrede gab, ebenfalls zu verschwinden, ohne negativ aufzufallen.

***

Der nächste Morgen begann wie die meisten anderen auch, nur eben in Sapientia. Da ihre Rüstung noch nicht repariert war, zog sie erneut die Uniform an, bevor Viciodiel aufwachte und sich wieder seltsam verhielt, weil er einen Teil ihres Körpers sehen konnte.

Er wachte stöhnend auf, als sie sich gerade einen Pferdeschwanz machte.

»Ich fühle mich, als hätte mir ein Nephilim einen Kopfstoß verpasst ...«

»So viel, wie du gestern getrunken hast, könnten es drei gewesen sein. Als du hier ins Koma gefallen bist, hast du nur noch langgezogene Seufzer gemacht, weil du kein einziges Wort mehr formulieren konntest. Ich bin erstaunt, dass du nicht alles vollgekotzt hast. Wäre ja nicht das erste Mal,« scherzte sie.

»Das ist nur zwei Male passiert und da war ich allein im Schlafraum,« protestierte er.

»Stimmt, aber ich habe dich gefunden und musste dir helfen, nicht vom Offizier degradiert zu werden, weil du kaum stehen konntest. Wie sieht es heute damit aus?«

Er kämpfte sich mühsam in eine sitzende Haltung und drückte seine Flügel auseinander, weil er auf ihnen saß. Mit Schwung schob er sich auf die Beine und schwankte einen Moment.

»Scheint zu funktionieren ... für den Augenblick.«

Sariel schüttelte grinsend den Kopf. »Ich verstehe nicht, wie man sich so abschießen kann. Man sollte meinen, du hättest über die Jahre was gelernt. Na zumindest musst du heute nicht fliegen. In einer Stunde findet in der Halle eine Zeremonie statt. Da müssen wir einfach nur rumstehen und zusehen, wie Leute befördert werden.«

»Vielleicht werden wir auch endlich weiter befördert. Wir warten ja nun schon lange genug,« meinte Viciodiel grummelnd.

»Ich hoffe mal, du wirst nicht auf die Bühne gerufen, sonst fällst du noch die Stufen hinauf,« kicherte sie und sah aus dem Fenster, wo Dutzende Leute vorbeiliefen oder herumflogen.

Auch an diesem Tag sah die Halle unverändert aus, als sie sich erneut dort einfanden. Diesmal befand sich tatsächlich eine Bühne am Kopfende, auf der mehrere hochrangige Offiziere mit Apollodiel standen. Viele der Cherubim sahen verkatert und müde aus, tuschelten aber mehr als noch am Vorabend. Außer Wasser und Obst gab es keine Verpflegung, sodass die Aufmerksamkeit nach vorne gerichtet war und kaum Geklirre durch den Raum hallte.

Sobald sich alle niedergelassen hatten, trat der General mit den sechs Flügeln vor und sagte: »Wie immer wenn wir eine Schlacht überstanden haben, gibt es danach Stellen, die neu besetzt werden müssen. Zudem haben sich einige von euch durch ihre Leistungen hervorgetan und verdienen Anerkennung dafür. Aus diesem Grund werden wir am heutigen Tage eine Reihe von Beförderungen aussprechen, von denen einige seit längerer Zeit überfällig waren.«

Bei diesen Worten verspürte Sariel Hoffnung, denn jeder andere Cherubim mit ihrer Erfahrung wäre längst zwei Ränge weiter als sie.

Die obersten Offiziere des Engelscorps begannen damit, einzelne Personen aufzurufen, die daraufhin einen symbolischen Orden überreicht bekamen, der ihre neuen Positionen anzeigen sollte.

Während im Hintergrund die Verleihung für die Truppen aus Sapientia ablief, beobachtete sie, wie die Soldaten von Vania hinter vorgehaltenen Händen tuschelten.

»Heute ist unser Tag, Sariel! Ich kann es fühlen! Endlich kommen wir weiter und verdienen uns den Respekt, der uns zusteht,« schwärmte Viciodiel.

Sie sah in sein freudiges Gesicht. »Ich weiß nicht, woran es liegt, aber ich bin auch außergewöhnlich optimistisch, dass du recht hast. Wir haben schließlich direkt in Apollodiels Blickfeld gekämpft. Er muss gesehen haben, wie gut wir uns geschlagen haben.«

Nach etwas mehr als einer Stunde kamen die Einheiten aus Vania an die Reihe. Neben einigen Seraphim und ein paar bekannten Veteranen sollten auch zahlreiche Cherubim geehrt werden.

Zug um Zug wurden die Truppen berücksichtigt und beinahe ein Drittel erhielt eine Beförderung, wenn auch nicht immer eine Große.

Als ihre Einheit dran war, kamen zunächst die Offiziere an die Reihe. Anschließend wurden Serenidiel und ihre Freunde aufgerufen. Die dunkelhäutige Kriegerin mit dem verschlagenen Gesichtsausdruck zeigte ein arrogantes Grinsen, als man ihr den Orden anheftete.

»Das war ausgezeichnete Arbeit da unten,« lobte Apollodiel sie.

Dann endlich war es an der Zeit für Sariels Trupp. Sie stiegen die beiden Stufen zur Bühne hinauf und stellten sich nebeneinander. Der General zählte die Namen aller auf, die befördert werden sollten. Da sie am Ende der Reihe standen, kam er bei ihnen erst ganz zum Schluss an.

»... Zenidiel, Elorel und der stolze Viciodiel.«

Bereits als ihr Name fehlte, wusste sie genau, was los war. Wieder einmal wollte man sie übergehen und ihr eine Beförderung verweigern, weil sie anders war. Diesmal würde sie diese Anmaßung jedoch nicht akzeptieren.

Sie trat einen Schritt vor und sah den General direkt an. »Was ist mit mir? Habe ich nicht ebenso tapfer gekämpft wie mein Partner? Habe ich nicht Dutzende Nephilim zurück ins Erdreich verbannt und mir dieselbe Anerkennung verdient?« Es fiel ihr sehr schwer, ihre aufgebrachte Stimme dabei respektvoll und ruhig zu halten.

Da niemand sonst jemals eine Zeremonie auf diese Weise unterbrochen hatte, wurde es totenstill in der großen Halle.

»Schweig, Soldatin!«, ermahnte eine Offizierin sie, doch Sariel ließ sich nicht den Mund verbieten.

»Diesmal nicht! Seit vielen Jahren diene ich nun schon mit Hingabe dem Corps. Ich habe dieselbe Ausbildung genossen, dieselben Testergebnisse und Leistungen erbracht und ebenso viel Kampferfahrung wie alle anderen dieses Zuges. Dennoch bin ich die Rangniedrigste hier und werde konsequent übergangen,« protestierte sie.

Apollodiel schwebte vor sie. Sein ansonsten gütig wirkendes Gesicht war ernst und streng. »Es steht dir nicht zu, eine Beförderung zu verlangen, Kind. Die Berichte über dein widerspenstiges und auffälliges Verhalten häufen sich und von deinen böswilligen Angriffen auf Serenidiel und ihre Kameraden will ich gar nicht erst anfangen. Und jetzt unterbrichst du ein feierliches Ritual aus Selbstsucht? Du kannst froh sein, dass du nicht der Armee verwiesen wirst.«

Viciodiel wollte sie bremsen, doch sie ignorierte ihn. »Böswillige Angriffe?! Seit meinem ersten Tag hier musste ich mir Spott, Missbilligung und offenen Hass gefallen lassen, weil ich anders aussehe. Es mag sein, dass ich Serenidiel während der Schlacht beschossen habe, aber das war ein unglücklicher Zufall, keine Absicht. Ganz im Gegensatz zu den vielen Malen, als sie mich ganz offen und direkt angegriffen und erniedrigt hat, doch dass kümmert niemanden, weil ihr offensichtlich alle bei meinem Anblick die Nase rümpft. Ich unterstelle dem Engelscorps, dass ich nicht gleichberechtigt behandelt werde.«

Auf diese Worte folgte eine ganze Weile nur Schweigen, da die Anwesenden mit angehaltenem Atem abwarteten, wie General Apollodiel auf diese Vorwürfe reagieren würde.

Unerwartet senkte er sich ab und landete auf den Füßen. Sie konnte von ihm nur wenig Wut spüren, sondern eher eine Art zufriedenes Kalkül, was kein gutes Zeichen war.

»In diesem Punkt muss ich dir wohl recht geben. Du wurdest nicht nach den gleichen Maßstäben behandelt wie alle anderen Cherubim hier. Als du vor Jahren ankamst und dich uns anschließen wolltest, waren viele einflussreiche Engel dagegen, weil du ein Mischling bist. Einige wenige Generäle, darunter auch ich, hielten dich jedoch für talentiert genug, es zu einer halbwegs guten Soldatin zu bringen. Ja, du bist in Sachen Kampfgeschick und Flugtalent außerordentlich begabt, aber es fehlte dir schon von Anfang an der Respekt. Du bist ungeduldig, störrisch, vorlaut und rebellisch. Du respektierst weder unsere Regeln noch unsere heiligen Gebräuche. Deine Andersartigkeit ist durch weit mehr Faktoren geprägt als nur graue Flügel und Adleraugen. Du willst gleichberechtigt behandelt werden, ja? Ein Cherubim, der vorsätzlich und ohne guten Grund eine Zeremonie stört, wird suspendiert. Sariel, hiermit bist du bis auf Weiteres vom Dienst suspendiert. Der Zugang zu deiner Rüstung und den Waffen des Engelscorps werden dir verweigert und du bist auf dem Gelände des Militärs nicht geduldet. Verlasse sofort diese Halle!«, sagte er eiskalt und deutete auf das Doppeltor hinter sich.

Ihr Blick schoss umher. Viciodiel starrte ausdruckslos geradeaus, während der Rest ihrer Truppe missbilligend die Köpfe schüttelte.

Anstelle einer Antwort schob sie sich grob am General vorbei und marschierte mit Todesblick über den breiten Mittelgang. Serenidiel und viele andere Engel beobachteten mit hämischen Blicken, wie sie gehen musste.

Sobald das Tor hinter ihr ins Schloss fiel, atmete sie langsam aus und spürte, wie Tränen über ihre Wange rannen. Nicht ihr Ausbruch war der Grund für ihre Trauer, sondern die Erkenntnis, dass sie die ganze Zeit über recht gehabt hatte. Ihr Aussehen würde von den Engeln niemals akzeptiert werden. Man würde ihr nie erlauben, in eine Position aufzusteigen, die ihr eine Vorbildfunktion zugestand. Egal wie sehr sie sich auch anstrengte, man legte ihr so viele Steine in den Weg, dass es kein Durchkommen geben würde.

Schluchzend und weinend nahm sie einen kaum benutzten Weg durch Seitengassen zurück in ihr Quartier, das sie nun verlassen musste. Sobald sie drinnen war, riss sie sich die Uniform vom Leib und schleuderte sie zornig in eine Ecke.

Sie blieb vor dem Spiegel stehen und betrachtete sich mit verweintem Gesicht darin. Die Wunden waren noch frisch und ihr nackter Körper war übersäht mit blauen Flecken. Dennoch war ihr Gesicht das Auffälligste. Die Tränen hatten ihren Lidschatten verwischt und unter jedem Auge in drei dunklen Linien an den Wangen hinabgleiten lassen. Es sah schaurig aus, fand sie. Anstatt sich also zu kleiden, wie sie es ansonsten tat, was eher helle Farben und enge Kleidung beinhaltete, wählte sie diesmal etwas anderes aus, das sie seit ihrer Zeit bei den Avianern nicht mehr getragen hatte. Eine schwarze Robe aus leichtem, grobem Stoff, die ärmellos war und am Bauch übereinander lappte, war ihre Wahl. Unterhalb der Hüften fiel sie weit auseinander, wie bei einem Kleid. Eine dunkelrote Schärpe diente als Gürtel und sie zog einen hellgrauen Mantel darüber, der schon stark rissig und löchrig war. Er fiel in mehreren Streifen unter der Taille herunter, hatte einen Umhang und eine weite Kapuze. Ein langes Perlenband schlang sich unterhalb der Schärpe um ihre schmale Taille, wobei die Enden bis unter die Knie baumelten. Zwei Lederteile verdeckten die Schultern und lange, schwarze Lederbänder waren ungleichmäßig um ihre Arme gewickelt. Besonders der extrem tiefe Ausschnitt der Robe passte kein bisschen zu ihrem üblichen Stil, doch sie hatte das Bedürfnis, ihren Protest nach außen sichtbar zu machen.

Nun blickte ihr Spiegelbild finster zu ihr zurück. Sie fand ihr Aussehen geheimnisvoll, düster und ein wenig verrucht, was ihr in diesem Moment sehr gut gefiel.

Da es für sie keinen Sinn machte, sich weiter in Sapientia aufzuhalten, beschloss sie, nach Hause zurückzukehren. Sie trat an den Rand der Stadt und ließ den Blick über die Tiefe unter sich gleiten, wo sich das Kargland ganz langsam in helleres Braun mit hunderten kleinen Flüssen verwandelte.

Mit einem letzten Seufzer breitete sie ihre Schwingen aus und sprang von der Kante.

Heimat

Obwohl Sariel bereits drei Tage lang unterwegs war, hatte sich der brodelnde Zorn auf die Engel und ihre Arroganz kein bisschen gelegt. Schon seit sie ein kleines Mädchen gewesen war, hatte sie es geliebt, über den Wolken zu fliegen und die Landschaft unter ihr vorüberziehen zu sehen. Nun konnte nicht einmal der Ausblick auf das Flusstal oder den Tiefenwald ihre Stimmung bessern.

Der Weg in ihre Heimat im Reich der Avianer war weit, selbst in der Luft. Da sie nicht ewig durch die Lüfte gleiten konnte und der Wind ihr nicht stetig Auftrieb gab, musste sie alle paar Stunden landen, um ihre Flügel auszuruhen und etwas zu essen.

Nachdem sie in einem See gebadet hatte, der am östlichen Rand des Tiefenwalds lag, nutzte sie einige Fallen, ihre Adleraugen und das Training der Avianer als Kind, um sich zwei kleine Nagetiere zu fangen. Damit hatte sie genug für eine ausreichende Mahlzeit und sogar noch etwas Proviant für den kommenden Tag.

Als sie in der Dämmerung an ihrem Lagerfeuer saß, dass sie an der Spitze eines ein Stück im Wald liegenden Felsens entfacht hatte, konnte sie über die Baumkronen hinweg die Landschaft bewundern. Das Licht des Leuchtkerns im Zentrum von Paldur wurde gedämmt, sodass das Abendrot den Horizont in ein tiefes rotviolett tauchte. Unwillkürlich musste sie bei dem Anblick lächeln. Früher war sie mit den Avianern oft in der Region unterwegs gewesen. Sie hatte gejagt, die Wälder, Felder und Flüsse erkundet und in Einklang mit der Natur gelebt. Aussichten wie dieser waren damals ganz alltäglich für sie. Seit sie jedoch bei den Engeln angekommen war, hatte sie die meiste Zeit in den kalten

Himmelsstädten verbracht und nur aus der Ferne hinabgeschaut. Dort gab es nur wenige Pflanzen und die Bewohner standen so weit über allem, dass sie vor lauter Selbstverliebtheit die Schönheit ihrer Welt kaum noch wahrnahmen.

In diesem Moment war sie zufrieden und die andauernde Wut verrauchte. Sollten die Cherubim doch in ihren goldenen Städten versauern. Das Leben beim Adlervolk war ihr ohnehin stets lieber gewesen. Sie freute sich schon darauf, ihr Zuhause wiederzusehen.

Dieser Gedanke war das Letzte, was ihr durch den Kopf ging, als sie sich auf den Boden legte und die Schwingen um ihren Körper schlang, um zu schlafen.

***

Drei weitere Tage flog sie nach Südwesten, bis das große Gebirge in Sicht kam. Ab da musste sie wesentlich höher fliegen und die Luft wurde kälter. Es gab trotz der Höhe keinen Schnee auf Paldur, sodass das Gelände in den Bergen durchgehend graubraun war.

Nach einigen Stunden, in denen sie angestrengt mit den Flügeln flattern musste, um an Höhe zu gewinnen, kam der höchste Gipfel näher. Genau dort lag die Hauptstadt der Avianer – Avvalon.

Bereits von Weitem erkannte sie den Palisadenwall, den das Adlervolk rund um den Gipfel an der Seite des Berges in den Stein getrieben hatte. Seine fast waagerechte Positionierung sorgte dafür, dass niemand ohne Schwingen die Stadt betreten konnte. An den Steilhängen weiter unten und außen gab es zahlreiche Höhlen, Stollen und Ausbuchtungen, die als Wohnräume genutzt wurden. Der obere Teil des Gipfels war teilweise grasbewachsen und hatte neben der höchsten Spitze auch viele flachere Flächen, auf denen stabile Holzbauten und gemütliche, warme Nester errichtet worden waren. Auf den unebenen Felsvorsprüngen gab es Adlerhorste, auf denen die Anwohner sitzen konnten.

Während flügellose Eindringlinge von der Lage und dem Wall aufgehalten wurden, sollten ungebetene Gäste mit Schwingen von den in der ganzen Stadt verteilten Schnabelkanonen gestoppt werden. Dabei handelte es sich um schwere Arbalesten, die sehr präzise Windlanzen abfeuern konnten. Glücklicherweise war es nicht nötig, sich rechtzeitig anzukündigen, da das Adlervolk unnachahmlich scharfe Augen hatte und jeden Besucher schon viele Meilen weit erkannte.

Da sie der einzige Engel mit grauen Flügeln war, wurde sie schnell wiedererkannt und konnte unbehelligt landen. Als Mischling, der in Avvalon aufgewachsen war, kannte man sie dort. Viele Anwohner grüßten sie freundlich und sie erwiderte die Geste dankbar.

Es war ein schönes Gefühl für sie, wieder von Leuten umgeben zu sein, die sie nicht für ihr Aussehen verurteilten.

Sie beobachtete eine Gruppe von Kindern, die mit starkem Flattern in einem großen Nest landeten, wo zwei Frauen nach ihnen sahen.

»Sie mal einer an, wer sich da nach Hause getraut hat. Ziemlich düstere Kleidung für eine der hochwohlgeborenen Cherubim,« sagte eine melodische, freche Stimme, die Sariel sofort erkannte.

»Mir war gar nicht klar, dass du eine Modekritikerin bist ... Delora,« entgegnete sie und drehte sich zu der Person um.

Vor ihr stand eine hochgewachsene Avianerin mit einer schlanken, humanoiden Silhouette. Ihr Körper war von Kopf bis Fuß gefiedert, wobei die Federn hellbraun mit schwarzen und weißen Rändern waren. Ihre Vogelfüße und Hände waren von Lederstiefeln und Lederbandagen umhüllt, während der Oberkörper von einer Rüstung aus demselben Material geschützt wurde. Ihr Kopf war der eines Falken mit gelbem Schnabel und ebenso gelben Augen. Um ihre Weiblichkeit zu betonen, hatte sie goldene Ringe an einigen Federn am Hinterkopf befestigt und tiefgrüne Stoffbänder daran gebunden, die im Wind flatterten. Ihre Schwingen waren schmaler als üblich, was sie jedoch wendiger machte.

Die beiden Frauen umarmten sich. »Es tut gut, dich zu sehen, Sariel! Nach dem Massaker im Kargland war ich nicht sicher, ob du überlebt hast.«

Die Cherubim wunderte sich. »Du weißt davon?«

Delora legte beleidigt den Kopf schief. »Ich bin eine Agentin von Gihra. Wir haben unsere Augen und Ohren überall. Das weißt du doch.«

»Dann weißt du sicher auch, warum ich hier bin.«

»Ich hörte, dass du Sapientia verlassen hast, aber nicht, aus welchem Grund. Du hast die Reihen des Engelscorps seit Jahren nicht allein verlassen. Was ist passiert? Wie eine Rüstung sieht das nicht aus,« erkundigte sich die Avianerin. Als Sariel seufzte, meinte sie: »Das Geräusch kenne ich! Meine beste Freundin braucht was zu trinken und ein offenes Ohr. Bevor wir das machen, willst du aber sicher deinen Bruder sehen, oder?«

Sie lächelte. »Das wäre schön. Ich habe euch beide schon viel zu lange nicht mehr besucht. Bis heute kann ich nicht fassen, dass ihr beiden wirklich in einer Partnerschaft lebt. Früher dachte ich immer, ihr könntet euch nicht ausstehen.«

Darauf antwortete Delora kichernd: »Das war ja auch so. Allerdings sind diese kleinen Neckereien oft ein Anzeichen für Anziehung. Brasilan ist ein stoischer Sturkopf, aber auch ein loyaler Partner. Ich bin dankbar, dass wir einander haben.«

Die beiden Frauen schlenderten durch die breiten, grasbewachsenen Straßen von Avvalon, wo Jäger und Handwerker in Holzständen ihre Erzeugnisse anboten. Viele der Häuser waren wie Hütten gebaut und die Nester waren zum Teil mit Planen überdacht, doch nachdem Sariel die Himmelsstädte gesehen hatte, wirkte der Ort keineswegs wie eine richtige Stadt. Hunderte Avianer flogen am Himmel umher und landeten überall in der Umgebung.

»Wie läuft es hier bei euch? Die Cherubim reden kaum über unser Volk. Es geht immer nur um die Nephilim.«

»Sie nennen sich selbst Torkan, weißt du? Und sie sind keineswegs so grob und brutal, wie die Engel sie gern darstellen. Ihre Lebensweise mag anders sein, doch das macht sie nicht unwürdig, auf dieser Welt zu leben.«

»Ich habe die Würde dieser Kreaturen selbst gesehen und am eigenen Leib erfahren. Ich habe kein Mitgefühl für sie übrig,« gab Sariel abfällig zurück.

»Du klingst zumindest schon wie ein echter Engel. Überlegen und voller Hass,« sagte Delora kopfschüttelnd. »Natürlich reden die Cherubim nicht über uns, wo wir doch nur niedere Vogelwesen sind. Du kennst uns doch. Wir bestellen unsere Felder unten im Tal, jagen im Wald und bemühen uns um gute Beziehungen zu unseren Nachbarn – seien es die Torkan im Südosten, die Engel über uns oder die Harpyien im Norden. Es hat schon seit längerer Zeit keinen wirklichen Ärger mehr gegeben. Dennoch halten sich die Windschwingen in Bereitschaft, falls sich das ändern sollte. Brasilan führt jetzt einen ganzen Trupp von ihnen an.«

Das freute Sariel, die einige alte Bekannte grüßte, bevor sie weitergingen. »Er hat jetzt einen Führungsposten? Das ist großartig! Er war schon immer ein starker Mann, sowohl körperlich als auch sein Charakter.«

»Das stimmt. Seine Loyalität und Hingabe für sein Volk stehen außer Zweifel. Er müsste bald von einem Erkundungsflug nach Süden zurückkommen. Am besten warten wir oben bei den Adlerhorsten,« schlug Delora vor.

Sie folgten einem ansteigenden, ausgetretenen Pfad voller kleiner Steine, der sich an einem Steilhang nach oben schlängelte. Dort erwartete sie das große Nest, ein aus Ästen, Stroh und Gräsern gebautes Vogelnest mit einem Durchmesser von fast 50 Metern. Eine riesige, waldgrüne Plane war mit Dutzenden Holzpfählen und einem Gerüst darüber aufgespannt, sodass es trocken blieb, aber dennoch an der frischen Luft war. Um über den hohen Rand des Nests zu gelangen, musste man einen Flügelschlag ausführen und vorsichtig hinunter gleiten. Im Inneren war der Boden weich und größtenteils von Stroh bedeckt. Einige Steinplatten bildeten jedoch einen Weg zwischen vielen langen Tischen und Bänken bis zu einem hölzernen Thron, wo eine Avianerin saß, die einem Weißkopfseeadler glich. Sie trug ähnliche Lederkleidung wie Delora, war aber ansonsten nicht sonderlich auffällig.

»Gihra scheint das Volk gut anzuführen. Mutter sagte immer, dass sie Führungsqualität im Blut hätte. Sie hatte wohl recht,« schätzte Sariel.

»Bei aller Autorität schafft sie es aber nicht, sich einen Partner zu wählen. Vielleicht will sie auch gar keinen.«

Die Anführerin erhob sich, als sie die Cherubim entdeckte, und ging auf sie zu. »Sariel! Es ist wirklich zu lange her, meine Liebe!« Eine kurze Umarmung folgte, die auch von ihren breiten Flügeln imitiert wurde.

»Wie geht es dir, Gihra? Avvalon hat sich seit meinem letzten Besuch nicht sehr verändert, also machst du deine Sache gut.«

Die Regentin schmunzelte. »Nun ja, es ist auch nicht weiter schwierig, ein Volk von Traditionalisten dazu zu ermutigen, die Dinge beizubehalten, wie sie sind. Es gefällt einigen von ihnen nicht, dass ich keinen Partner will, aber daran werden sie sich gewöhnen müssen.«

»Und warum willst du das nicht? Ich gebe zu, ich hatte bislang ganz ähnliche Tendenzen.«

»Das kann ich mir vorstellen! Du warst schon immer eine willensstarke Persönlichkeit. Sowas schreckt die Männer ab,« lachte Delora und Gihra stimmte mit ein.

»Ich habe hohe Ansprüche an einen Partner, die bislang niemand erfüllen konnte. Brasilan wäre geeignet gewesen, aber Delora war schneller, das respektiere ich. Abgesehen davon habe ich kaum Zeit für eine Suche, die mir gar nicht viel bedeutet. Es kostet viel Zeit und Kraft, Verhandlungen mit den Torkan und den Harpyien zu führen. Da wir mit den Engeln verbündet sind, betrachten sie uns äußerst skeptisch. Es ist nicht leicht, sie davon zu überzeugen, dass wir in ihrem Konflikt neutral sind.«

»Es scheint dir aber zu gelingen und das beeindruckt mich. Ich hatte nur selten mit Harpyien zu tun und bin noch keinem Nephilim begegnet, der mehr als ein Grunzen zustande gebracht hätte,« kommentierte Sariel.

Gihra betrachtete sie abschätzend. »Früher hast du nicht so geredet. Deine Zeit bei den Engeln muss wahrhaft auf dich abgefärbt haben. Ihre Verachtung für die meisten anderen Lebewesen auf dieser Welt scheint durch.«

»Das liegt eventuell daran, dass ich viele der Gräueltaten selbst gesehen habe, die das Steinvolk angerichtet hat. Ich habe Cherubim auf Weisen sterben sehen, die ich niemandem wünschen würde.«

Delora verschränkte die Arme. »Es herrscht Krieg. Die Engel sind auch nicht unschuldig. Wenn ich mich recht erinnere, haben sie sogar weitaus mehr Kämpfe provoziert als die Torkan. Und der Hass der Harpyien auf sie kommt auch nicht von ungefähr. Jahrhunderte des Rassismus und der Ausgrenzung werfen kein gutes Licht auf das erhabene Volk des Himmels.«

Sariel sah sie verwundert an. »Das klingt jetzt aber nicht gerade neutral.«

Gihra hob beschwichtigend die Hände. »Versteh uns nicht falsch, wir haben kein Problem mit den Engeln. Was sie tun, ist ihre Sache. Wir wollen lediglich darauf hinaus, dass sie selbst keine Heiligen sind, auch wenn sie sich gern so darstellen. Wer so lange bei ihnen war wie du, kann durchaus den Bezug zu anderen Blickwinkeln aus den Augen verlieren.«

***

Die drei Frauen plauderten noch eine Weile lang miteinander und Sariel erinnerte sich an das Gefühl des inneren Friedens, den sie einst dort verspürt hatte. Trotz ihrer Zeit bei den Engeln und ihrer teils harschen Worte gegenüber den Nephilim waren ihre alten Freundinnen bemüht, ihre Argumente sachlich und sie als Person herzlich zu behandeln.

Als dann ein begeistertes Raunen hörbar wurde, fielen ihre Blicke schräg hinauf, wo sich eine Gruppe Avianer in Formation näherte und sich nach und nach auf den Adlerhorsten in der Nähe niederließ. Die Art, wie sie dort saßen und ihrem Anführer zuhörten, wirkte majestätisch auf Sariel. Auf die Entfernung verstand sie zwar die Worte nicht, doch der Tonfall gehörte ganz klar zu ihrem Bruder Brasilan. Er hatte schon immer eine autoritäre, aber dennoch sanftmütige Art des Sprechens.

Im Anschluss an die Ansprache zerstreute sich die Gruppe und einige von ihnen landeten im Nest, um Gihra ihre Aufwartung zu machen. Unter ihnen war auch Hauptmann Brasilan.

Er war ein hochgewachsener, breit gebauter Avianer mit dunkelbraunem Federkleid und großen Schwingen, die beinahe zu einem Engel passen würden. Er trug einen Schuppenharnisch und Panzerstiefel sowie Panzerhandschuhe in grün-goldener Farbe. Die Stiefel reichten bis über die Schienbeine und die Federn an den Oberschenkeln waren so buschig, dass es wie eine Pluderhose aussah. Seine Gürtelschnalle war ein silberner Adlerkopf. Die Armschienen waren am hinteren Rand mit langen Federn bestückt, die über den Ellenbogen abstanden. An den Handschuhen war jeder Finger spitz zulaufend gestaltet wie bei einer Metallklaue. Als krönendes Prachtstück seiner Rüstung war der obere Teil seines gräulichen Schnabels mit einer goldenen Panzerung versehen.

»Wie ist die Lage im Süden, Hauptmann?«, fragte Gihra.

»Es ist alles ruhig. Die Torkan bleiben auf ihrem Gebiet und halten sich an alle Vereinbarungen. Der Handel floriert und außer ein paar unzufriedenen Fanatikern gab es keine Probleme,« berichtete er.

»Wunderbar! Da du Besuch hast, darfst du dir ein paar Tage freinehmen, Brasilan. Das war gute Arbeit,« lobte die Regentin ihn und ging davon.

Sofort umarmte der stattliche Krieger seine Schwester fest und hob sie sogar kurz hoch. »Sariel! Was habe ich dich vermisst, du freches Ding!«, lächelte er herzlich. Anschließend trat er zu Delora und sie rieben zärtlich die Schnäbel aneinander. »Mein Herz, du hast mir gefehlt.«

Sie strich sanft über seinen Kopf. »Du mir auch, du alter Charmeur.«

Sariel meinte: »Es ist schön, euch beide so zu sehen.«

Sie erwiderte: »Es ist schön, dich überhaupt zu sehen! Habt ihr beim Engelscorps keinen Urlaub oder was?«

Daraufhin sagte Brasilan: »Lasst uns etwas essen und trinken, dann können wir uns in Ruhe unterhalten, was meint ihr? Ich möchte hören, was du alles erlebt hast, kleine Schwester.«

Sie setzten sich in die Nähe des Throns und man brachte ihnen Wasser, einige Brote und gebratenes Fleisch.

»Ich habe ganz vergessen, wie einfach hier alles ist. Bei den Cherubim muss immer alles in funkelnden Kelchen, auf silbernen Tellern oder mit besonderen Gewürzen serviert werden,« erinnerte sich Sariel und schlug die Zähne in eine Keule.

Delora hielt ein Stück Brot in der Hand und pickte daran herum, da Avianer keine Zähne hatten. »Erzählst du uns jetzt, warum du uns besuchst? Es muss ja einen Grund geben.«

»Auch deine Kleiderwahl ist ungewöhnlich für dich. Zumindest hast du seit vielen Jahren nicht mehr so ausgesehen,« kommentierte ihr Bruder.

Zuerst berichtete Sariel ihnen von den vergangenen Jahren beim Militär. Sie erzählte vom Training, der Disziplin, Viciodiel, Serenidiel und den ständigen Anfeindungen.

»Ich hatte dich gewarnt, dass du als Tochter einer Avianerin Probleme haben würdest. Die Engel sind zwar offiziell unsere Verbündeten, aber sie machen keinen Hehl daraus, dass sie uns für minderwertig halten,« sagte Brasilan.

»Nach der Schlacht im Kargland dachte ich, ich hätte endlich genug geleistet, um in den nächsten Rang erhoben zu werden. Dann hätte ich zum ersten Mal andere Cherubim anführen können. Aber alles, was ich bekam, waren Ausreden, Vorwürfe und haltlose Gerüchte. Ich habe die Ungerechtigkeit nicht mehr ertragen und den General vor allen Anwesenden zur Rede gestellt. Also hat er sich die Situation zurechtgebogen und mich suspendiert. Ich wurde im Grunde aus dem Weg geräumt, damit ich nicht länger unbequem bin,« berichtete Sariel frustriert und spürte beim Erzählen, wie ihre Rage zurückkehrte.

Delora hielt den Schnabel in ihren Wasserbecher. »Es ist ungerecht und grausam, dass sie dich so behandelt haben, aber wundert dich das wirklich? Trotz der ständigen Anfeindungen scheinst du dir aus irgendeinem Grund eingeredet zu haben, dass du mit noch mehr Hingabe irgendwann in ihrer Gunst stehen könntest. Wie lange willst du das noch versuchen, bis du erkennst, dass diese Engel niemanden in ihren Reihen dulden, der anders ist?«

»Ich will, dass sie die Augen öffnen und erkennen, dass es nicht darauf ankommt, woher man stammt, sondern wer man ist. Wenn ich eine Offizierin werden könnte, wäre das ein klares Zeichen.«

Brasilan legte die Arme auf die Tischplatte. »Und genau deshalb wird es niemals dazu kommen. Ein großer Teil der Gesellschaftsstruktur der Engel beruht auf der Überzeugung der eigenen Überlegenheit. Dadurch haben sie ein Strukturdenken erlernt, dass es den Valarim erlaubt, sich wiederum über alle anderen Engel zu erheben. Es wird akzeptiert, dass es eine natürliche Rangfolge gibt, die nicht zu hinterfragen ist. Allein dein Beitritt zu ihrem Militär war ein politisches Zugeständnis an unser Volk. Du solltest symbolischen Charakter haben und immer schön bei den Fußsoldaten bleiben.«

Sie war frustriert über diese Worte, auch wenn sie wusste, dass er recht hatte. »Als Tochter eines Engels hatte ich gehofft, bei ihnen ein zweites Zuhause zu haben. Ich bin ebenso eine Cherubim wie eine Avianerin. Es macht mich traurig, dass mich das Volk meines Vaters nicht haben will.«

Ihr Bruder, der neben ihr saß, legte den Arm um sie. »Das verstehe ich, Sariel. Dennoch hast du ein Zuhause und eine Familie, die dich so liebt und akzeptiert, wie du bist. Du gehörst hier zu uns, das hast du immer.«

Sie legte ihren Kopf an seine Schulter. »Ich bin dankbar für euch. Es tut mir leid, dass ich euch so lange nicht besucht habe. Ich hatte völlig vergessen, wie es sich anfühlt, vorbehaltlos angenommen zu werden.« Einige Tränen machten sich bemerkbar und sie wischte sie weg.

Delora sah sie neugierig an. »Sag mal ... Du hast uns jetzt so viel über das harte Training beim Engelscorps erzählt. Wie wäre es mit einem kleinen Wettkampf mit den Windschwingen? Wir wollen sehen, was die Kampfausbildung der Cherubim so leisten kann!«

Auch Brasilan war von der Idee angetan, daher stimmte Sariel zu.

***

Nach einem gemeinsamen Abend und einer geruhsamen Nacht trafen sich die drei am Morgen mit einigen Avianern in blauer und roter Kleidung. Sie waren fast gleichmäßig aufgeteilt, daher traten Brasilan und Delora zum roten Team, während Sariel dem blauen Team zugeteilt wurde.

»Du hast heute die Ehre, an einem unserer Übungsspiele teilzunehmen,« erklärte ihr Bruder.

»Kluftball? Das wird heute immer noch gespielt?«, kicherte Sariel und erinnerte sich daran, wie sie es als Kinder geliebt hatten.

Delora lächelte und hielt einen roten Ball von der Größe einer Melone in der Hand. »Aber natürlich! Das Spiel vereint Geschwindigkeit, Weitsicht, Reflexe und Präzision. Das macht es zu einer ausgezeichneten Übung für unsere Jäger und Krieger. Erinnerst du dich noch an die Regeln?«

Die Cherubim kratzte sich am Kopf. »Wenn ich mich recht entsinne, hat jedes Team einen Ball in seiner Farbe und muss versuchen, ihn an die Seite des Berges zu schleudern, wo er einen Farbklecks hinterlässt. Das Team, dessen Farbe am Ende am Häufigsten zu sehen ist, gewinnt.«

Brasilan reichte ihr den blauen Ball. »Wichtig ist, dass es nur zählt, wenn der Ball den Bereich innerhalb der Zielzone berührt. Du musst den eigenen Ball in deinen Besitz bringen und treffen und dabei den Ball des anderen Teams in die Finger bekommen und ihn von ihnen fernhalten.

Es dürfen keine anderen Spieler festgehalten werden. Du darfst sie rammen, deine Schwingen einsetzen oder den Ball werfen.«

Sariel nickte, als sich die Spielregeln wieder in ihrem Gedächtnis festigten. »Alles klar. Ist lange her …«

»Mit deinen neuen Fähigkeiten solltest du doch mithalten können, oder?«, forderte Delora sie heraus.

»Na schön, dann will ich euch mal zeigen, wozu ich in der Lage bin!«

Die zwei Teams sammelten sich einander gegenüber und schwangen sich in die Lüfte. Der Zielbereich war eine 5 x 5 Meter große Fläche an der Bergwand, die markiert war. Der Schiedsrichter schleuderte die beiden Bälle davon und eröffnete damit das Spiel.

Anstatt sich auf den blauen Ball zu konzentrieren, folgte Sariel sofort dem roten Exemplar und rammte zwei Gegner beiseite, um ihn zu erreichen. Sie wollte gerade die Hände darum schließen, als ein Windstoß sie aus der Bahn fegte. Sobald sie sich wieder gefangen hatte, bemerkte sie Delora, die sie frech anzwinkerte und den Ball Brasilan zuwarf.

Die Cherubim hechtete hinterher und jagte ihrem Bruder zwischen den anderen Spielern nach, wobei sie eine Avianerin rammte, die daraufhin den blauen Ball in die wartenden Arme eines Kameraden fallen ließ. Mit einem mächtigen Schwung ihrer Flügel drückte sich Sariel bis knapp unter Brasilan und schnappte ihm den Ball weg. Sofort schleuderte sie ihn weit weg, um das gegnerische Team abzulenken, sodass ihre Teamkameraden gleich doppelt punkten konnten.

»Ich hab's immer noch drauf!«, freute sie sich, musste aber direkt die Schwingen für einen Sturzflug anlegen, da Delora sich den blauen Ball geschnappt hatte.

Ihre alte Freundin war zu schnell und schoss mit angelegten Flügeln unter einem natürlichen Steinbogen hindurch. Sariel wusste, dass es nur eine Ablenkung war, daher ließ sie von ihr ab und erreichte gerade noch die Zielzone, um aus vollem Flug den roten Ball wegzutreten, bevor er dort auftreffen konnte.

Brasilan holte ihn sich mit einem Schlenker und drehte sich um sich selbst. Dabei schlug er ihr seinen Flügel ins Gesicht, damit sie aus dem Weg trudelte und er den ersten Punkt machen konnte.

Davon ließ sich Sariel jedoch nicht beeindrucken. Stattdessen gewährte sie ihm einen zweiten Treffer und nutzte die Zeit, um mit den Schwingen einen Windstoß zu erzeugen, der einen Spieler des roten Teams gegen Delora schmetterte, die den blauen Ball losließ. Eine Kameradin nahm ihn auf und warf ihn zu ihr nach oben, wo sie ihn auffing. Sie sah Brasilan auf sich zukommen, doch anstatt ihm auszuweichen, hielt sie direkt auf ihn zu.

»Lass uns sehen, wer früher ausweicht!«, sagte sie zu sich selbst.

Sie kamen sich sehr schnell näher und ihr Bruder streckte bereits die Klauen nach dem Ball aus, doch kurz bevor sie ineinander krachten, legte Sariel die Schwingen an und machte mehrere Luftrollen. Dabei knallte sie ihm ihre Flügel mehrfach gegen den Körper, indem sie ihre Reflexe nutzte, um genau zu zielen. Aus dieser Rotation heraus warf sie den Ball an die Wand.

Sekunden später prallte auch der rote Spielball daneben ab, den Delora geworfen hatte.

Sariel wollte sich auf die beiden bunten Kugeln stürzen, wurde jedoch von Brasilan gerammt und gegen die Wand gepresst, wo sie sich an einem Vorsprung festhielt und mit dem linken Flügel verhinderte, dass das rote Team erneut punktete. Danach stieß sie sich ab und ging in einen Gleitflug über, um Delora in den Weg zu fliegen, sodass ihre Kameraden den blauen Ball näher zum Ziel bringen konnten.

Es folgten einige weitere waghalsige und gekonnte Manöver, während die drei von allen Spielern am eifrigsten waren, sich gegenseitig zu übertreffen. Der Wettkampf dauerte fast zwei Stunden an und viele Avianer saßen auf Felsvorsprüngen oder Adlerhorsten, um zuzusehen und zu jubeln.

Letztendlich siegte das rote Team mit knappen drei Punkten Vorsprung und sie alle landeten völlig ermattet und außer Puste. Sariel schwitzte und ihr war heiß, daher nahm sie den Wasserbecher dankbar an, den man ihr reichte. Die kühle Flüssigkeit war wie Balsam, als sie die Hälfte trank und den Rest über ihren Kopf schüttete, damit die Rinnsale möglichst viel ihrer Haut abdeckten.

»Das war ein hervorragendes Spiel!«, freute sich Brasilan und klopfte ihr auf die Schulter. »Deine Flugkünste haben sich wahrhaftig stark verbessert. Selten sah ich solche Präzision bei einem Engel.«

»Das lag sicher an ihrer Avianer-Hälfte,« grinste Delora, die neben ihm landete.

Sariel stemmte die Hände in die Hüften. »Und? Habe ich meine Würdigkeit damit bewiesen?«

Ihr Bruder lockerte seine Schwingen. »Auf jeden Fall! Es wäre eine Schande, so viel Talent zu verschwenden. Wenn das Militär der Engel dich nicht wertschätzt, hast du bei uns immer einen Platz, wenn du ihn willst.«

Sie seufzte. »Ich muss mir etwas Zeit nehmen und darüber nachdenken, was ich nun tun will. Es gibt viel zu verarbeiten.«

Delora trat neben sie. »Ich wüsste da einen Ort, der hervorragend geeignet wäre. Wir brauchen alle eine Auszeit, finde ich. Lasst uns nach Hause gehen.«

»An zuhause habe ich seit Ewigkeiten nicht gedacht. Vielleicht hast du recht. Dort könnte ich bestimmt meinen Kopf freibekommen.«

Brasilan verschränkte die Arme. »Gihra hat mir für eine Weile freigegeben. Ich sehe nichts, was dem im Weg stehen sollte.«

***

Da Sariel offiziell als Mitglied der Avianischen Stämme galt, verlangte die Tradition, dass ihre Familie und Freunde ihre Pflichten aussetzen durften, um ihr zu helfen. Was sie nun brauchte, waren Ruhe und Zeit zum Nachdenken.

Aus diesem Grund brachen sie am Mittag nach Nordwesten auf. Für die Cherubim war es ein wundervolles Gefühl, wieder einmal die Gesellschaft ihrer Lieben zu genießen. Seit sie Kinder waren, liebte sie Brasilan abgöttisch, und mit Delora war sie befreundet, seit sie laufen konnte.

Während die drei gemütlich über den Gipfeln der niedrigeren Berge in Richtung des gigantischen, grasbewachsenen Tals namens Immergrün glitten, redeten sie.

»Es tut so gut, wieder bei euch zu sein! Ich hatte verdrängt, wie sehr ich euch vermisst habe,« gab sie zu.

Ihr Bruder erwiderte: »Du hast uns auch gefehlt, Schwesterherz. Wir haben oft an dich gedacht, aber wir haben akzeptiert, dass du deinen Platz in der Welt erst noch finden musst.«

»Tja, das habe ich immer noch nicht.«

Delora glitt unter ihr entlang und drehte sich einige Male um sich selbst. »Deine Lage als Mischling ist außergewöhnlich, Liebes. Kaum jemand muss sich dieser Herausforderung stellen. Es ist verständlich, dass dein Weg komplexer ist als bei den meisten anderen. Wer dich dafür kritisiert, hat nichts verstanden.«

»Wenn wir dir irgendwie helfen können, sind wir für dich da,« bestätigte Brasilan.

Für einen kurzen Moment wollte Sariel weinen, weil es eine so große Erleichterung war, diese Worte zu hören. Leute um sich zu haben, auf die sie sich rückhaltlos verlassen konnte, war unbezahlbar.

***

Der Flug dauerte knappe vier Tage, weil sie sich Zeit ließen und oft rasteten. Währenddessen zeigte Delora ihr, wie sie mit ihren Pfeilwerfern aus großer Höhe jagen konnte. Dabei handelte es sich um kleine mechanische Vorrichtungen auf der Rückseite ihrer Armschienen, die spitze, kurze Metallpfeile von der Größe eines Zahnstochers abfeuerten. Mit ihren Adleraugen war es ihr so möglich, im Flug Beutetiere zu erwischen und sie ohne Zwischenlandung aufzusammeln.

»Das ist ziemlich praktisch,« kommentierte Sariel.

»Jagen die Engel denn nicht?«

»Selten. Sie haben große Tierherden auf den Feldern beim Infernalum im Tal südöstlich von Lucis. Dort werden die meisten Nahrungsmittel angebaut und stark bewacht.«

Brasilan schwebte schräg über ihr. »Wir kennen die Gegend natürlich, schließlich liegt sie dicht an Avvalon. Dennoch dachte ich, die Engel würden sich nicht nur darauf verlassen. Immerhin wissen wir nicht viel über das Infernalum und seine Gefahren.«

Sariel erinnerte sich. »Die Valarim nennen es eines der Tore zur Unterwelt und haben jegliche weitere Untersuchung untersagt. Sie sind jedoch überzeugt, dass es keine akute Gefahr darstellt, wenn man sich nicht nähert.«

»Ich bin zwar keine Anhängerin der strikten Führung eures Engelsrats, doch dieser Anweisung kann ich kaum widersprechen. Der Ort ist finster und gefährlich,« meinte Delora mit einem Schaudern.

Ihr Gespräch endete, als unter ihnen der Ort auftauchte, an dem sie aufgewachsen waren. Direkt am Rand des Tiefwalds, am Ufer eines kleinen Flusses, lag das Dorf Monlar. Es war ein unscheinbares Fleckchen Erde, wo die Avianer Felder und Tierherden bewirtschafteten. Einige Jäger und Anwohner flogen im Umkreis umher und gingen ihren Angelegenheiten nach. Die Häuser dort bestanden aus Holz und waren in ihrem Aufbau recht einfach. Sie waren rechteckig und mit Stroh gedeckt, wobei viele von ihnen hohe Silos hatten, wo Getreide oder andere wertvolle Rohstoffe gelagert wurden. Es gab auch eine Schmiede und einen Gerber dort, deren Werkstätten dichten Qualm in den Himmel pusteten.

Da es Vormittag und wie meistens angenehm hell und freundlich war, sah die Gegend einladend aus. Hinzu kamen die nun in Sariels Kopf aufflammenden Erinnerungen aus Kindertagen. Die glücklichsten Jahre ihres Lebens hatte sie an diesem Ort verbracht.

»Tut das gut, wieder hier zu sein!«, kam es auch von Brasilan.

Sie landeten am Dorfrand und legten die Flügel an, bevor sie über die einfachen, ausgetretenen Pfade zwischen die Gebäude traten.

Viele der Anwohner erkannten sie sofort und grüßten sie begeistert. Vor allem die älteren Avianer, die sie hatten aufwachsen sehen, freuten sich über ihren Besuch und verwickelten sie in Gespräche. Dabei war besonders Brasilan im Fokus der Aufmerksamkeit, da er als Hauptmann die größte Bekanntheit genoss.

Die drei gingen zum Gasthaus der alten Tekla, die schon seit langer Zeit Bewohner und Besucher mit Köstlichkeiten aus der Region bewirtete.

Als sie sie sah, kam sie mit gebeugtem Gang auf sie zu und umarmte sie nacheinander. »Du meine Güte, seid ihr alle groß geworden, Kinder! Ich kann mich noch gut an die Tage erinnern, als ihr mir gerade mal bis zum Bauch gereicht habt,« kicherte sie. »Rotzfrech und immer für Trubel zu haben, aber auch mit guten Herzen gesegnet wart ihr. Eure Mütter mussten euch jeden Tag durch das ganze Dorf hinterherjagen.«

Sie setzten sich auf die Sonnenterrasse hinter dem Gasthaus, von wo aus man über die weiten, grünen Felder blicken konnte. Neben einigen gelben Getreidefeldern und kleinen, umzäunten Weiden mit Nutzvieh schlängelte sich der Fluss entlang und gurgelte freundlich.

»Was habe ich diesen idyllischen Anblick vermisst ... Es gibt nur wenige Orte auf dieser Welt, die so friedlich sind,« sagte Sariel.

Einige Zeit später brachte Tekla ihnen Essen. »So ... da hätten wir geschmortes Waldkaninchen für den stolzen Krieger Brasilan, eine Portion Bachforelle mit Beeren und Nüssen für die freche Delora und einen Teller Wildbret mit Knusperbrot und Gemüse für die kleine Sariel. Ich habe nicht vergessen, was ihr gerne mögt,« lächelte sie und setzte sich zu ihnen.

»So klein bin ich nicht mehr,« schmunzelte die Cherubim.

»Du warst immer das Nesthäkchen hier, Liebes. Obwohl wir dich nie anders behandelt haben als die anderen Kinder, hast du dich oft einsam gefühlt. Deine Mutter hat alles versucht, damit du dich geliebt und akzeptiert fühltest, aber du konntest nie überwinden, wie anders du aussiehst. Amala war eine so herzensgute Frau. Es ist eine Schande, dass sie krank wurde ...«

»Ihre Zeit war gekommen. Dagegen kann niemand etwas tun,« meinte Brasilan stoisch.

»Ich denke, ich würde gern ihr Grab besuchen, wenn wir schonmal hier sind,« entschied Sariel.

»Das würde ihr sicher gefallen, Kinder. Sie hat euch alle so sehr geliebt. Sie wäre glücklich, zu wissen, dass ihr drei einander immer noch habt und unterstützt. Das hat sie sich für euch gewünscht,« sagte die alte Avianerin zufrieden.

***

Später am Nachmittag gingen sie zu Fuß an den Waldrand und folgten ihm ein Stück nach Norden, bis sie zum Friedhof des Dorfes kamen. Es war ein großer, runder Platz, der mit Holzmarkierungen versehen war.

Delora schauderte. »Ich war noch nie gerne hier. Man hat das Gefühl, beobachtet zu werden.«

»Die Engel lassen ihre Gefallenen in den Leuchtkern fallen. Sie werden dort zu reinem Licht und sollen den Weg für kommende Generationen erhellen. Dadurch gibt es keine Leichen, die begraben werden können. Man gedenkt ihnen im Geiste,« erklärte Sariel.

»Auch eine schöne Tradition. Leider haben nur sie Zugang zum Kern, sodass wir anderen keine Wahl haben, als Begräbnisse zu errichten,« meinte ihr Bruder.

Sie sah ihn an: »Spüre ich da eine gewisse Abneigung?«

»Durchaus. Ich schätze alle Völker gleichermaßen, doch es erscheint mir nicht ausgewogen, dass die Engel mehr Kontrolle über die natürlichen Vorgänge Paldurs haben als alle anderen. Es ist gefährlich,« antwortete er.

Das Grab von Amala lag dicht am Waldrand am Fuß eines großen, knorrigen, alten Baums. Die kreuzförmige Markierung war besonders verziert und sogar aus Stein gemeißelt worden. Sie war nicht nur eine weise, alte Avianerin, sondern auch die Dorfälteste gewesen. Als Mutter eines Mischlings wurde sie von vielen skeptisch betrachtet, da es selten war, dass sich ein Engel dazu herabließ, mit einem Avianer intim zu werden. Üblicherweise gaben sich die Mitglieder des Adlervolks nicht dafür her, derart arroganten Wesen zu Willen zu sein. Dennoch war sie hochangesehen und wurde von allen geliebt.

Sariel betrachtete den Grabstein und kniete sich davor, während die beiden anderen hinter ihr stehenblieben. Sie fühlte tiefe Trauer, als all die vielen schönen Kindheitserinnerungen durch ihren Kopf schossen. Amala starb, als sie 47 Jahre alt war. Nun war sie 86, sodass es lange her war.

»Ich lebe nun schon fast mein halbes Leben ohne sie, doch es vergeht kaum ein Tag, an dem ich mir nicht wünsche, ihren Rat zu hören. Sie konnte stets alles so erklären, dass ich es verstand. Niemals hat sie geurteilt und ich hatte immer das Gefühl, sie versteht mich. Seither habe ich nie wieder so gefühlt.«

Brasilan stimmte ihr zu. »Mutter war klug und einfühlsam wie kaum jemand auf dieser Welt. Ihr Tod war ein Schlag für unser gesamtes Volk. Dennoch hat sie uns beide hinterlassen. Ich bin dankbar für die gemeinsame Zeit, doch ich trauere nicht mehr. Wer stets mit einem Auge in die Vergangenheit blickt, übersieht schnell vieles, das vor ihm liegt. Das hat sie oft zu mir gesagt.«

»Sie war eine weise Frau. In gewisser Weise war sie uns allen eine gütige Mutter,« fand Delora.

Mit einem Seufzen stand Sariel wieder auf und betrachtete die Umgebung. Die Lichtstrahlen fielen durch die Baumwipfel und zeichneten ein Muster aus warmem Licht auf das saftige Gras. Schmetterlinge flatterten zwischen den Grabmarkierungen umher und die Vögel zwitscherten hell und voller Leben.

»Es ist ein schöner Ort für die letzte Ruhe.«

»Wobei Ruhe bei dem Vogellärm kaum der richtige Begriff ist ...«, meinte Delora schmunzelnd.

»Ich wünschte, Mutter wäre heute hier. Es gibt so vieles, was ich sie fragen würde. Selten stand ich an einem Punkt, an dem ich so unsicher war, was ich als Nächstes tun soll.«

Brasilan legte den Kopf leicht schief. »Sprichst du von deiner Zukunft bei den Engeln? Deinen Erzählungen nach dürfte es kaum Gründe für dich geben, eine Rückkehr überhaupt zu erwägen. Man würde dich sicher kaum besser behandeln.«

Sie verschränkte die Arme. »Das mag sein, aber noch nie zuvor ist ein Sonderling in ihren Reihen so hochgeklettert. Ich könnte ein Sinnbild für mehr Toleranz werden, falls ich lange genug durchhalte. Wenn ich stattdessen aufgebe und einfach hierbleibe, bestätigt das die Cherubim nur in ihrem Glauben, dass alle anderen Völker unwürdig sind.«

Delora schnaubte. »Ich bezweifle stark, dass sie darin Bestätigung brauchen. Selbstbeweihräucherung gehört doch zu den ersten Dingen, die man als Engel lernt.«

»Das mag alles sein, ist aber nicht der Punkt. Nebenbei bemerkt kann ich auch nicht einfach hinnehmen, dass man mich trotz meiner Leistungen wie eine Aussätzige behandelt. Selbst wenn ich anders aussehe, habe ich als Kriegerin einen gewissen Respekt verdient,« beharrte Sariel.

»Zugegeben. Aber den wirst du wohl eher nicht bekommen. Man wird dich höchstens noch weiter demütigen,« meinte Brasilan mit einem Schulterzucken. »Mal angenommen, du entscheidest dich dafür, es noch einmal zu versuchen. Was genau wären deine Optionen?«

Sie überlegte. »Im Grunde gibt es nur eine. Man hat mich bis auf Weiteres suspendiert. Ich nehme an, General Apollodiel wird die Situation einfach so belassen und mich irgendwann heimlich entlassen. Wenn ich wieder eingesetzt werden will, bleibt mir eigentlich nur die Möglichkeit, eine Anhörung beim Engelsrat in Lucis zu verlangen. Als Mitglied des Engelscorps bin ich berechtigt, das einzufordern.«

»Und was dann?«, fragte Delora mit ungläubigem Blick. »Die Erzengel sind nicht gerade für ihr Mitgefühl bekannt.«

»Mein Fall ist keine Frage der Empathie, sondern der Fakten. Ich habe alles richtig gemacht und immer wieder mein Leben in der Schlacht riskiert. Viciodiel kann bezeugen, dass viele Kameraden mich bewusst ausgegrenzt und sabotiert haben. Nicht einmal die arroganten Valarim können offen Unrecht billigen, selbst wenn es um einen Mischling wie mich geht.«

Ihr Bruder rieb sich den Schnabel und zuckte dann mit den Schultern. »Also schön, Sariel. Wenn du den Versuch wagen willst, stehen wir dir zur Seite. Wir können dich zwar nicht zum Rat begleiten, aber wir kommen mit nach Lucis. Ich wollte mir die Stadt ohnehin schon lange einmal ansehen. Als persönliche Gesandte von Gihra müssen sie uns den Zutritt gewähren.«

Die Cherubim war fassungslos und glücklich. »Ich hätte nie damit gerechnet, dass ihr mitkommen würdet! Das bedeutet mir viel ...«

»Wir sind deine Familie, Liebes,« sagte Delora und umarmte sie. »Wir sind für dich da, selbst wenn es niemand sonst ist.«

Jagdauftrag

Der Diamanthammer war makellos wie immer, als Onyx damit fertig war, ihn mit einem Schleifstein zu reinigen. Er liebte es, wie sich das Licht in den vielen kleinen Flächen spiegelte und in mehrere Farbspektren gebrochen wurde.

Im Hintergrund hörte er überall Hämmern und Kratzen, da er im höher gelegenen Bereich der Festung Gram stand, wo die Schmieden und Werkstätte waren. Der gesamte Ort war in einen kleinen Berg hineingetrieben worden. Anstatt die Festung neu zu bauen, hatten die Torkan einfach den bestehenden Fels beibehalten und ihn ausgehöhlt und mit Metall verstärkt. Von außen war sie kaum zu erkennen, denn es gab natürliche Felssäulen und Spitzen, die als Wachtürme fungierten, ohne aufzufallen. Gram war die größte Militäreinrichtung ihres Volkes und so groß, dass alle Krieger dort ausgebildet werden konnten. Auch gab es die zweitgrößte Werkstatt für Belagerungsmaschinen im hinteren Teil. Das Innere war weniger grob, als man es von außen erwartete. Die Wände und Decken waren glatt, die dicken Trägersäulen waren viereckig und es hingen sogar rötliche Wandteppiche aus Metall überall. Hunderte Torkan liefen dort herum und arbeiteten oder trainierten.

Sein Blick ruhte auf Granite, der mit einem großen Hammer versuchte, seine in der Schlacht verbeulte Rüstung zu reparieren. Obwohl es ihm schwerer fiel als Onyx, hatte er seinen fehlenden Arm einige Stunden nach der Verwundung wieder angebracht. Anders als er legte der Hüne aus Granit wert darauf, nur dasselbe Material zu verwenden, sodass er eine Weile hatte suchen müssen.

Onyx selbst bestand schon lange nicht mehr nur noch aus Onyx, sondern hatte im Laufe der Jahre viele Gliedmaßen durch andere dunkle Gesteinsarten ersetzt. Daher war seine Farbe eher ein Flickenteppich verschiedener Grautöne.

»Wie kommt es eigentlich, dass du noch nie einen Arm oder ein Bein verloren hast, Obsidian?«, fragte er sie.

Sie stand bei ihm und hatte eine Hand an den Flügel von Venge gelegt, der regungslos neben ihr hockte, während seine Augen alles beobachteten.

»Das liegt daran, dass ich im Gegensatz zu euch eine gute Kriegerin bin,« grinste sie. Als er die Augen verdrehte, meinte sie: »Ich denke, die scharfkantigen Stellen helfen dabei. Außerdem sind meine Oberflächen glatter und gegnerische Angriffe gleiten daran besser ab. Oder ich hatte einfach mehr Glück als ihr. Wer weiß das schon?«

»Ich hoffe mal, dass wir nicht gleich wieder eine Schlacht lostreten. Kargland hat uns viele gute Leute gekostet. Wenn wir uns weiterhin so verausgaben, werden uns die verschissenen Engel bald überrennen,« murrte er.

»Ohne neue Katapulte macht ein Angriff wenig Sinn. Jade hat angedeutet, dass der Bau noch eine Weile dauern wird. Ich würde schätzen, wir haben jetzt für ein paar Wochen Ruhe,« reagierte sie und klopfte Venge auf den Rücken, als er leise brummte.

Der Gargoyle war ungewöhnlich klug und schien sie als Schützling zu betrachten, was sehr selten war.

Sobald Granite seine Metallweste wieder tragen konnte, kam er zu ihnen und brummte: »Wieso ist dieses Vieh eigentlich ständig bei uns?

In der Schlacht mag das ja seinen Nutzen haben, aber ansonsten gehört es in einen Käfig.«

Darauf reagierte Venge mit einem tiefen Knurren.

»Wenn es dich beruhigt, kann ich dir versichern, dass er dich auch nicht ausstehen kann. Er gehört jetzt zu mir und damit ist er Teil unserer Gruppe. Gewöhn dich dran, Kantenschädel,« meinte Obsidian wenig beeindruckt.

Anders als der Hüne hatte Onyx kein Problem mit der Anwesenheit des Gargoyles. »Bleibt alle ruhig, in Ordnung? Jade hat uns rufen lassen. Anscheinend gibt es mal wieder Arbeit für uns.«

Granite schob Venge unsanft beiseite und stampfte voraus, während die anderen beiden ihm folgten.

Sie liefen durch die hohen Hallen im Zentrum der Festung und hielten sich in Richtung einer großen Treppe, die in einen der oberen Bereiche führte, wo die militärische Anführerin vor einer in die Wand geritzten Karte stand. Die ungewöhnlich filigrane Torkan mit den blassgrünen Gliedmaßen hatte einen schmalen Kopf mit schrägem Ende, so als wäre es eine bewusst gewagte Frisur.

»Da seid ihr ja. Das berühmte Schmettertrio. Ich muss sagen, ihr habt euch auf dem Schlachtfeld sehr gut geschlagen. Viele der geflügelten Pest sind euretwegen tot,« lobte sie sie.

Da Onyx der inoffizielle Sprecher der Gruppe war, trat er einen Schritt vor. »Wir sind immer gern bereit, ein paar Engel zu zermalmen, Boss. Allerdings bin ich erstaunt, dass du so schnell einen neuen Kampf für uns hast. Müssten diese Weichlinge nicht erstmal ein paar Wochen ihre Wunden lecken, bevor sie wieder angeflogen kommen?«

»So wird es vermutlich sein, ja. Die Aufgabe, die ich heute für euch habe, hat ganz andere Gründe als den Krieg. Als Soldaten werden wir nicht nur im Kampf gegen Engel gebraucht, sondern uns obliegt zudem die Verantwortung, für den Schutz unseres Reiches zu sorgen. Im Südosten gibt es ein Problem, um das ihr euch kümmern werdet.«

»Kannst du etwas genauer werden?«, fragte Obsidian.

Jade tippte auf eine Stelle der Karte. »Euch ist sicher das Dorf Riraz bekannt. Heimat der besten Steinmetze, die die Gussformen für unsere Gießereien herstellen und auch Lava in gewünschte Formen bringen.«

Granite lehnte sich an eine Säule. »Klar kennen wir den Ort. Haben da unten mal ein paar verirrte Späher der Engel zur Strecke gebracht.«

»Ich habe mehrere Hilfegesuche von dort erhalten. Offenbar wurde das Dorf in den letzten Wochen wiederholt das Opfer von Angriffen durch Glutdrachen. Diese Bestien haben sich lange Zeit nicht blicken lassen, aber nun scheinen sie es auf Riraz abgesehen zu haben. Ich will, dass ihr dorthin reist, die Quelle des Ärgers aufspürt, und sie beseitigt,« stellte Jade klar.

Obwohl Onyx von dem Auftrag nicht begeistert war, riss er sich zusammen. »Verstanden. Nicht die glorreichste Aufgabe, aber wir kümmern uns darum.« Sobald sie jedoch wieder unten waren, legte er los. »Was soll die Scheiße? Erst sagt sie, wir wären die Besten, und dann schickt sie uns los auf eine belanglose Jagd. Sowas können doch auch Frischlinge erledigen!«

»Na ja, Glutdrachen sind nicht ungefährlich. Wenn sie Riraz wirklich mehrmals im Visier hatten, werden wir gebraucht. Es ist keine imposante Schlacht, aber wir sind nun einmal Krieger. Der Schutz des

Volkes ist unser Job und das kann manchmal banal sein,« meinte Obsidian schulterzuckend.

***

Eine knappe Woche Fußmarsch war nötig, um das Dorf von der Festung aus zu erreichen. Dabei verlief der Großteil des Weges über felsige Weiten mit zahllosen schmalen Pfaden zwischen scharfkantigen Klüften und tiefen Spalten. Kleine Lavaströme zogen sich überall durch die Umgebung und waren gleichzeitig gefährlich und ästhetisch ansprechend.

Granite verbrachte viel Zeit damit, sich über Venge zu beklagen, dessen leise Bewegungen zwar kaum störten, aber ihm dennoch als Grund dienten. Nach drei Tagen hatte Obsidian genug gehabt und ihn ordentlich verprügelt, sodass er sich bis auf Weiteres andere Themen zum Nörgeln gesucht hatte.

»Erinnert ihr euch noch an diesen einen Engel während der Schlacht, der die abgebrochene Lanze hatte? Ich hab sie ihm durch den Körper gerammt wie einen Stiel! Die Blicke der anderen Engel, als ich sie mit ihm erschlagen habe, waren unbezahlbar!«, lachte er.

Onyx meinte: »Ich frage mich, wieso sie immer wieder den Kampf suchen. Bevor wir die Katapulte entwickelt hatten, gaben wir ihnen nie Anlass für Angriffe. Ihnen sollte doch klar sein, dass sie gegen uns keine Chance haben.«

»Sie sind nicht besonders klug, diese Engel. Halten sich für was Besseres und wollen uns unterwerfen. Ich finde es völlig richtig, dass wir ihnen dafür in den Arsch treten. Immerhin fordern sie es heraus,« kam es von Obsidian.

Als Riraz in einem Tal vor ihnen in Sicht kam, sahen sie den Qualm aufsteigen, der immer von Lavaströmen ausging. Einer davon verlief mitten durch den Ort und diente als Lichtquelle und Rohstoffbasis für alle in den Formen gegossenen Steinteile, die dann ins ganze Reich transportiert wurden.

»Da ist es ja. Gut ... Diese ewige Marschiererei nervt langsam,« meckerte Granite.

»Ich habe noch nie einen so großen Kerl so viel jammern hören,« spottete Obsidian.

Onyx machte sich daran, einen Hang hinabzusteigen. »Er hat aber ausnahmsweise mal recht. Da schlagen wir uns in der Schlacht außerordentlich gut und was ist der Dank? Ein beschissener Job als Putzkolonne, um den Dreck von ein paar Glutdrachen wegzuräumen. So ein Blödsinn ist unter unserer Würde.«

Seine feminine Kameradin entgegnete: »Ich bin froh, dass du das Jade gegenüber nicht gesagt hast. Sie glaubt beinahe so fest an unsere Lebensweise wie Basaltan und beide mögen es nicht, wenn man das kritisiert. Als Krieger ist es unsere Aufgabe, Befehle zu befolgen, ob uns das passt oder nicht.«

»Willst du mir etwa weismachen, es würde dich überhaupt nicht stören, dass wir nach all den Jahren gerade mal zur Jagd auf ein paar störende Drachen taugen?«

Granite zuckte mit den Schultern. »Nur weil wir Kriegshelden sind, macht uns das ja nicht plötzlich zu Anführern, die keine gewöhnlichen Aufgaben mehr annehmen müssen. Klar ist das manchmal frustrierend, aber ich betrachte es als Übung. Und vielleicht geht ja dieser lästige Gargoyle dabei drauf.«

»Wenn du nicht bald aufhörst, auf Venge rumzuhacken, reiße ich dir den Arm aus und gebe ihn ihm als Kauknochen,« entgegnete Obsidian mit erhobener Braue. An Onyx gerichtet meinte sie: »Ich bin auch nicht gerade begeistert darüber, mich mit diesen lästigen Drachen herumärgern zu müssen, aber was sollen wir tun? Du weißt ja, was mit denen passiert, die sich gegen die Ordnung stellen. Ein schnelles Bad im Lavasee und schon bist du weg.«

Murrend stapfte der inoffizielle Anführer des Trios zum Dorf, wo sie bereits die Auswirkungen der Angriffe erkennen konnten. Einige der groben Häuser waren auseinandergefallen, Statuen lagen zerbrochen am Boden und viele versteinerte Spritzer aus dem Fluss waren überall verteilt.

»Ich habe noch nie erlebt, dass Glutdrachen so gezielt ein ganzes Dorf attackieren. Normalerweise tun sie das nur, wenn ihre Brutstätte bedroht wird,« überlegte Obsidian.

Die Anwohner bemerkten sie sofort, da sie ganz offensichtlich in ständiger Alarmbereitschaft waren. Einer von ihnen kam auf sie zu. Es war ein normal gebauter Kerl aus hellgrauem Stein, dessen Kopf einen ungewöhnlich tiefen Spalt aufwies.

»Seid gegrüßt, Krieger! Bitte sagt mir, dass man euch geschickt hat, um uns von diesen verfluchten Drachen zu befreien. Wenn das so weitergeht, steht hier bald kein Haus mehr.«

»Keine Sorge, Bürger! Wir sind erfahrene Helden, die gekommen sind, um euch zu retten,« verkündete Granite laut und viele der Leute jubelten.

Onyx war wesentlich sachlicher, als er fragte: »Wie lange geht das schon so? Habt ihr eine Ahnung, weshalb sie euch immer wieder angreifen?«

Der Mann schüttelte den Kopf. »Wenn wir das nur wüssten ... Sie kamen vor ein paar Wochen einfach aus dem Fluss und griffen uns an. Unsere Wachen konnten sie vertreiben, aber mit jedem Angriff verloren wir einige von ihnen. Jetzt ist keiner mehr übrig. Ich fürchte, wenn sie ein weiteres Mal angreifen, werden wir das nicht überstehen.«

Der dunkle Torkan beugte sich zu Obsidian. »Wäre hier eine Brutstätte, würde man es anhand einiger Anzeichen erkennen. Am Besten sehen wir uns mal um. Granite, du solltest mit den Leuten reden und fragen, ob sich in den vergangenen Wochen irgendetwas verändert hat, das diese Angriffe provoziert haben könnte.«

»Geht klar, Kumpel,« bestätigte der Hüne.

Während er anfing, den Anwohnern Fragen zu stellen, liefen Onyx und Obsidian durch das Dorf und suchten das umliegende Gelände ab. Venge war dabei eine große Hilfe, da Gargoyles hervorragend darin waren, Lebensformen zu erspüren.

Die Umgebung um Riraz unterschied sich nur unwesentlich von vielen anderen Teilen des Reiches der Torkan. Der Großteil bestand aus kargem Fels, war voller Asche und überall gab es kleine Rinnsale oder ganze Flüsse aus glühender Lava, wobei von diversen Stellen dunkler Qualm gen Himmel zog.

»Kannst du dir vorstellen, dass die Engel unsere Heimat manchmal Hölle, Unterwelt oder Fegefeuer nennen? Dabei ist es hier so schön! Alles ist solide, überall gibt es Gestein und alles leuchtet von der Lava. Das ist doch kein Grund für solch düstere Begriffe!«, meinte Obsidian und stemmte zufrieden die Hände in die Hüften. Dabei reflektierte die schwarze Oberfläche ihres Körpers das Licht des nächstgelegenen Flusses.

»Da ich noch nie woanders war, kann ich nicht beurteilen, ob es hier schön ist oder nicht. Man sagt, die grünen Lande der Avianer seien ein Paradies. Eines Tages würde ich das gern selbst bezeugen,« überlegte Onyx laut.

»Pah! Wenn du das versuchst, brauchst du danach niemals wiederzukommen. Auf Desertion gilt die Todesstrafe. Nicht mal ein Baumeister dürfte sich ohne ausdrücklichen Befehl aus unserem Gebiet entfernen.«

Er untersuchte einige Spuren am Boden. »Und genau deswegen stinkt mir unsere Kultur so sehr. Wer keine neuen Eindrücke gewinnt, wird sich niemals weiterentwickeln.«

Obsidian deutete auf eine Stelle in der Nähe, damit Venge sich dort umsah. »Ich vergesse manchmal deine extremen Ansichten, Kumpel. Ich sage es nicht gerne, aber ich glaube, du hast einen Kiesel locker. Diese Art freigeistiges Denken wird dich nochmal umbringen. Denk an meine Worte.«

Nach einigen Stunden der Untersuchung fanden sie keinerlei Hinweise darauf, dass sich Glutdrachen im Umkreis des Dorfes aufhielten. Die beiden waren gerade auf dem Weg zurück, als sie einen Tumult hörten.

»Da scheint sich was zu tun!«, sagte Onyx und sie rannten los.

Bereits an der Dorfgrenze sahen sie, wie zwei massige Glutdrachen aus dem Fluss kamen und alles in Feuer badeten. Sie waren jeweils zehn Meter lang und etwa einen Meter dick, wie große Schlangen. Ihre

Schuppenhaut sah aus wie glühende Kohlen, durchzogen von Flammen. Ihre gehörnten Köpfe waren länglich, wobei die brennenden Augen und qualmenden Zähne wie dafür gemacht schienen, zu zerstören. Unheilvolles Fauchen begleitete die Feuerstrahlen, die aus ihren Mäulern schossen und drei Häuser zum Einsturz brachten.

Ohne zu zögern, rannten die beiden Krieger los, um Granite zu helfen, der einem der Drachen bereits einen harten Schlag gegen den Kopf verpasst und damit seine Aufmerksamkeit auf sich gezogen hatte. Daraufhin erwischte ihn dessen Schwanz und er flog durch eine Steinmauer.

Venge entfaltete seine ledrigen Flügel und schwirrte um die zweite Bestie herum, während sich Obsidian und Onyx auf die andere konzentrierten.

Der Anführer schlug mit seinem Diamanthammer auf den Körper der Kreatur ein. Zeitgleich lenkte seine Partnerin den Glutdrachen ab, der sie in Flammen badete. Sie schien sich daran nicht zu stören und bearbeitete den Kopf mit ihren scharfkantigen Armen. Granite kehrte zurück und schleuderte große Felsbrocken, die gegen beide Monster krachten.

Obsidian rief: »Ich übernehme den hier! Kümmert ihr euch um den anderen!«

Zunächst wollte Onyx fragen, wie sie sich das vorstellte, doch er beschloss, ihr zu vertrauen, und winkte seinen anderen Kameraden zu sich.

Sofort mussten sie aus dem Weg springen, da das Feuer der Drachen bis zu 800 Grad erreichte, was keiner der beiden verkraften konnte. Nur dank Venge konnten sie aus der Deckung kommen und ihren Angriff fortsetzen.

»Ich hab ne Idee, aber es wird riskant!«, meinte Granite.

»Im Moment bin ich für jeden Vorschlag offen, Kumpel!«, gab Onyx zurück und schlug mit dem Hammer einen großen Stein gegen das Auge des Wesens, nur um dann hinter eine niedrige Mauer zu springen.

Als er wieder hochkam, war sein Kamerad verschwunden. Er wollte sich dem Vieh nähern und dessen Körper direkt bearbeiten, doch immer wieder musste er Feuerbällen ausweichen oder in Deckung gehen, um nicht geschmolzen zu werden.

»Scheiße! So wird das nie was!«, fluchte er und lehnte sich auf den Hammer, um um eine Ecke zu lugen.

Sekunden später krachte es und er wurde mitsamt seiner Deckung weggesprengt, als der dicke Schwanz des Drachen ihn erwischte. Unsanft schlug er auf dem Boden auf und bekam mehrere Steine gegen den Kopf, sodass ihm schwindelig wurde. Dennoch rollte er sich wieder auf die Beine und versuchte, den Überblick zu behalten. Derart große und aggressive Glutdrachen hatte er noch nie gesehen.

Beim Blick zu Obsidian war er erstaunt, da sie den physischen Angriffen des Drachen auswich und ansonsten jegliches Feuer ignorierte. Als die Kreatur das bemerkte, wollte sie nach der schwarzen Kriegerin schnappen, aber darauf schien sie gewartet zu haben. Mit einem schnellen Stoß rammte sie ihren Arm direkt ins Maul der Bestie und riss die komplette Zunge mit einem Ruck heraus. Das war zu viel für das Wesen und es krachte tot auf dem Boden auf, wobei das Feuer in seinem Inneren erlosch.

Onyx wurde abgelenkt, als er Gebrüll hörte. Granite war auf einen Vorsprung geklettert und stürzte sich nun auf den Rücken des zweiten Glutdrachen. Dabei landete er so weit oben, dass der Kopf der Kreatur von dem Gewicht bis fast auf den Boden gepresst wurde. Das war die Gelegenheit zum Schlag, sodass Onyx losrannte und mit einem Kampfschrei in die Luft sprang, während er den Diamanthammer hinter seinem Kopf hielt. Mit einem mächtigen Hieb ließ er die Waffe auf den Schädel des Tieres herabfahren und hörte deutlich das Knacken, als er auftraf. Um sicherzugehen, schmetterte er den Hammer noch drei weitere Male auf das Ziel, bis auch das letzte Knurren aus der Kehle des Monsters verklungen und die Augen tot waren.

Keuchend starrte er auf das besiegte Biest, während Granite geräuschvoll herunterfiel und in der Asche landete.

»Hast du das gesehen? Heldenhafter als dieser Sprung geht einfach nicht! Voll auf den Rücken! Das Vieh wusste gar nicht, was abgeht! Und dann du mit dem Hammer!«

Die Anwohner kamen vorsichtig aus ihren Verstecken und fingen an, zu jubeln und zu loben.

Obsidian trat neben die beiden und meinte: »Ihr seid ja doch zu was gut. Ich fürchtete schon, ich müsste eure Überreste aufkehren.« Als Venge bei ihr landete, streichelte sie seinen Arm. »Gut gemacht, mein Junge!«

»Wie kannst du den Feuerstößen dieser Dinger widerstehen?«, wollte Onyx wissen.

Sie sah ihn an. »Na ja, Obsidian wird auch Vulkanglas genannt. Ich kann Temperaturen von bis zu 1250 Grad überstehen. Granite schafft zumindest noch 600, aber du mit deinen 145 Grad solltest dich wohl eher hinter uns verstecken,« grinste sie.

»Sagt die Kriegerin mit der geringsten Härte hier,« lachte Granite.

»Richtig! Du magst dem Feuer widerstehen können, aber Onyx ist wesentlich härter. Deswegen sind wir ein so gutes Team. Du hältst die Hitze auf, ich die Schläge. Und Granite ist generell eher mittelmäßig.«

»Arschloch ...«, brummte der Hüne und schlug ihm gegen die Schulter.

Die Kadaver der beiden Drachen lagen mitten im Dorf und mehrere Gebäude waren schwer beschädigt oder sogar gänzlich eingestürzt. Der Schaden war verheerend, doch es war keine völlige Vernichtung.

Der Dorfvorsteher kam zu ihnen. »Ihr habt sie erledigt! Das war beeindruckend! Leider waren das nicht alle. Sie kommen manchmal zu viert oder sogar zu fünft.«

Onyx rieb sich den Kopf. »Hm. Also müssen sie sich irgendwo verstecken. Wir haben die Umgebung des Dorfes abgesucht, aber keine Anzeichen für eine Brutstätte gefunden.«

»Wenn sie immer aus dem Fluss kommen, könnte es doch sein, dass sie darin bis hierher schwimmen. Sie könnten sich im Grunde überall entlang des Lavastroms aufhalten,« überlegte Granite laut.

Der Vorsteher deutete auf den Fluss. »Nun ja, der Strom endet nur wenige Kilometer im Osten. In der Richtung gibt es nur Flachland. Es wäre also wahrscheinlicher, dass ihr sie im Südwesten findet.«

Als Obsidian daraufhin seufzte, wollte Onyx wissen, was los war. Sie antwortete: »Südlich von hier liegt das Dunkeltal. Das ist eine kluftige, heiße Gegend voller kleiner Höhlen und Vulkanasche. Selbst wir meiden den Ort, weil er gefährlich, unübersichtlich und unangenehm ist.«

»Tja, wir haben keine Wahl, wie es scheint. Wenn diese Mistviecher sich dort eingenistet haben, müssen wir sie ausräuchern. Ich hoffe nur, die sind nicht alle so groß. Früher waren die doch mal kleiner, oder?«, kam es von Onyx.

***

Da ihr Auftrag unmissverständlich die Beseitigung der Bedrohung für Riraz war, blieb ihnen nichts anderes übrig, als den beschwerlichen Marsch durch das Dunkeltal anzutreten. Zunächst folgten sie dem Lavastrom in Richtung Südwesten, da das am einfachsten war, um den Weg der Drachen zurückzuverfolgen. Nach einigen Wegstunden erreichten sie eine Gabelung.

»Sieh an. Ein Felsrutsch hat einen Nebenfluss erschaffen, der hinab ins Tal fließt. Das muss der Weg sein, den die Bestien nehmen,« vermutete Obsidian.

»Dann wollen wir mal da runter und uns mit einer Horde Glutdrachen anlegen ...«, murmelte Granite.

Sie begannen den unsicheren Abstieg über tiefe Klüfte und steile Abhänge in ein Gebiet voller dünner Basaltformationen, Spitzen und Felshügeln. Von weiter oben konnte man alles überblicken, doch sobald sie unten waren, verhinderten die vielen Erhebungen und Formationen einen freien Blick. Hinzu kam, dass der Himmel von den dichten, schwarzen Qualmwolken verdunkelt wurde, die aus Löchern am Boden aufstiegen. Der Nebenfluss teilte sich in Dutzende kleine Bäche aus Lava auf, die sich wie ein Netz durch das Tal zogen.

»Na toll ... Die Viecher könnten im Grunde von überall kommen,« stellte Onyx fest.

»Venge wird sie aufspüren,« versicherte Obsidian und schickte ihren Gargoyle los, um die Gegend abzusuchen. »Außerdem sind die kleinen Bäche so schmal, dass ein so großer Glutdrache, wie wir sie in Riraz gesehen haben, niemals spurlos hindurchgleiten könnte. Sie müssen Schleifspuren oder andere Hinweise hinterlassen haben, denen wir folgen können.«

Diese Vermutung stellte sich als korrekt heraus. Kaum hatten sie sich einige der Abzweigungen genauer angesehen, fand Granite lose Steine und abgeschabte Steinspähne, wie sie entstanden, wenn etwas Schweres über den Boden kratzte.

»Das muss der richtige Weg sein,« meinte der Hüne.

Da sie nicht wissen konnten, wo sich die Drachen genau aufhielten, hatte Onyx den Hammer in der Hand und war bereit für jegliche Entwicklung. Allerdings schienen sich die Wesen nicht einfach zwischen den Felskonstrukten aufzuhalten, die es dort überall gab.

»Dieser Ort ist ziemlich düster und chaotisch,« fand er.

Obsidian kannte sich ganz gut im Land aus und erklärte: »Das hier war vor langer Zeit einmal ein Lavasee. Riraz wurde gegründet, nachdem eine große Gruppe Torkan so viel Lava abgeschöpft hat, dass das Tal ausgekühlt ist. Schwer zu sagen, wieso es nicht wieder vollgelaufen ist.«

»Das erklärt auf jeden Fall die seltsamen Formen der Felsen hier. Sowas gibt es nirgendwo sonst im Reich,« stellte Onyx fest.

Sie folgten den Spuren weiter und über zwei andere Abzweigungen hinweg, die die Lavaströme immer kleiner werden ließen.

Granite beobachtete, wie Venge über ihnen herumflog. »Dieser bescheuerte Gargoyle hilft hier niemandem. Wozu brauchen wir ihn? Glutdrachen können sich nur in der Nähe starker Wärmequellen aufhalten, weil sie ihre Körpertemperatur nicht eigenständig aufrechterhalten können. Sie müssen sich in Flussnähe bewegen. Sie zu finden erfordert keines dieser stinkigen Viecher.«

»Vielleicht solltest du etwas nachsichtiger sein, wenn man bedenkt, dass er dir in Riraz den Arsch gerettet hat. Hätte er den Drachen nicht abgelenkt, hätte er dich kommen sehen,« warf Obsidian ein.

Als Antwort knurrte der Hüne nur.

»Was stört dich eigentlich so sehr an Gargoyles? Die meisten von ihnen sind doch im Grunde nur Kampfhunde. Für uns sind sie kaum eine Gefahr, selbst wenn sie unkontrolliert wären,« hakte Onyx nach und schlängelte sich zwischen zwei natürlichen Säulen hindurch.

»Ich mag nicht, wie sie aussehen, sich bewegen, wie sie riechen, klingen und die Tatsache, dass sie fliegen können. Such's dir aus. Es sind insgesamt widerliche Tiere, auf deren Hilfe wir nicht angewiesen sein sollten,« murrte Granite.

Der Anführer sah Obsidian kopfschüttelnd an. »Was soll man dazu noch sagen?«

»Es wird der Tag kommen, an dem du froh sein wirst, dass Venge bei uns ist. Warte es nur ab, du Miesepeter,« entgegnete sie belustigt.

Die Fortbewegung durch das Tal war mühsam, da sie ständig Hindernissen ausweichen, über Geröll klettern oder Höhenunterschiede überwinden mussten. Nach fast drei Stunden des Spurenlesens entdeckten sie, wie der Gargoyle am Himmel kreiste. Sie näherten sich der Stelle und bemerkten, dass die Lava in eine große Öffnung floss. Es handelte sich um ein Loch im Boden, das einen Durchmesser von mehreren Metern hatte. Heller Rauch stieg von dort auf.

»Was ist das jetzt wieder? Eine Art Lavagrube?«, fragte Onyx entnervt.

Sie traten an den Rand und spähten hinein. Durch den Qualm hindurch erspähten sie eine weitläufige Höhle, in der eine Art heiße Lavaquelle von dem Bach gespeist wurde. Die zähflüssige Masse floss wie ein Lavafall hinunter. Darin und darum herum erkannten sie sieben Glutdrachen, von denen einer sogar noch wuchtiger war als die Exemplare im Dorf. Die anderen waren kleiner, aber dennoch größer als diese Tiere gewöhnlich wurden.

»Scheiße ... Das sind viele. Ich glaube kaum, dass wir mit denen allen fertig werden,« zweifelte Granite.

Onyx überlegte. »Wir müssen uns irgendwas einfallen lassen. Wenn wir zurückkehren, ohne diese Dinger vernichtet zu haben, sind wir das Gespött des Militärs.«

»Wie sind sie hier hochgekommen, um dem Fluss zu folgen? Und wieso?«, fragte Obsidian.

»Vielleicht deshalb?«, kam es von Granite, der auf etwas deutete.

In einiger Entfernung bemerkten sie verlassenes Baugerät, Karren und Werkzeuge. Als sie sich die Gegenstände näher ansahen, entdeckten sie auch die Überreste toter Torkan, die bei der Arbeit überrumpelt worden sein mussten.

»Sieht aus, als hätten die Arbeiter aus Riraz hier nach speziellen Erzen gegraben. Dabei haben sie wohl einen Stollen geöffnet, der zu den Glutdrachen führt. Die fühlten sich bedroht und haben alle getötet,« schlussfolgerte Onyx.

Obsidian hob einen Metallspeer auf. »Das war aber wohl noch nicht alles. Woher wussten die Drachen von dem Dorf? Mir scheint, als hätten einige Krieger die fehlenden Arbeiter gesucht und die Tiere gefunden. Ein paar sind geflohen und haben sie direkt nach Riraz geführt. Seitdem betrachten sie das Dorf als Bedrohung.«

»Würde es dann nicht ausreichen, wenn wir den Stollen wieder verschließen? Dann kämen sie nicht mehr raus und die Gefahr wäre gebannt,« schlug Granite vor.

Sie antwortete: »Das würde wohl nicht als Beseitigung der Gefahr gelten. Jade ist da sehr penibel.«

Onyx zog eine Spitzhacke aus dem Stein. »Wie wäre es, wenn wir die ganze Höhle über ihnen einstürzen lassen?«

Als Experte für Belagerungen und Sabotage stemmte Granite die Hände in die Hüften. »Das könnte funktionieren. Dummerweise haben die Arbeiter den Zugang hier sehr gut abgestützt. Bis wir das eingerissen hätten, wären die Viecher schon bei uns. Ich sage es nicht gerne, aber am einfachsten wäre es, das Ganze dort unten zu machen. Die Höhle kann nur zusammenbrechen, wenn wir die Stützsäulen zerstören. Und dann müssen wir selbst ja auch noch da raus.«

»Und währenddessen werden uns diese Glutdrachen die ganze Zeit über angreifen,« vollendete Obsidian den Gedanken.

Mit einem Seufzen meinte Onyx: »Wenn es aber dennoch die einfachste Methode ist, wird uns nichts anderes übrig bleiben, als es zu versuchen.«

***

Die Vorbereitungen für den Einsatz waren schnell erledigt. Sie nahmen sich einige intakte Werkzeuge, spähten die Höhle von oben aus und merkten sich die wichtigen Stellen, die zerstört werden mussten. Zudem entschieden sie, wer sich um welche Aufgaben kümmerte. Da

Onyx aufgrund seiner Beschaffenheit die geringste Hitzeresistenz hatte, würde er sich auf die Zerstörung der Säulen konzentrieren. Derweil war es Obsidian, die die Aufmerksamkeit der Drachen auf sich ziehen sollte. Granite würde zunächst den Tunneleinsturz vorbereiten und dann helfen, wo er konnte.

»Das ist ein beschissener Plan,« sagte Obsidian missmutig. »Ich soll mich mit sieben Glutdrachen anlegen, während du auf Säulen einschlägst?«

Onyx grinste sie an. »Sagst du nicht immer wieder, dass du die beste Kriegerin von uns bist? Mit so ein paar feurigen Schlangen müsstest du doch spielend fertig werden.«

Sie verschränkte die Arme. »Oh, keine Frage, aber nur weil ich so unfassbar gut bin, muss ich doch nicht die ganze wichtige Arbeit machen. Ihr beiden seht lieber zu, dass ihr euch beeilt, bevor ich die Viecher im Alleingang erledigt habe.«

Die drei wollten den Sprung in die Höhle nutzen, um möglichst hart zuzuschlagen und ein paar der Bestien gleich zu Beginn auszuschalten. Da sie nicht versehentlich in der Lava landen wollten, mussten sie sehr genau zielen.

Mit Hammer im Anschlag sprang Onyx von der Kante in die heiße Tiefe, dicht gefolgt von den anderen beiden und Venge. Er zielte dabei auf einen der kleineren Drachen und schmetterte ihm die Waffe mit voller Wucht von oben auf den Kopf. Der Treffer an sich hätte für einen tödlichen Ausgang nicht ausgereicht, doch sein Gewicht, als er selbst ebenfalls darauf landete, machte den Unterschied. Die Kreatur knallte tot auf den Boden, gerade dicht genug an dem Plateau, damit der Krieger nicht in die Lava stürzte.

Als er sich umsah, bemerkte er, wie Granite und Obsidian weniger Glück hatten. Beide verfehlten ihre Ziele aufgrund der Bewegungen der Wesen und landeten auf unkritischen Stellen. Dadurch verwundeten sie die Tiere zwar, töteten sie aber nicht. Nur dank der Ablenkung durch den Gargoyle konnten sie sich in Sicherheit bringen, bevor die übrigen Glutdrachen das Lavabecken zum Überschwappen brachten.

»Los, kümmere dich um die Säulen! Wir haben keine Zeit zu verlieren!«, rief Obsidian ihm zu und verschwand in einer Feuersbrunst des größten aller Drachen.

Granite verpasste seinerseits einem kleineren Exemplar einen heftigen rechten Haken und bewegte sich dann Felsbrocken schleudernd rückwärts auf den Stolleneingang zu.

Da sie es wirklich eilig hatten, rannte Onyx zur erstbesten Felssäule und hieb mit dem Diamanthammer dagegen. Mehr als ein paar kleine Risse brachte er damit nicht zustande, daher machte er weiter. Bevor es ihm gelang, war er gezwungen, eine Hechtrolle zu machen, um nicht vom Schwanz eines kleineren Drachen erfasst zu werden. Glücklicherweise für ihn genügte dieser Angriff jedoch, damit sein Ziel erreicht wurde und haufenweise Geröll auf das Tier herunterkam. Sofort nahm er die nächste Säule ins Visier.

Obsidian hielt sich derweil am Maul des größten Glutdrachen fest und schlug mit der scharfkantigen Außenseite ihres freien Arms auf dessen Hals ein. Die enorme Hitze, die von ihm ausging, war für sie kein Hindernis. Als zwei der anderen Kreaturen nach ihren Beinen schnappten, rief sie Venge, der aus der Luft kam und sie mit seinem Giftatem benebelte.

»Wie geht es voran?«, wollte sie rufend wissen.

Die erste Antwort kam von Granite, der mit harten Schlägen auf die metallenen Stützen des Stollens einschlug, die offenbar lange vor der Brutstätte dort waren.

»Es könnte etwas länger dauern als angekündigt!«, antwortete er über den Lärm der Schläge und das Gefauche der Drachen hinweg.

»Bei mir geht es voran!«, brüllte Onyx, kurz nachdem die zweite Säule zerbrochen war.

Drei der sechs noch lebenden Kreaturen nahmen nun die beiden ins Visier, die unaufhörlich auf massiven Stein oder Metall einschlugen. Die ersten Brocken lösten sich bereits von der Decke und fielen ihnen auf die Köpfe, doch sie waren zu klein, um Schaden anzurichten.

Auf dem Weg zur dritten Säule wurde Onyx in die Luft geschleudert und krachte hart auf den Boden, wobei ihm seine Waffe aus der Hand flog. Er musste schnell reagieren, um nicht von Folgeangriffen eines der Drachen erfasst zu werden. Mit einem hohen Satz sprang er über einen Schwung des glühenden Schwanzes hinweg, nur um sich auf den Steinboden zu werfen, als über seinem Kopf ein Feuerball entlang sauste. Er versuchte, nach dem in der Nähe liegenden Hammer zu greifen, doch ein weiterer Schmetterangriff schleuderte die glänzende Waffe erneut davon und er fluchte.

Während Obsidian die beiden kleineren Drachen mit Tritten auf Distanz hielt, hatte sie schwer damit zu kämpfen, nicht in den Schlund des Alphatiers zu geraten. Entsprechend war es ihr nicht möglich, Granite zu helfen, als dieser von gleich drei der Bestien umzingelt wurde. Er hatte gerade den Durchgang in den Tunnel so weit destabilisiert, dass ein letzter, schwerer Treffer ihn zum Einsturz bringen konnte.

Der Hüne warf spitze Felsbrocken, doch die prallten an der harten Haut der Wesen ab. Es gelang ihm um Haaresbreite, zwei Feuerangriffen zu entgehen. Obwohl er mit aller Kraft auf die erreichbaren Körperstellen eines Drachen einprügelte, schien das wenig zu nutzen. In einem Moment der Unaufmerksamkeit konnte eine der Kreaturen seinen Arm bis zur Schulter mit ihrem Maul umschließen und ihn daran hochheben. Sofort packte ein anderes Biest sein Bein und das dritte Wesen erwischte ihn frontal mit einem Feuerball.

Onyx wollte ihm helfen, doch der andere Glutdrache war ihm noch immer auf den Fersen. Als sein Diamanthammer zum vierten Mal in die Luft geschleudert wurde, sprang er hoch und griff ihn sich, kurz bevor er landen konnte. Sein Gegner kam dicht mit offenem Maul an ihn heran. Er konnte sehen, wie sich darin die Flammen für einen vernichtenden Angriff sammelten. Der Instinkt des Kriegers ließ ihn nicht zögern. Er drehte die Waffe herum, packte den Unterkiefer der Bestie und rammte ihr den Griff des Hammers bis zum Anschlag von unten in den Hals. Sofort zog er stark am Kiefer und knallte ihn auf den Boden, sodass auch der obere Teil der Schnauze durchstoßen wurde.

Als das qualvolle Brüllen des Tieres seine Artgenossen erreichte, kam einer von Obsidians Angreifern in seine Richtung. Onyx nutzte also den herausstehenden Griff wie einen Hebel und riss den Kopf gewaltsam nach oben, sodass der Drache zur Decke sehen musste. In dieser Haltung traf der Angriff mit dem Schwanz das malträtierte Wesen und beendete dessen Leid, indem es in die Säule krachte.

Der Krieger beeilte sich, den Hammer aus dem Kadaver zu ziehen und weiter zu rennen, bevor das Geröll aufhörte, den Verfolger abzulenken.

Derweil sah er, wie die anderen Bestien Granite auseinanderrissen und ihn in das Lavabecken warfen.

»Granite! Scheiße!«, rief Onyx und wollte trotz geringer Überlebenschance hinterher.

Obsidian war jedoch schneller und ließ sich furchtlos in das flüssige Gestein fallen, was nur noch ein Ziel für alle Glutdrachen übrig ließ.

»Scheiße,« wiederholte er und brüllte, als er auf die letzte Säule einschlug.

Die fünf Monster kamen immer näher und Feuer erhitzte seine unmittelbare Umgebung. Er spürte bereits, wie sein Körper unter der extremen Hitze litt, doch er machte unbeirrt weiter. Mit einem finalen Hieb gegen die Basis des Felskonstrukts brach es endlich.

Der darauffolgende Lärm war gewaltig, denn die gesamte Decke begann, auseinanderzubrechen und in verschieden großen Teilen in das Loch zu stürzen. Zum Glück des Kriegers landeten viele der Bruchstücke auf den Drachen und behinderten sie, sodass Onyx zum Stollen rennen konnte. Dabei musste er selbst immer wieder herabfallenden Brocken ausweichen oder über sie klettern.

Aus dem Augenwinkel konnte er sehen, wie Obsidian und Venge den verstümmelten Körper von Granite ebenfalls in diese Richtung trugen. Obwohl er keine Ahnung hatte, ob sein Kamerad noch lebte oder es schaffen würde, verspürte er Erleichterung.

Nervös wartete er, bis die drei ihn passiert hatten, bevor er den Hammer hob. Die Schnauze des größten Glutdrachen kam aus dem Nichts und erwischte ihn frontal, doch im Flug schlug er seine Waffe gegen die letzte Stütze und der Zugang zum Tunnel krachte über dem

Kopf der Bestie zusammen. Onyx rappelte sich auf, hatte aber keine Zeit für lange Pausen, da auch der restliche Stollen einzustürzen drohte.

Während die Decke herunterkam und alles in sich zusammenfiel, sprintete er, so schnell ihn seine Beine tragen konnten. Er erreichte die anderen genau beim Ausgang. Die Druckwelle und Staubwolke des Einsturzes waren so stark, dass sie mit voller Wucht davon geschleudert wurden.

Onyx krachte gegen eine Felswand und dann auf den unebenen Boden. Er musste sich mühsam aufrappeln, nachdem er sicher war, dass noch alles dran war.

Venge hockte neben Obsidian, die sich abtastete, während Granite mit fehlenden Gliedmaßen und Brandflecken in der Nähe lag und sich nicht rührte.

Sofort eilte Onyx zu ihm, um ihn zu untersuchen. Zu seiner Erleichterung stöhnte er langgezogen, als er ihn bewegen wollte.

»Wie fühlst du dich?«

Der Hüne öffnete die Augen und sah ihn ungläubig an. »Ein leichtes Drücken im Bauch, aber ansonsten ist alles super. Was soll die bescheuerte Frage?! Ich bin froh, dass ich überhaupt noch lebe!«

»Hier wirst du eher weniger Granit finden, um dich zu regenerieren. Vielleicht musst du vorerst mit Basalt vorliebnehmen, denn ich werde dich ganz sicher nicht bis nach Riraz schleppen, Kumpel.«

Sie warteten eine Stunde lang, bis Granite die Kraft hatte, seinen Arm und sein Bein zu ersetzen, indem er passende Teile suchte und sie dort anbrachte. Wie genau das funktionierte, wussten die Torkan nicht, doch jeder von ihnen konnte es instinktiv.

Sobald er wieder laufen konnte, stellten sie sicher, dass das Loch verschüttet und die Gefahr gebannt war, bevor sie den Rückweg zum Dorf antraten, wo man sie wie Helden feierte.

Erzengel

Der Morgen brach an und die Abdunkelung des Lichtkerns wurde zurückgefahren. Das helle Licht des frühen Tages wärmte Sariel, Brasilan und Delora, als sie hoch über dem Tiefwald flogen. Wie ein grünes Meer breitete er sich unter ihnen aus.

»Ich liebe den Wald! Da kann man die Ruhe der Natur sehr gut genießen, wenn man will,« rief Brasilan über den Wind hinweg.

Sariel antwortete: »Sieh es dir nochmal genau an, denn in Kürze wirst du nur noch Gebäude sehen. Die Goldene Stadt ist zwar ein beeindruckender Anblick, aber ein paar mehr Bäume könnte sie definitiv vertragen.«

Hinter dem Ostrand des Waldes lag eine weite Fläche voller vereinzelter Baumgruppen. Dort stieg die Landschaft nach einer Weile merklich an und wurde von Felsen durchzogen, die von Pflanzen überwuchert worden waren. Diese Formationen wurden immer höher, bis sie über die Wolken ragten.

Als die drei Reisenden ebenfalls die Wolkendecke durchbrachen, tauchte einer der majestätischsten Anblicke des Planeten vor ihnen auf: Lucis. Ein bewachsener Berggipfel, flankiert von zwei natürlichen Turmsäulen, ragte gerade so aus dem weißen Dunst heraus. Die höchste Spitze berührte fast die unterste Spitze der Himmelsstadt, die die Form eines gigantischen Kreisels hatte. Ein langer, schmaler Pfahl aus glattem, hellgrauem Stein ging von der Spitze aus senkrecht nach oben. Die Stadt hatte zwei breite Ringe auf zwei Höhen, wobei der untere Ring nur die Hälfte des Durchmessers hatte. Beide schwebten frei in der Luft mit dem Pfahl genau in der Mitte. Mehrere Wasserfälle stürzten in gleichmäßigen Abständen nach unten, wobei das Wasser zum Teil vom Wind davongetragen wurde. Vier längliche Stadtteile waren auf Höhe des oberen Rings mit dem Zentrum verbunden und am Ende jeweils mit einem gebogenen Stützpfeiler weiter unten auf Höhe des unteren Rings verankert. Die höchste Spitze der riesigen Konstruktion war über einen Lichtstrahl mit dem Lichtkern verbunden.

»Dieser Ort ist jedes Mal wieder ein Augenöffner ... Etwas so Komplexes zu bauen muss Jahrzehnte gedauert haben. Bis heute frage ich mich, wie die Himmelsstädte in der Luft bleiben können,« staunte Delora.

Sariel erklärte: »Soweit ich weiß, ist diese Verbindung mit dem Kern eine Energieleitung, die die modernen Systeme der Stadt betreibt. Allerdings war ich erst zwei Male hier und kann nicht sagen, was das alles bedeutet.«

»Bist du sicher, dass es eine gute Idee ist, den Engelsrat aufzusuchen? Wenn das schiefgeht, kannst du vielleicht nie mehr zurück. Man sagt den Erzengeln nach, sehr nachtragend zu sein und auf Kritik recht heftig zu reagieren. Ich hörte sogar Geschichten, dass sie vor langer Zeit jemanden aus den eigenen Reihen verstoßen haben sollen,« kam es von Brasilan.

»Ich muss die Entscheidung von Apollodiel anfechten und mein Handeln rechtfertigen. Wenn sie mich trotz der Wahrheit nicht rehabilitieren, dann ist das der Beweis, dass es keine Gerechtigkeit in ihrem Reich gibt. In diesem Fall habe ich gar kein Interesse mehr daran, unter ihnen zu leben,« antwortete die Cherubim.

Unter vielen Flügelschlägen stiegen die drei Flieger weiter nach oben, um den oberen Ring anzusteuern. Das Rauschen der Wasserfälle war bereits deutlich zu hören.

»Woher kommt eigentlich das ganze Wasser?«, wunderte sich Delora.

»Ich habe keinen Schimmer!«, gab Sariel zu.

Da die Engel mit keinem geflügelten Volk im offenen Krieg lagen, gab es keinerlei Sicherheitsvorkehrungen, sodass sie problemlos und unbehelligt auf einem Platz am äußeren Rand landen konnten.

Die Gebäude dort waren klein und reich verziert. Die meisten davon waren eine Mischung aus hellem Marmor und Gold, zumeist eckig, aber mit vielen Wölbungen und runden Kanten. Je weiter man in Richtung Zentrum blickte, desto höher wurden die Bauten. In der Ferne, auf dem am nächsten liegenden länglichen Stadtteil nahe der Mitte des gigantischen Kreisels, gab es viele hohe Türme und prunkvolle Paläste, wo die Erzengel und die Seraphim residierten. So weit musste man jedoch gar nicht gehen, um die Dekadenz des Ortes zu spüren. Selbst auf dem Ring, wo die Cherubim lebten, gab es bereits zahlreiche Brunnen, goldene Skulpturen und fein säuberlich angelegte Blumengärten und Zierpflanzen.

»Sieht eher aus wie ein Museum oder ein Kunstwerk, als das es einer Stadt gleicht. Man hat ja Angst, irgendwas zu beschmutzen oder umzuwerfen,« fand Brasilan, der sich skeptisch umsah.

Seine Partnerin meinte: »Es ist zweifellos wunderschön und erhaben, aber es hat keinerlei Bezug zur restlichen Welt. Man verliert den Blick auf die Realität unter uns.«

Da keiner von ihnen wusste, wohin sie gehen mussten, beschlossen sie, ein wenig umherzuschlendern und sich umzusehen. Von allen Orten auf Paldur war Lucis der imposanteste. Sie konnten keine drei Schritte machen, ohne etwas Bemerkenswertes zu entdecken.

»Die aufwändigen Verzierungen auf den Straßen allein wären schon Grund genug für Tourismus. Dennoch sorgt die ablehnende Haltung der Engel dafür, dass Avianer hier eher selten herkommen wollen,« dachte Delora laut.

An einigen Kreuzungen der Hauptwege standen regungslose, zweieinhalb Meter hohe Maschinenwächter aus goldfarbener Legierung. Sie waren humanoid, aber mit wuchtigeren Gliedmaßen. Jeder von ihnen hatte eine Klinge, die entlang des Unterarms bis über die Ellenbogen ragten, sowie eine große, silberne Hellebarde.

»Was sind denn das für Dinger?«, wollte Brasilan wissen.

Sariel erklärte: »Das sind die Goldwächter. Es sind geheimnisvolle Maschinen, die über Solarenergie aufgeladen werden und die Stadt bewachen. Allerdings weiß niemand, wie sie funktionieren. Diese Dinger gibt es im Castel und hier in Lucis, sonst nirgends. Sie sind mehr zur Schau, als das sie wirklich je zum Schutz gebraucht würden. Wenn es Streitigkeiten oder kleine Konflikte gibt, kümmern sich die Schutzengel darum.«

Damit meinte sie die Cherubim in Militärrüstungen mit Lichtklingen, die immer wieder zwischen den Anwohnern zu sehen waren. Sie fungierten als Sicherheitskräfte und stellten die Einhaltung der Gesetze des Rates sicher.

»Man fühlt sich richtig überwacht und unwohl bei all den wachsamen Augen. Wieso brauchen die Engel so viele Offizielle, die die Regeln sicherstellen? Weder die Harpyien noch wir brauchen das,« wunderte sich Delora.

»Das liegt an der Natur der Valarim. Sie haben kein Vertrauen und ziehen Kontrolle der Eigenverantwortung vor. Leider sind die Cherubim daran gewöhnt, daher fällt es gar nicht mehr auf,« erklärte Sariel schulterzuckend.

»Was für eine krankhafte Gesellschaft,« fand Brasilan.

Sie bogen an einer Kreuzung ab und erreichten eine Art Marktplatz, wo es diverse Waren zu kaufen gab. Bezahlt wurde bei den Engeln mit Goldmünzen.

»Ihr braucht hier eine Währung?«, staunte ihr Bruder.

Sie entgegnete: »Engel neigen zum Egoismus. Würde man hier sämtliche Waren für jeden frei verfügbar machen wie bei euch in Avvalon, würden die meisten Cherubim nicht mehr arbeiten, es gäbe keine neuen Waren mehr und alles würde zusammenbrechen. Hier gibt es kein Gefühl für soziale Verantwortung. Man arbeitet für den eigenen Zugewinn, nicht weil man Passion für ein Handwerk oder Liebe für seine Nachbarn hat.«

»Wie können sie nur so leben?«, fragte Delora.

»Dasselbe fragen sie sich bei euch,« schmunzelte Sariel.

Der Markt bot diverse Lebensmittel, darunter süße Kuchen und Kekse, Obst, Fleisch und Gemüse, aber auch Werkzeuge, feinste Stoffe und Kleidung. Sogar Pflegemittel für Flügel wurden angeboten und allem Anschein nach stark nachgefragt, da viele der Regale bereits leer waren.

Brasilan stupste seine Schwester sanft an. »Wir werden die ganze Zeit beobachtet und angestarrt. Ist das hier normal? Bei uns gilt so etwas als unhöflich.«

Sie sah sich um und bemerkte erst da, dass viele Blicke auf die drei Reisenden fielen. »Ach weißt du, ich nehme das schon gar nicht mehr wahr. Mich hat man so angestarrt, wann immer ich vor die Tür gegangen bin. Man gewöhnt sich daran.«

Delora schmunzelte. »Die sind einfach nur alle neidisch darauf, wie gut wir aussehen, Liebster. Die Leute hier haben weder Schnäbel noch Klauen. Sie sind so glatt und weich. Da wäre ich auch voller Neid.«

Nachdem Sariel ihnen einige Kekse gekauft hatte, da die beiden Avianer sehr neugierig darauf waren, schlenderten sie weiter. An einem Brunnen hielten sie an, wo zwei Seraphim schwebten und sich unterhielten.

»Das sind also diese sechsflügeligen Engel, von denen man immer wieder hört,« stellte Brasilan fest. »Wie koordinieren sie die alle, um zu fliegen?«

»Sie brauchen sie nicht zum Fliegen. Seraphim können auch ohne sie gleiten und schweben. Niemand weiß, warum das so ist, aber das gilt für vieles hier.«

Ihr Bruder sah sie an. »Ich muss gestehen, dass ich dich nicht verstehe, Sariel. Nichts von dem, was du uns erzählt hast oder was ich hier sehe, erscheint mir sonderlich erstrebenswert. Die Lebensweise der Engel wirkt realitätsfern und nicht gerade nachhaltig. Wieso nur willst du hier leben dürfen?«

Sie seufzte. »Ich sehe auch die guten Seiten hier. Die Schönheit, die Erhabenheit, die moderne Technologie ... Das alles sind Dinge, von denen ganz Paldur profitieren könnte. Außerdem ist es die einzige Verbindung zu meinem Vater, die ich habe.«

Delora knabberte an einem Keks. »Die Engel werden nicht zulassen, dass jemand anderer als sie selbst von diesen Errungenschaften profitiert. Abgesehen davon sehe ich hier nichts, was die Welt wirklich bräuchte. Das alles sind Bequemlichkeiten, keine Erfordernisse.«

»Mag sein, aber das mindert nicht ihren Wert. Sieh dir nur mal diese Stadt hier an! Lucis ist ein unglaublicher Ort. Würde man ihn für alle Völker öffnen, wäre es ein Quell der Freude und des Fortschritts.«

Daraufhin schnaubte Brasilan. »Das wird aber nie passieren. Der Engelsrat herrscht seit Jahrhunderten, wenn nicht noch länger. Und da die Valarim nicht altern, setzen sich diese veralteten Sichtweisen fest und bleiben relevant. Sich diesem Rat zu unterwerfen bedeutet jegliche Veränderung zu verhindern. So agieren Tyrannen, die um den Verlust ihrer Macht fürchten.«

»Sag das hier lieber nicht zu laut, Bruder,« warnte Sariel ihn.

Auch weiterhin blieben die Blicke der Cherubim an ihnen haften, während sie sich durch die Straßen bewegten. Am Innenrand des Rings spähten sie hinunter und sahen weit unter sich die Spitze des Berges. Die gebogenen Stützen und der zweite Ring waren gut erkennbar und zeigten die gewaltigen Ausmaße von Lucis.

»Wollt ihr euch hier noch weiter umsehen oder wartet ihr beim Lichtpalast, wenn ich reingehe?«, erkundigte sich Sariel.

Delora legte ihr eine Hand auf die Schulter. »Natürlich bleiben wir in der Nähe. Wir können auch danach noch auf Erkundungstour gehen, wenn du magst.«

»Für mich gibt es hier nichts. Dieser Ort wird nie meine Welt sein. Interessant mag es zwar hin und wieder sein, aber nichts hiervon reizt mich. Wir sind deinetwegen hier, Schwester,« bestätigte auch Brasilan.

***

Es dauerte nicht lange, bis sie einen Schutzengel gefunden hatten, den sie nach dem Weg fragen konnten. Es war kaum verwunderlich, dass der Lichtpalast, der Sitz des Rates, im gehobenen Bezirk auf dem nördlichen Arm der Stadt lag.

Die drei Besucher sprangen daher vom Innenring ab und flogen dicht am westlichen Teil vorbei in Richtung Norden. Dort war der Goldanteil der hohen Bauwerke am Größten, doch es gab auch einige große, unbebaute Flächen, die als Parks und Versammlungsorte genutzt wurden.

Der Lichtpalast war unmöglich zu übersehen. Er hatte den Grundriss eines Halbmonds, sowohl von oben als auch von vorne betrachtet. Die höchste Stelle war genau in der Mitte, während das Gebäude zu beiden Seiten hin abfiel und am äußeren Rand nur eine Etage hatte. Es war insgesamt beinahe vollständig vergoldet und aufwändig verziert. Selbst der Platz davor, auf dem sie landeten, war übersät von hohen Statuen aus Marmor, die die Erzengel des Rates darstellten.

»Sieh dir das an ... Was diese Valarim für eine Hybris haben ...«, meinte Delora kopfschüttelnd.

Sariel erkannte zwei der Personen. »Das dort vorne ist Jeremiel, die Barmherzige. Sie ist die oberste Lehrerin aller Engel und Sinnbild für Bildung.« Es handelte sich um eine mollige Frau mit einem lockeren Dutt. »Und dieser gewöhnlich aussehende Kerl da vorne ist Metatron, der beste Heiler aller Zeiten.«

»Zadkiel der Gerechte, oberster Hüter der Gesetze und der Gerechtigkeit,« las Brasilan von einer Plakette, die am Sockel der Statue eines muskulösen, männlich aussehenden Engels befestigt war. »Diese Leute legen offenbar großen Wert auf Titel und klangvolle Eigenschaften. Es ist das Eine, sich selbst derlei Charakteristika zu geben, aber etwas ganz anderes, sie auch tatsächlich zu besitzen. Hat der Rat einen Anführer oder Sprecher?«, fragte er seine Schwester.

Sie zeigte auf vier Statuen genau in der Mitte des Platzes, die etwas höher waren als die restlichen. »Das sind die Erzengel der vier Himmelsrichtungen. Michael, Raphael, Uriel und Gabriel. Sie sind die ältesten und obersten der Valarim. Es wird zwar nicht offen ausgesprochen, aber Michael und Gabriel sind die inoffiziellen Anführer des Rates. Ihre Stimmen haben zwar nicht mehr Gewicht, aber die anderen richten sich meist nach ihnen.«

Delora schnaubte. »Also habt ihr zwar einen Rat, doch das ist eigentlich eher ein Schauspiel. Ich frage mich, wieso sie sich die Mühe machen, die Illusion einer Aristokratie aufrechtzuerhalten, wo es sich doch eindeutig um eine erweiterte Monarchie handelt.«

»Dabei dürfte es vorrangig darum gehen, die Loyalität der anderen Erzengel sicherzustellen. Ohne sie könnten die beiden die Kontrolle nicht behalten, also gestehen sie ihnen Sitze im Rat zu, die aber im Grunde keinen Wert haben,« vermutete Brasilan.

Sariel verneinte das. »Es kam bereits vor, dass die Ratsmitglieder eine Mehrheit gegen die beiden durchgesetzt haben. Sie halten sie auf Kurs. Die Frage ist eher, wer diesen Kurs festlegt.«

Sie plauderten noch eine Weile über den Rat, doch dann ging Sariel allein in den Lichtpalast, um sich anzumelden und eine Audienz zu verlangen.

Jeder Schritt im Inneren des gewaltigen Bauwerks erzeugte Ehrfurcht in ihr. Das viele Gold, die filigranen Verzierungen und Dutzende Schutzengel in ihren Prunkrüstungen demonstrierten die Macht und Erhabenheit der Valarim eindrucksvoll. Sariel fühlte sich klein und unbedeutend angesichts dieser Herrlichkeit. Andererseits machte sie sich bewusst, dass all das nur zur Schau diente und keine Aussage über die eigentliche Gesinnung des Rates traf. Ihr Anliegen war rechtens und alles, was sie verlangte, war Gerechtigkeit. Daher hoffte sie darauf, besonders von Zadkiel unterstützt zu werden, dessen Wort im Rahmen von Rechtsfragen schwerer wog als das der anderen.

Sie trat vor den großen, halbrunden Empfangstisch, wo eine bildhübsche, rothaarige Cherubim saß und sie ansah. Ihr zuvor deutliches, breites Lächeln wich einer aufgesetzten Grimasse, als sie die grauen Flügel der Besucherin bemerkte.

»Willkommen im Lichtpalast! Welches Anliegen möchtest du vorbringen?«

»Ich bin gekommen, um Wiedereinsetzung im Engelscorps zu erbitten und meine Sicht der Umstände zu schildern, die zu meiner Suspendierung geführt haben,« sagte Sariel.

In einiger Entfernung sah sie Raphael, der mit ein paar Seraphim sprach.

»Ich werde deine Anfrage weitergeben,« verkündete die Frau und ging davon.

Während Sariel mit verschränkten Armen wartete und sich fragte, ob ihre schwarze Robe für diesen Ort angemessen war, fielen ihr noch andere Ratsmitglieder auf, die sich im Umkreis bewegten. Sie entdeckte Remiel, die beste Kriegerin der Valarim, Azrael, den Todesengel und obersten General des Militärs, und Chamuel, den Seher. Sie alle fielen dadurch auf, dass sie ihre Flügel eingezogen hatten. Nur die Erzengel besaßen die Fähigkeit, ihre Schwingen in ihrem Rücken verschwinden zu lassen. Den Legenden nach waren sie die Nachfahren uralter Blutlinien mit besonderen Kräften, die jedoch niemand stichhaltig nachweisen konnte.

Sariel empfand den Anblick als merkwürdig, weil es abgesehen von den Nephilim keine humanoiden Wesen auf Paldur gab, die flügellos waren. Sie beobachtete Azrael, dessen kriegerische Statur, dunkle Hautfarbe und Dreadlocks in jedem Raum Eindruck machten. Es war anzunehmen, dass er ihrem Fall am kritischsten gegenüberstehen würde, da er ein persönlicher Freund von General Apollodiel war.

Die Empfangsdame kam zurück und sagte: »Der Rat wird sich dein Anliegen in einer Stunde anhören. Du kannst solange hier warten.«

Sie war erstaunt, wie schnell sie einen Termin bekommen hatte. Als sie sich auf einen hochlehnigen Stuhl setzte und sich der Stille bewusst wurde, die in der Halle mit der extrem hohen Decke herrschte, bemerkte sie Azraels Blick auf sich. Er hielt sich für zu weit entfernt, um seinen Gesichtsausdruck zu verbergen, doch Sariels Adleraugen erfassten jedes Detail. Offene Missgunst war darin abzulesen. Sie hatte die Befürchtung, dass man ihr selbst im Rat nicht mit Neutralität begegnen würde.

Sobald der Zeitpunkt der Anhörung gekommen war, verspürte sie wachsende Aufregung. Zwar war sie immer noch wütend über die vergangenen Ereignisse und wähnte sich im Recht, doch vor den Engelsrat zu treten und den obersten der Valarim in die Gesichter zu sehen, war dennoch eine Ehre.

Ein schmaler Gang führte zu einer hohen Doppeltür, die lautlos aufschwang, damit sie eintreten konnte. Dahinter lag ein großer, ovaler Raum mit dunkelblau-schwarzen Wänden, durch die sich goldene Äderchen zogen. Der Boden war aus hellem Marmor und die hohe Decke schimmerte golden. Durch ein winziges Loch kam ein Strahl des Leuchtkerns hinunter und traf genau auf die Mitte eines ebenso ovalen, langen Tisches mit hochlehnigen Stühlen. Sie waren so schräg positioniert, dass alle grob in dieselbe Richtung schauten. Am Fußende befand sich eine runde Markierung am Boden, wo die Bittsteller stehen sollten. Hinter jedem Stuhl stand ein Duplikat der Statuen vom Innenhof, die den Erzengel zeigte, dessen Platz es war. Ein einzelner Sitz war mit einem schwarzen Tuch verdeckt, die Skulptur dahinter war entfernt worden.

An diesem Tag waren nicht alle Stühle besetzt. Vier Erzengel fehlten, darunter auch Michael.

Ganz vorne saß Raguel, eine wohlgeformte, schöne Frau, die für die Zusammenarbeit der Himmelsstädte zuständig war. Sie hatte den Vorsitz bei Anhörungen.

»Tritt vor, Sariel. Wir werden uns dein Anliegen anhören und diskutieren, ob deine Suspendierung vom Militärdienst rechtens war oder nicht,« forderte sie sie auf.

Der Anweisung folgend trat sie in den Kreis, dessen Rand dezent zu leuchten begann.

Raguel sagte laut: »General Apollodiel suspendierte dich, nachdem du in der jüngsten Schlacht im Kargland auf eine Kameradin geschossen und bei der anschließenden Siegesfeier mit der Tradition gebrochen und eine Beförderung verlangt hast. Damit hast du nicht nur die Feierlichkeiten beschmutzt, sondern auch die Ehrung deines eigenen Zuges geschmälert. Wie lautet deine Seite der Geschichte?«

Sie faltete die Hände vor dem Schoß und sah in die Gesichter der mächtigsten Engel Paldurs. »Um das zu tun, muss ich etwas weiter ausholen, wenn ihr erlaubt.« Da niemand reagierte, begann sie. »Seit dem Tag, an dem ich vor vielen Jahren hier ankam, um beim Volk meines Vaters zu leben, wurde ich mit Missgunst und Verachtung behandelt. Die Farbe meiner Flügel und die Form meiner Augen zeigen deutlich meine Herkunft als halbe Avianerin.«

»Weshalb sprichst du aus, was wir alle deutlich erkennen können?«, fragte Azrael mit erhobener Braue. Dabei spürte Sariel ein seltsames Drücken in ihrem Geist, das ihr suggerierte, ihm gehorsam zu antworten.

»Weil es der grundlegende Kern dessen ist, was ich zu berichten habe,« erwiderte sie knapp. »Mir wurde trotz meines Mischlingsblutes gestattet, dem Militär beizutreten. Es wurde kein Hehl daraus gemacht, dass es eine politische Entscheidung war, um die Avianer nicht zu verärgern. Dabei ging es weder um mich noch um Gleichbehandlung. Ich hatte mir vorgenommen, stets mein Bestes zu geben und mit meinen Leistungen daran zu arbeiten, dass das Volk der Engel Andersartige nicht länger als geringer ansieht. Dennoch musste ich ab dem ersten Tag mit Ausgrenzung, Anfeindung und Rassismus kämpfen. Weder die Ausbilder noch die Offiziere haben sich bemüht, dieses Verhalten zu unterbinden. Sie haben es sogar noch verstärkt.«

»Das hier ist keine Debatte über Rassismus und Minderheitenrechte, Sariel. Bitte komm zum Punkt,« forderte Uriel sie auf. Sie war eine Frau mit schulterlangem, braunem Haar.

Sie hielt kurz inne und unterdrückte ihre aufkommende Wut, sprach dann aber weiter. »Worauf ich hinauswill, ist, dass ich trotz der vermehrten Widrigkeiten einen Rang erreicht habe, den man mir niemals zugestanden hätte, wenn ich nicht so verdammt gut wäre. Ich habe zahlreiche Schlachten unterstützt, Nephilim vernichtet und taktische Siege eingefahren. Dennoch änderten einige meiner Kameraden ihre rassistische Einstellung nicht. Im Gegenteil begannen sie sogar damit, mein Training und meine körperliche Unversehrtheit anzugreifen, mich zu sabotieren und offen zu verhöhnen. Die schlimmste unter diesen Personen war schon immer Serenidiel. Dank ihr nennen mich die meisten Cherubim nicht einmal bei meinem Namen, sondern verwenden die gehässige Bezeichnung Grayhawk. Es mag sein, dass ich in der Schlacht versehentlich auf sie geschossen habe, weil sie in die Schusslinie geflogen kam. In meiner Personalakte findet sich jedoch kein Anzeichen dafür, dass ich je versucht hätte, sie offen zu attackieren. Trotz ihrer ständigen Beleidigungen und Angriffe habe ich niemals Vergeltung oder Ausgleich angestrebt, weil ich besser sein wollte als sie. Mir jetzt zu unterstellen, ich hätte sie bewusst angegriffen, entbehrt jeglicher Grundlage.«

Chamuel, ein schlanker Mann mit schwarzem Haar und krausem Bart, fragte: »Und doch hast du auf sie geschossen, oder etwa nicht?«

Sie sah ihn an. »Habt ihr je in einer Schlacht gekämpft? Habt ihr jemals das Chaos, den Lärm und die Orientierungslosigkeit eines Gefechts selbst miterlebt? Es ist nahezu unmöglich, alles im Blick zu behalten und auf ein größeres Umfeld zu achten. Ich habe auf einen Nephilim geschossen. In einer Schlacht gibt es viele Querschläger, die auch Verbündete treffen. Dennoch höre ich von keinen anderen Suspendierungen deswegen. Ich muss also annehmen, dass diese Sonderbehandlung meiner Andersartigkeit geschuldet ist.«

Sie konnte in Zadkiels Augen Zustimmung erkennen, was sie zuversichtlich stimmte.

Raphael ergriff das Wort. »Das entschuldigt nicht, dass du die Zeremonienfeier entehrt hast. Zudem hörten wir, dass du äußerst respektlos mit General Apollodiel gesprochen hast.« Sein von einem Stoppelbart dominiertes Gesicht zeigte Missbilligung. Mit seinen rostroten, kurzen Haaren und dem muskulösen Körperbau wirkte er auf viele Frauen anziehend, doch Sariel ließ er kalt.

Sie spürte wieder ein seltsames Drücken auf ihrem Geist. Diesmal gab es ihr das dringende Bedürfnis, ihm zuzustimmen. Sie reagierte jedoch nicht darauf.

Sie legte den Kopf leicht schief. »Ich habe mit ihm gesprochen, wie ich jetzt mit euch spreche. Es stimmt, dass ich die Feier unterbrochen habe, aber das sollte angesichts meiner Situation nachvollziehbar sein. Ich habe jahrelang Bestleistungen erbracht, mich hervorgetan und in den Schlachten mit Hingabe gekämpft. Für vergleichbare Leistungen wäre ein reinblütiger Cherubim bereits Berater des Generals geworden. Stattdessen wurde ich bei jeder Beförderung mit fadenscheinigen Ausreden übergangen. Selbst mein Partner Viciodiel wurde benachteiligt, nur weil er mit mir arbeiten musste. Wenn man so lange Zeit mit Ausgrenzung und Missbilligung konfrontiert wird, für die man nicht das Geringste kann, ist irgendwann keine Geduld mehr übrig. Es tut mir leid, dass ich die Feier gestört habe, aber ich werde mich nicht dafür entschuldigen, für Gleichberechtigung eingetreten zu sein. Der Engelscorps ist eine stolze Truppe voller Ehre und Stärke, da sollte es selbstverständlich sein, Leistung zu belohnen, egal, von wem sie kommt.«

Zadkiel legte die Fingerspitzen aneinander. »Ihre Worte sind gut gewählt und wahr. Ihre Erscheinung sowie ihr unerwarteter Erfolg sind für viele von uns schwer zu akzeptieren. Es ist nicht unwahrscheinlich, dass viele Cherubim, auch jene beim Militär, ihre Missgunst darüber offen zur Schau stellen.«

Gabriel, der eine gewöhnliche Statur hatte und auch sonst kaum bemerkenswert aussah, verschränkte die Arme. »Das mag alles sein. Wenn du, Sariel, aber bereits vom ersten Tag an mit diesen Widrigkeiten konfrontiert wurdest, hast du gewusst, worauf du dich einlässt. Du kannst nicht Jahre später beklagen, dass man dich ungerecht behandelt hat. Trotz aller Hindernisse sehe ich dich heute zum ersten Mal vor diesem Rat. Es gab weder Beschwerden noch sonstige Hinweise darauf, dass du zuvor versucht hättest, gegen diese ungleiche Behandlung vorzugehen.«

Sie spürte ihren Zorn wieder aufwallen. »Soll das ein Witz sein? An wen hätte ich mich wenden sollen? Meine Vorgesetzten? Die hätten mich ausgelacht und mir das Leben noch schwerer gemacht. Diesen Rat? Bei allem Respekt, aber ich konnte in den Augen mehrerer Mitglieder hier den gleichen Abscheu erkennen, den auch die einfachen Bürger bei meinem Anblick zur Schau stellen. Die Zahl derer, die mein Anliegen wahrhaft neutral betrachten, ist verschwindend gering, selbst in diesem Raum.«

Alle Anwesenden bis auf Zadkiel waren von ihren Worten sichtlich aufgebracht.

»Achte auf deine Worte!«, warnte Azrael.

Auch Remiel sah sie böse an und Raphael sagte: »Und wieder entlarven dich deine Worte und dein Tonfall. Du bist selbst voller Vorurteile und Zorn.«

Als das verärgerte Gemurmel nicht nachließ, hob Raguel die Hand. »Bitte, meine Freunde!« Sie sah Sariel an. »Es ist nicht gerade klug, die hier Anwesenden der Befangenheit zu beschuldigen, wenn du auf eine faire Beurteilung hoffst.«

Sie sah den Erzengeln nacheinander in die Augen. »Dem muss ich zustimmen. Ich war tatsächlich nicht gerade klug, weil ich dachte, ein gerechtes Urteil wäre möglich. Wenn ich in die Augen der Anwesenden schaue, sehe ich jedoch, dass das nicht der Fall ist. Allein meine Flügel haben eure Blicke schon mehrfach angezogen, seit ich hier stehe. Ihr könnt nicht darüber hinwegsehen, was ich bin. Es ist kein Wunder, dass die Offiziere und Generäle Rassismus fördern, wenn selbst die obersten Anführer diese Tendenzen nicht unter Kontrolle haben.« Ihr Tonfall war offen angreifend und feindselig.

Gabriel erhob sich von seinem Stuhl und die anderen verstummten. »Dein Verhalten zeigt deutlich, dass du nicht gekommen bist, um dich zu rechtfertigen, eine Diskussion zu führen oder gar dich zu entschuldigen. Nein, du bist hier, um deinem Zorn Ausdruck zu verleihen und mit Anschuldigungen um dich zu werfen.« Das alles sagte er in einem strengen, aber ruhigen Ton. »Die meisten Bittsteller kommen mit Ehrfurcht und Respekt in diesen Palast und treten mit Demut vor uns, weil sie unsere Weisheit anerkennen. Du jedoch besitzt nichts davon. Du magst anders aussehen, aber deine jetzige Lage verdankst du einzig und allein deinem aufsässigen Verhalten. Dieser Rat hat seit dem Fall Samaels keinen derart hartnäckigen und uneinsichtigen Widerspruch mehr erlebt.« Dabei deutete er auf den verdeckten Stuhl des verstoßenen Erzengels. »Ich denke, angesichts deines unreifen und geradezu frechen Auftretens hier muss ich die anderen nicht einmal fragen, wie unser Urteil aussieht.«

Die Valarim, bis auf Zadkiel, Raguel und Chamuel, nickten bei seinen Worten.

»Sariel, deine Suspendierung wird nicht nur nicht aufgehoben, sondern du wirst unehrenhaft aus dem Engelscorps entlassen. Da du es nicht müde wirst, deine Fremdartigkeit immer wieder hervorzuheben, werden dir hiermit zudem sämtliche Rechte und der Status als Cherubim aberkannt. Du wirst fortan als Avianerin behandelt. Zwar darfst du dich in den Himmelsstädten aufhalten und bewegen, doch der Zutritt zum Lichtpalast und eine längere Aufenthaltserlaubnis werden dir verweigert. Du kannst jetzt gehen.«

Wieder ignorierte sie die seltsame Kraft, die auf ihren Geist einwirken wollte, und zwang sich mit aller Macht, ihren gewaltigen Zorn im Zaum zu halten. Anstelle einer Antwort verließ sie wortlos den Raum und das Gebäude.

Der Mentor

Immer noch voller Frustration und Zorn, trat Sariel aus dem Palast und blickte in die Gesichter von Brasilan und Delora, die direkt sahen, dass ihr Versuch gescheitert war. Sofort als die beiden nähertraten, brach ihre Selbstbeherrschung zusammen und sie weinte los.

Ihr Bruder umarmte sie und hielt sie fest, während Delora ihr über den Rücken streichelte.

»Auch wenn die Chancen nicht gut standen, hast du es zumindest versucht. Mehr kannst du nicht tun, Liebes,« sagte sie tröstend.

Als Sariel sich nach einigen Minuten wieder gefasst hatte, erzählte sie ihnen, was geschehen war.

Brasilan blickte verständnislos zu dem prunkvollen Gebäude hinüber. »Ich verstehe diese Engel einfach nicht. Wir leben in einer Welt voller Vielfalt, die man feiern und bewundern sollte. Stattdessen wollen sie alles auf Distanz halten, was anders ist.«

»Nun ja, jede lange bestehende Gesellschaft ist ein Spiegelbild ihrer Führung. Die Erzengel sind festgefahren und tolerieren keine anderen Lebewesen neben sich, nicht einmal die Cherubim sehen sie als gleichwertig an. Insofern ist es nachvollziehbar, weshalb das Volk der Engel eben diese Ansichten teilt und auf andere Spezies überträgt. Ideologien breiten sich oft von oben nach unten aus, dabei sollte es eigentlich umgekehrt sein. Anführer sollten auf die Werte ihrer Bevölkerung reagieren und sich dem anpassen, was von ihnen erwartet wird. Dieses Prinzip funktioniert bei euch Engeln aber nicht länger, falls es das je getan hat,« sagte Delora nachdenklich.

Sariel sah sie an. »Sag nicht *euch*. Man hat mir soeben unmissverständlich klargemacht, dass ich offiziell Avianerin bin. Ich bin eine Fremde hier, genau wie ihr.«

Ihr Bruder berührte ihre Stirn mit seiner Schnabelspitze, wie es ihre Mutter auch immer getan hatte. »Wir sind stolz, dich bei uns zu haben, Schwester. Du verdienst es, Teil einer Gemeinschaft zu sein, die dich dafür schätzt, wer und was du bist. Lass uns nach Hause gehen. Wenn du Soldatin sein willst, finden wir in Avvalon einen Platz für dich. Deine Erfahrung wird uns sehr helfen.«

Ihr Gesicht war immer noch verweint und ihre Augen tränten weiter, weil sie dankbar für die Liebe der beiden war. Da sie so nicht fliegen konnte, beschlossen sie, noch ein wenig durch den Bezirk zu schlendern, bevor sie aufbrachen.

»Habe ich dir eigentlich schon gesagt, wie sehr mir dein aktueller Aufzug gefällt? Der lockere Stoff und die Lederbänder stehen dir gut. Das ist Welten besser als diese albernen Kostüme, die sie hier oben sonst so tragen,« warf Delora ein und ignorierte die neugierigen Blicke der Anwohner.

Sie spazierten entlang einer breiten Straße, die zwischen mehreren Hochhäusern verlief, deren abgerundete Spitzen und modernen Formen hervorragend an diesen Ort passten.

Brasilan sah hinauf und meinte: »Nichts an diesem Ort ist ansatzweise mit den Siedlungen unseres Volkes vergleichbar. Dafür bin ich sehr dankbar. Ich ziehe unsere einfachen Behausungen jedem dieser Klötze hier vor. Diese ganze Stadt ist falsch, künstlich und krank.«

»Früher habe ich mich hier sehr wohlgefühlt und die Kunstfertigkeit bewundert. Jetzt sehe ich all das und empfinde nur noch Verachtung und Mitleid, weil sie nicht sehen können, was mit ihnen geschieht,« entgegnete Sariel frustriert.

Geschlagene zwei Stunden liefen die drei ziellos umher und betrachteten die schönsten Ecken der Stadt, doch Lucis war so riesig, dass sie dennoch kaum etwas gesehen hatten.

Als sie gerade auf ein Lokal zugingen, wo man sie ganz sicher nur unter entgeistertem Starren bedienen würde, stellte sich ihnen ein Seraphim in einer Prunkrüstung in den Weg. Er war hochgewachsen und trug einen aufwändigen Helm, wie Sariel es noch nie gesehen hatte. Zudem hing an seinem Gürtel ein großes Schwert.

»Kann ... ich dir weiterhelfen? Oder willst du uns nur anstarren wie all die anderen?«, fragte die Cherubim neutral.

Zu ihrer Überraschung neigte der glattrasierte Mann das Haupt. »Weder noch. Ich bin im Auftrag meines Meisters hier und wurde gesandt, um die Frau mit den grauen Flügeln zu finden.«

Brasilan trat neben sie. »Nun, ganz offensichtlich hast du sie gefunden. Und was hast du nun vor?«

»Euer Schutz in allen Ehren, aber das ist gar nicht nötig,« beschwichtigte der Seraphim die beiden Avianer. »Mein Meister bittet darum, dass ihr ihn für ein wichtiges Gespräch aufsucht. Leider ist er in der Stadt bekannt und kann euch nicht persönlich darum bitten, ohne aufzufallen.«

Sofort dachte Sariel an Zadkiel, der möglicherweise doch auf ihrer Seite war. »Dann führe uns zu ihm.«

»Bist du sicher? Das könnte auch ein Trick sein, um dich noch mehr zu demütigen,« flüsterte Delora, aber sie war entschlossen.

»Selbst wenn ... Ich bin neugierig.«

Anstatt zu fliegen, wie sie es erwartet hatten, schwebte der Seraphim vor ihnen her und sie folgten ihm zu Fuß. Sofort wählte er Seitenwege und weniger stark besuchte Bereiche, um möglichst wenige neugierige Augen auf sie zu lenken. Er führte sie immer weiter in Richtung des zentralen Stadtpfeilers, an dem die großen Bezirke befestigt waren.

»Wo gehen wir hin?«, wollte Brasilan wissen.

»Zum Heiligtum, dem Auratorium,« antwortete der Bote.

»Davon habe ich noch nie gehört ...«, musste Delora zugeben, doch Sariels Augen erleuchteten.

»Das ist der heiligste Ort des Engelsreichs! Dort wird der Leuchtkern gesteuert und der Tag- und Nachtzyklus kontrolliert! Niemand außer den Lichthütern darf dort hinein.«

Bereits eine halbe Stunde später standen sie vor einem sechs Meter hohen, goldenen Tor, das in ein noch größeres Abbild einer Sonne eingebettet war. Dieses Symbol zierte die gewölbte Fläche des Pfeilers der Himmelsstadt oberhalb des Bezirks.

Anstatt jedoch etwas zu sagen, zog der Seraphim sein Schwert und steckte es in einen dafür vorgesehenen Mechanismus, der das Tor öffnete. Ehrfürchtig traten sie ein und folgten einem schmalen Gang bis zu einer achteckigen Plattform. Sobald sie alle dort standen, berührte der Bote ein Symbol an der Wand und das Plateau begann damit, in einem endlos langen Schacht nach oben zu schweben wie ein Aufzug. Angetrieben wurde das Ganze von etwas, das aussah, wie reines Licht.

Da keiner von ihnen wusste, was sie erwartete, waren sie still und Sariel malte sich alle möglichen Szenarien aus. Es war der undenkbarste Ort, an den Zadkiel sie hätte holen können.

Nach einer gefühlten Ewigkeit des Aufstiegs blieb der Aufzug stehen. Vor ihnen lag das Auratorium. Es handelte sich um einen gewaltigen Raum, dessen Decke man vor lauter gleißendem Licht nicht sehen konnte. Im Zentrum nahe dem Aufzug stand eine riesige, bronzefarbene Maschine mit etlichen Schaltern und Hebeln, von deren Mitte die Verbindung zum Leuchtkern über ihnen aufrechterhalten wurde. Dutzende Seraphim schwebten wie ein Bienenschwarm darum herum und arbeiteten offenbar daran, dass alles ordnungsgemäß funktionierte.

Auch im restlichen Raum standen seltsame Apparaturen, die Elektrizität erzeugten oder ungewöhnliche Geräusche verursachten. Der gesamte Ort wirkte eher wie ein Laboratorium als ein Heiligtum.

»Nie zuvor sah ich etwas Vergleichbares ...«, stammelte Brasilan mit aufgerissenen Augen.

Auch Delora konnte den Blick nicht von der Maschine abwenden.

Sariel hingegen bemerkte eine Person ohne Flügel in einer langen, weißen, mit goldenen Mustern verzierten Robe mit weiter Kapuze, die langsam auf sie zukam. Das musste Zadkiel sein, der sein Gesicht verbarg, um nicht versehentlich mit einer Ausgestoßenen gesehen zu werden.

Als er sie erreichte, sprudelte sie los. »Ich bin so erleichtert, dass du die Meinung des Rates nicht teilst, sondern mir helfen willst, gegen die rassistischen Tendenzen in der Gesellschaft vorzugehen, Zadkiel. Aber was können wir tun, wenn du dich nicht einmal offen zeigen willst?«

Dann erkannte sie, dass die hellhäutigen Hände, die aus den weiten Ärmeln ragten, mit gelb leuchtenden Linien tätowiert waren. Das war nicht Zadkiel. Es war keiner der Erzengel, und doch hatte diese Gestalt keine Flügel.

»Wer ... wer bist du?«, fragte sie verwirrt.

Der Mann nahm die Kapuze ab. Sie bemerkte zwei leuchtende Linien auf seinen Wangen, die jedoch keinen Aufschluss über seine Identität gaben. Langes, hellblondes Haar fiel bis auf seine Schultern, von denen ein Teil zu einem Dutt gebändigt war. Zudem hatte er einen langen, ebenso blonden Bart bis zum Schlüsselbein, den er teilweise geflochten hatte. Tiefblaue Augen musterten die drei Besucher.

Mit einer kraftvollen, jugendlichen Stimme sagte er: »Ich gehöre nicht zu den Valarim des Rates. Ebenso wenig gehöre ich zu den Seraphim oder den Cherubim. Ich bin vielmehr ein Gelehrter, der sich bestens mit den Geheimnissen des Leuchtkerns und seiner Macht auskennt. Die Erzengel vertrauen in dieser Angelegenheit auf meine Expertise. Sie nennen mich den Mentor.«

»Von einer solchen Person habe ich noch nie etwas gehört,« gab Sariel zu.

»So sollte es auch sein. Danke Lumenidiel. Ich übernehme ab hier,« sagte er zu dem Boten, der sich mit einer Verbeugung entfernte. »Wäre meine Existenz gemeinhin bekannt, würde das viele Fragen aufwerfen, für deren Antworten das Engelsvolk nicht bereit ist.«

Delora stemmte die Hände in die Hüften. »Dir dürfte bewusst sein, wie seltsam das hier ist, zumal man Sariel erst vor wenigen Stunden aus dem Palast geworfen hat. Einfach zu behaupten, du wärst ein geheimnisvoller Gelehrter, ist keine ausreichende Erklärung.«

Der mysteriöse Mentor lächelte sie an. »Das kann ich nachvollziehen. Lasst mich versuchen, euch zu erklären, was meine Aufgabe ist, damit ihr versteht, weshalb es nicht ratsam ist, es an die große Glocke zu hängen.« Er winkte ihnen, ihm zu folgen, und führte sie in Richtung einer erhöhten Plattform, die von Maschinen umgeben war. »Wisst ihr, was der Leuchtkern ist und wieso er mit Lucis verbunden ist?«

»Der Kern ist unsere Sonne, die Quelle allen Lebens auf Paldur und er hält die Himmelsstädte in der Luft,« antwortete Sariel.

Der Mann lächelte. »Nicht ganz, meine Liebe.«

Sie erreichten einen verzierten, runden Bereich, in dem ein goldenes Podest stand, auf dem in einer aufwändigen Halterung ein großes Zweihandschwert ruhte. Es hatte einen langen, dicken Griff mit ineinander verwobener Griffwicklung, ein breites Heft mit filigran verschlungener Parierstange und eine lange, hellsilberne Klinge, die sich am Ende zu einer Spitze verjüngte. Auf ihr waren fremdartige Symbole eingraviert. Von dem Schwert ging ein leichtes Glimmen aus.

Brasilan bestaunte die anmutige Waffe. »Das ist das formvollendetste Schwert, das ich je gesehen habe. Es ist viel zu schön, um es in eine Schlacht zu tragen.«

»Es ist auch nicht dafür gedacht, in einem Kampf geführt zu werden. Was ihr hier vor euch seht, ist das bestgehütete Geheimnis des Engelsrats. Dies ist die sagenumwobene Auraklinge. Sie ist der Ursprung des Leuchtkerns. Die Verbindung zwischen dem Kern und Lucis dient nicht dazu, die Stadt in der Luft zu halten, sondern durch sie können wir ihn mit neuer Energie aufladen. Die Auraklinge ist im Grunde eine unerschöpfliche Batterie. Sie erzeugt eine fremdartige Energie, die die Grundlage für die Himmelsstädte bildet. Ein so mächtiges Relikt darf niemals in falsche Hände geraten, weshalb niemand außerhalb dieses Heiligtums und des Rates um ihre Existenz weiß. Die einzige Ausnahme bildet nun ihr drei. Als Hüter der Klinge obliegt es meiner Einschätzung, mit wem dieses Wissen geteilt werden darf.«

Alle drei waren einen Augenblick lang sprachlos, bis Sariel ihre Worte wiederfand. »Warum in aller Welt vertraust du ausgerechnet mir dieses Geheimnis an? Ich bin offiziell nur eine Avianerin, nicht einmal mehr eine Cherubim.«

Der Mentor verschränkte die Arme hinter dem Rücken. »Nun, in diesem Punkt stimme ich mit der Entscheidung des Rates nicht überein. Ich habe deine Karriere über die Jahre verfolgt. Ich habe gesehen, wie du dich trotz aller Widrigkeiten hartnäckig vorangekämpft hast und allen Hindernissen zum Trotz eine bemerkenswerte Kriegerin wurdest. Ich wollte dich bereits vor Wochen kontaktieren, doch du bist verschwunden. Erst als du heute vor den Rat getreten bist, wusste ich, wo ich dich finden würde.«

»Es erscheint mir unklug für einen so wichtigen Vertrauten des Rates, ihre Entscheidungen anzuzweifeln. Soweit ich weiß, reagieren sie bisweilen recht heftig auf Widerspruch,« warf Delora ein.

Brasilan fügte hinzu: »Aus welchem Grund teilst du die Meinung des Rates nicht?«

Daraufhin führte der Mentor sie zu einer Wandmalerei, die eine blutige Schlacht zeigte, bei der Engel gegen Engel kämpften. »Der Hohe Rat hat die Eigenart, aufgrund von Bequemlichkeit und einer gewissen Machtgier in einigen Fällen aus starkem Eigennutz heraus zu handeln. Meistens sind es nur unbedeutende Dinge, aber in der Vergangenheit gab es Situationen, in denen dieser Umstand zu großem Leid geführt hat. Vor langer Zeit, es müssen inzwischen Jahrtausende gewesen sein, gab es einen Erzengel, der von der Existenz der Auraklinge erfuhr. Ihr Name war Vasuviel. Sie versuchte daraufhin, das Schwert in ihren Besitz zu bringen und die Macht über Paldur zu ergreifen. Sie tat das nicht, um sich als Herrscherin aufzuspielen, sondern sie wollte den Rat entmachten und ihren Einfluss auf die Engel und die anderen Völker reduzieren. Sie war der Ansicht, dass die Erzengel wahrer Harmonie im Weg standen.«

»Da es noch heute so zu sein scheint, kann ich dem kaum widersprechen,« meinte Brasilan kritisch.

»Es gab nur wenige Engel, die es wagten, sich offen gegen die Valarim zu stellen. Daher versammelte Vasuviel die Harpyien hinter sich, die es leid waren, unter dem Joch des Rates zu stehen. Es entbrannte ein furchtbarer Krieg, ganz ähnlich dem Konflikt gegen die Nephilim heute. Auf dem Höhepunkt dieses Krieges gelang es Vasuviel, die Auraklinge in die Finger zu bekommen und den Rat damit fast zu bezwingen. Doch leider hatte der Einsatz des Schwertes einen Effekt, den sie nicht berücksichtigt hatte. Wer derart gewaltige Kräfte missbraucht, erweckt damit die Aufmerksamkeit von Wesenheiten, die noch weitaus mächtiger sind,« fuhr der Mentor fort und deutete auf ein Abbild von vier leuchtenden Wesen auf geflügelten Pferden. »Vasuviels Aufstand rief die Reiter auf unsere Welt.«

Daraufhin grinste Sariel. »Die Legende der apokalyptischen Reiter ist nicht mehr als ein Märchen, um kleine Cherubim zu erschrecken.«

Der Mann in der weißen Robe hob einen Finger. »Oh nein, meine Liebe. Es gibt sie tatsächlich. Woher sie kamen und weshalb sie sich einmischten, weiß niemand, aber sie brachten den Schrecken mit sich. Auf ihr Erscheinen folgten, Tod, Krankheit und Hungersnöte auf ganz Paldur. Keine Waffe konnte sie verwunden, selbst die Auraklinge war machtlos gegen sie. Weder der Rat noch Vasuviel waren in der Lage, sie aufzuhalten. Einst gab es eine vergessene Himmelsstadt namens Galata.

Im Kampf gegen die Reiter stürzte sie ab und durchschlug den Boden, wodurch das Loch entstand, dass man heute als das Infernalum kennt.«

Delora blickte skeptisch drein. »Wenn die Reiter so unaufhaltsam waren, wieso haben sie dann nicht einfach alles vernichtet? Was wollten sie?«

»Sie wollten die Auraklinge. Wozu, weiß man nicht, aber hätten sie sie bekommen, wäre das Ausmaß der Vernichtung unvorstellbar gewesen.«

»Und wieso bekamen sie sie nicht? Wenn man sie nicht aufhalten konnte, hätten sie Vasuviel doch einfach töten können,« wollte Sariel wissen.

»Das taten sie auch. Bevor sie sie jedoch erreichten, vertraute sie die Klinge mir an. Ich besitze die Fähigkeit, bestimmte Dinge vor den Augen anderer zu verbergen. Nachdem sie Vasuviel erwischt hatten, das Relikt jedoch nicht fanden, zogen sie sich aus Paldur zurück und kehrten seither niemals wieder. Aus diesem Grund verwenden wir die Macht der Auraklinge auch nur sehr vorsichtig. Der Rat vertraute sie mir auch weiterhin an und verbannte die Harpyien aus ihren Städten. Seither herrscht zwischen den beiden Völkern eine leidenschaftliche Feindschaft,« beendete der Mentor die Geschichte.

Brasilan verschränkte die Arme. »Das ist eine faszinierende Legende, aber sie erklärt nicht, weshalb du den Interessen des Rates zuwiderhandelst. Warum sollen wir dir vertrauen?«

»Damals war es die Sturheit des Rates, die den Krieg verursacht hat. Selbst als die Reiter erschienen und ihre Macht offenbar wurde, wollten sie nicht kleinbeigeben. Sie hätten die gesamte Welt geopfert, nur um ihre Machtposition zu halten. Genau die gleichen egoistischen Beweggründe kann ich derzeit erneut in ihren Entscheidungen erkennen. Sariel könnte ein Leuchtfeuer der Vereinigung für alle Völker sein, doch die Valarim verstoßen sie lieber, als einen Verlust von Einfluss zu riskieren. Das halte ich für falsch und deshalb möchte ich euch helfen.«

Sariel seufzte. »Ich bezweifle, dass die Engel jemals etwas anderes in mir sehen werden als Grayhawk die Andersartige ...«

Als sie betreten zu Boden sah, berührte der Mentor sie sanft an beiden Schultern. »Was dir heute noch als Bezeichnung des Spotts erscheinen mag, könnte sich eines Tages als Ehrentitel erweisen. Es wird der Tag kommen, an dem man den Namen Grayhawk mit Ehrfurcht ausspricht. Du hast ein Schicksal, Sariel. Um es zu erfüllen, musst du jedoch eine Reise antreten. Du musst deinen leiblichen Vater finden.«

In diesem Moment brummte Brasilan missbilligend. »Wer immer der Kerl ist, er hat meine Mutter geschwängert und ist dann abgehauen. Man lässt die Mutter seines Kindes nicht allein zurück.«

»In all den Jahren hat er nie versucht, mich zu finden. Ich weiß nicht einmal, wer er ist. Es könnte jeder Cherubim in einer Himmelsstadt sein,« warf Sariel ein.

Der Mentor lächelte sie an. »Dein Vater ist kein Cherubim. Er ist ein Erzengel, allerdings kein Mitglied des Rates. Er hat das Reich der Engel schon vor langer Zeit verlassen, weil er zu denselben Erkenntnissen gelangt ist wie du.«

Diese Information versetzte Sariel in einen Zustand von Schock und Ungläubigkeit. Ihr Leben lang war sie überzeugt gewesen, halb Avianerin und halb Cherubim zu sein. Niemals wäre ihr in den Sinn gekommen, von einem Erzengel abzustammen.

»Wie kann mein Vater ein Valarim sein? Ich habe keine der Kräfte, die Erzengel haben.«

»Das klingt in der Tat an den Haaren herbeigezogen,« stimmte Delora ihr zu.

Der Gelehrte nickte verständnisvoll. »Was weißt du über die Kräfte der Valarim?«

»Nun ja ... Sie können ... Also ... Eigentlich weiß ich nur, dass sie besondere Kräfte haben, aber nicht, wie diese genau aussehen,« musste sie zugeben.

»Die Valarim verfügen über eine seltene, angeborene Fähigkeit, die man Auramagie nennt. Es ist eine sehr subtile Form der Beeinflussung des Geistes in ihrem Umfeld, die man nur bemerkt, wenn man dafür empfänglich ist. Es gibt die verschiedensten Ausprägungen dieser Kraft. Gabriel ist beispielsweise dazu in der Lage, seine Worte mit solchem Nachdruck auszusprechen, dass sie für den Zuhörer unwiderlegbar logisch klingen, sodass ihm niemals jemand widersprechen wird. Chamuel kann Visionen der Zukunft einer Person sehen, wenn er sich in ihrer Nähe aufhält. Azrael spricht mit einer Stimme, die absoluten Gehorsam erzeugt, weshalb er als Anführer des Militärs ideal ist,« zählte der Mentor auf.

Delora war außer sich. »Das würde bedeuten, dass sie das Verhalten und sogar das Denken anderer manipulieren können, um ihren Willen durchzusetzen!«

»Sehr richtig, meine Liebe,« bestätigte der Gelehrte. »Die Auramagie ist der Grund, weshalb der Rat überhaupt so lange die Führung behalten konnte. Jeder Widerstand, jede andere Meinung und jedes Hinterfragen ihrer Anweisungen wird dadurch nachhaltig verhindert. Nicht jedes Ratsmitglied missbraucht diese Gabe, doch einige tun es.«

An dieser Stelle hakte Sariel wieder nach. »Aber ich besitze keine solche Kraft. Ich kann niemanden dazu zwingen, meinem Willen zu gehorchen oder etwas Bestimmtes zu denken. Müsste ich das nicht können, wenn ich zur Hälfte eine Valarim bin?«

Wieder antwortete der Mentor mit einer Gegenfrage. »Sag mir, Sariel: Ist dir während des Gesprächs mit dem Rat etwas aufgefallen?«

Sie hielt inne und überlegte. »Jetzt, wo du es erwähnst ... Manchmal spürte ich so eine Art seltsamen Druck auf meinem Geist, so als würden meine Gedanken in eine bestimmte Richtung gelenkt werden. Ich wusste nicht, was es war, deshalb habe ich es ignoriert.«

»Jemand ohne magische Kräfte oder Schutzvorkehrungen kann sich gegen Auramagie nicht wehren. Man kann diese Beeinflussung nicht ignorieren, geschweige denn wahrnehmen. Und doch hast du entgegen den Wünschen des Rates ihre Methoden und Absichten kritisiert. Du sagst, du hättest keine besonderen Gaben, doch du besitzt die eine Kraft, die die Erzengel am meisten fürchten. Du bist immun gegen ihre Manipulation. Außerdem sagte man mir, du könntest die Emotionen deines Gegenübers spüren, wenn du dich auf eine Person konzentrierst. Das bedeutet, du hast empathische Fähigkeiten. Damit kannst du dem Einfluss des Rates nicht nur widerstehen, du kannst sie sogar lesen. Genau aus diesem Grund hat Gabriel dich verstoßen. Er fürchtet, was du tun könntest, wenn du diese Gaben erst beherrschen lernst,« machte er ihr klar.

Sie setzte sich auf einen Hocker neben einer Apparatur und realisierte etwas. »Das bedeutet ... Deshalb war ich immer anders als all die anderen Cherubim! Deshalb konnte ich ihr Verhalten und ihren widerstandslosen Gehorsam nicht verstehen und habe mich verloren und einsam gefühlt! Die Valarim haben sie alle manipuliert, ohne, dass es jemand bemerkt hat. Mich konnten sie aber nicht beeinflussen und deshalb war ich ihnen immer wieder ein Dorn im Auge.«

»Genau so ist es, meine Liebe. Du wurdest wie eine Aussätzige behandelt, aber nicht wegen deiner Flügel oder deiner Augen. Das sind nur Vorwände, die man aus Bequemlichkeit vorgeschoben hat. Eigentlich haben sie dich dafür verachtet, weil du etwas sehen kannst, dass allen anderen verborgen ist,« stellte der Gelehrte klar.

Brasilan griff diesen Punkt auf und kniete sich vor sie. »Siehst du, Schwester? Du bist nicht falsch oder unwürdig. Ganz im Gegenteil! Du bist anders, weil du mächtiger bist als jeder Cherubim. Das macht ihnen Angst, ohne, dass sie wissen, warum.«

Wieder fing Sariel an zu weinen, doch diesmal vor Erleichterung. Sie hatte sich so lange schlecht gefühlt und sich selbst dafür abgewertet, weil sie nicht so war wie alle anderen. Nun endlich kannte sie den Grund dafür und war sogar dankbar, dass sie nicht der gleichen Manipulation zum Opfer gefallen war wie ihre Kameraden. Nach all den Jahren fühlte sie sich zum ersten Mal nicht mehr wie eine Aussätzige, sondern sie fühlte sich frei. Plötzlich war es ihr nicht länger wichtig, Teil der Gesellschaft der Engel zu sein. Sie war sogar froh darüber, nicht mehr unter den Folgen der Beeinflussung leben zu müssen.

Sie sah den Mentor an. »Danke! Ich danke dir, dass du mir die Kontrolle über mein Leben zurückgegeben hast.«

Er lächelte sie gütig an. »Ich habe dir nur gezeigt, wer du bist. Die Kontrolle musst du dir selbst zurückholen.«

Ihr fiel ein, dass sie als halbe Valarim auch ihre Flügel verschwinden lassen können müsste. Da sie sich stets für eine Cherubim gehalten hatte, war ihr nie in den Sinn gekommen, es auszuprobieren. Nach ein wenig Konzentration und einigen Versuchen zogen sich ihre Schwingen in ihren Rücken zurück.

»Wow! Das ist ein so befreiendes Gefühl! Ich fühle mich viel leichter und agiler ohne die Flügel!«, freute sie sich.

»Damit kannst du dich viel leichter unauffällig auf dem Gebiet der Engel bewegen,« meinte Delora und freute sich mit ihr.

Kurz darauf fiel ihr wieder ein, dass sie ihren Vater finden sollte. »Wieso hast du gesagt, ich muss meinen Vater aufspüren? Wozu der Aufwand?«

Der Mentor entgegnete: »Alleine kannst du selbst mit deiner Immunität nichts gegen den Rat ausrichten. Wenn du die Engel wirklich von ihrem Einfluss befreien willst, brauchst du Verbündete. Dein Vater ist ebenfalls ein Valarim und kann dir helfen.«

»Aber wie sollen wir ihn finden? Wir wissen nichts über ihn,« warf Brasilan ein.

»Ich kenne seine Identität nicht. Obwohl ich ein paar Dinge über ihn weiß, kann ich mich beim besten Willen nicht an seinen Namen erinnern. Ich denke, er hat seine Gabe genutzt, um sich zu schützen, da sich nur wenige Valarim dafür entscheiden, außerhalb der Himmelsstädte zu leben. Es gefällt dem Rat nicht, wenn sich andere Erzengel ihrem Einfluss entziehen. Es gibt allerdings jemanden, der euch helfen kann, ihn aufzuspüren. Du hast es vermutlich nicht gewusst, Sariel, doch du hast noch einen anderen Halbbruder. Ebenso wie du wuchs er beim Volk seiner Mutter auf, nur hat er es nie verlassen. Sein Name lautet

Corvus. Wenn du ihn finden willst, musst du nach Hyneth reisen, ins Reich der Harpyien. Er könnte wissen, wo euer Vater zu finden ist.«

Erneut hatten die Informationen Sariel in einen Schockzustand versetzt. Sie hatte einen Bruder, dem sie nie begegnet war. Sofort schossen ihr hunderte Fragen in den Kopf.

Der Gelehrte legte ihr wieder eine Hand auf die Schulter. »Du machst nun die ersten Schritte auf einer Reise, die dein Leben für immer verändern wird. Ich kann dir nicht versprechen, dass es einfach wird, doch ich bin sicher, dass es sich lohnt.«

Sie erhob sich und sah ihm ins Gesicht. »Ich weiß nicht, wieso du mir hilfst, aber ich bin dir zutiefst dankbar dafür. Du gabst mir Antworten, ein Ziel und Hoffnung.«

»Dann erwidere den Gefallen und trage diese Hoffnung hinaus in die Welt, auf das ihr Licht auch anderen den Weg aus der Dunkelheit weist.«

Feld der Seelen

Das Rumpeln der Karren begleitete Onyx schon den ganzen Tag. Es war ein unaufhörliches, ungleichmäßiges Klappern, wenn die Räder aus Metall über den unebenen Boden rollten. Die Einzelteile der Katapulte und Schleudern, die darauf transportiert wurden, wackelten und schlugen dabei aneinander. Hinzu kam noch der Gleichschritt der Krieger, der sich in regelmäßigem, rhythmischem Stampfen äußerte.

Granite ging neben ihm und schoss kleine Steine mit seiner brandneuen Zwille durch die Gegend. Da das Gebiet flach und nur von vereinzelten, knorrigen Bäumen bewachsen war, störte das niemanden.

»Diese Schleuder ist wirklich super! Damit kann ich noch präziser Engel vom Himmel holen.«

Sein Kamerad musste schmunzeln. »Ja, weil sie sauer sind, dass du eine kleine Delle in ihre dicken Rüstungen gemacht hast.«

Der breite Granitmann brummte und stupste ihn an. »Ach, du bist doch nur angefressen, weil man uns schon wieder auf eine Mission geschickt hat, anstatt uns eine Pause zu gönnen.«

»Und ob ich das bin! Wir wären von diesen beschissenen Glutdrachen beinahe zu Kieseln verarbeitet worden und Jade fällt nichts Besseres ein, als uns sofort wieder durch das halbe Land marschieren zu lassen. Ich meine, wann werden wir eigentlich mal für unsere Erfolge belohnt?«, murrte Onyx.

Obsidian saß oben auf einem der Karren und hielt einen Eimer mit Ratten in den Armen. Gelegentlich griff sie eine heraus und schleuderte sie in die Luft, wo Venge vorbei flog, und sie schnappte und fraß.

»Wieso regst du dich denn so auf? Die größte Belohnung für siegreiche Krieger ist eine noch bedeutendere Schlacht. Bedenkt man, wohin wir auf dem Weg sind, müsstest du dich doch sehr geehrt fühlen.«

Onyx knurrte. »Ja, total ehrenhaft, wochenlang durch die Pampa zu latschen.«

»Du weißt doch genau, warum wir das tun müssen. All die Krieger hier erwarten unsere Führung, wenn wir ankommen. Satanas ist eines der wichtigsten Schlachtfelder überhaupt,« argumentierte Granite.

»Hast ja recht. Vielleicht bin ich einfach nur erschöpft. Der Krieg zieht sich nun schon so lange hin, dass ich gar nicht mehr weiß, was wir in Friedenszeiten gemacht haben.«

Daraufhin lachte Obsidian. »Sowas wie Frieden hatten wir noch nie. Die Engel haben uns angegriffen, seit unser Volk das erste Mal aus dem Fels auferstanden ist. Sie fürchten unsere Stärke seit dem ersten Tag. Dieser Krieg wird nur enden, wenn eines unserer Völker restlos vernichtet wurde. Und da wir beide zu stur zum Aufgeben sind, wird das noch sehr lange dauern. Wenn ich ehrlich sein soll, gefällt es mir so auch am Besten. Ich bin durch und durch Kriegerin und solange es Schlachten zu schlagen gibt, wirst du mich dort finden. Ich prügle diesem arroganten Federvieh die Scheiße aus dem Leib.«

»Wahre Worte! Glutdrachen sind ja schön und gut, aber es juckt mich in den Fingern. Ich will sie wieder um den Hals eines Cherubim legen und das befriedigende Knacken hören, wenn das dünne Genick bricht. Ich will den Blick in ihren Augen auskosten, wenn sie realisieren, dass ihr Leben enden wird,« kicherte Granite ein wenig manisch.

Onyx sah ihn mit erhobener Braue an. »Ich weiß ja, dass man seine Aufgabe annehmen und mit Hingabe erfüllen soll, aber verdammt ...

Manchmal machst du mir regelrecht Angst mit deiner bildhaften Sprache.«

»Ach jetzt staub dich nicht gleich ein. Schwing du deinen glitzernden Hammer, wenn es dir mehr Spaß macht. Ich ziehe es vor, etwas direkter vorzugehen.«

»Direkter als ein Hammer ... Du bist schon eine Nummer,« schmunzelte Obsidian. »Aber mal im ernst: Die Berichte besagen, dass die Cherubim das Dorf umstellt haben. Noch sind sie nicht durchgebrochen, aber wenn sie es schaffen, könnte das ein großes Problem für unser Volk werden.«

Onyx zuckte mit den Schultern. »Die Seelenfelder dort existieren schon seit Anbeginn unseres Volkes. Wenn sie sie bisher nicht zerstören konnten, werden sie es auch jetzt nicht schaffen.«

»Ich bezweifle, dass sie es bisher so vehement versucht haben. Auch wenn wir im Kargland verloren haben, konnten wir zum ersten Mal eine Himmelsstadt beschädigen. Denen geht der Arsch auf Grundeis, also werden sie alle Hebel in Bewegung setzen, um uns möglichst schwere Schäden zuzufügen. Irgendetwas sagt mir, dass sie sich bisher noch zurückgehalten haben. Darauf können wir jetzt leider nicht mehr hoffen,« gab sie zurück. »Satanas liegt fast genau unterhalb ihrer Stadt Adicia. Sie haben wohl Angst, dass wir den Ort mit unseren neuen Katapulten angreifen werden und wollen uns zuvorkommen.«

Der Anführer der Truppe überlegte. »Dann wäre es möglicherweise klug, die Himmelsstadt nicht anzugreifen.«

Granite blieb so abrupt stehen, dass ein Karren ihn fast umgefahren hätte. »Wie war das gerade? Du willst die neuen Katapulte nicht einsetzen?«

»Doch natürlich will ich das, aber nicht gegen Adicia. Sie sollen statt-dessen die Engel direkt anvisieren.«

»Bist du verrückt geworden?! Wir haben hier die Gelegenheit, eine ihrer Städte vom Himmel zu holen und du willst es nicht tun?«, regte sich der Hüne auf.

Onyx schob ihn vorwärts, damit der Konvoi nicht anhalten musste. »Nichts täte ich lieber, als eine Stadt dieser aufgeblasenen Bastarde in Stücke zu schießen, aber wir reden hier von der Sicherheit unserer Seelenfelder. Sie greifen uns dort an, weil sie genau das fürchten. Wenn wir ihnen entgegentreten und ihre Stadt in Ruhe lassen, wird sie das hof-fentlich von der Idee abbringen, Satanas dauerhaft zu belagern. Die haben haufenweise Soldaten, die aus anderen ihrer Städte zur Verstär-kung kommen können. Unsere Reihen sind stark ausgedünnt und ohne die Seelenfelder wird das auch so bleiben. Wenn wir überleben wollen, müssen wir ihre Aufmerksamkeit von dem Dorf ablenken. Das geht nur, wenn wir ihnen keine weiteren Gründe geben, sich darauf zu konzent-rieren.«

Seine Erklärung schien Obsidian zu imponieren. »Dein Gespräch mit Jade scheint Früchte getragen zu haben. So strategisch denkst du sonst ja eher nicht.«

Er sah sie an. »Ich habe nur ihre Aussage wiedergegeben. Sie wird eine kleine Streitmacht anführen, um Vania erneut anzugreifen. Dort wird man die Katapulte einsetzen. Die Engel sollen denken, dass die größte Gefahr von Festung Gram ausgeht und die restlichen Dörfer igno-rieren. Unser Job ist lediglich die Sicherung der Felder.«

»Klingt Scheiße ...«, murrte Granite.

»Wieso denn? Das bedeutet, dass unsere wichtigste Aufgabe darin besteht, möglichst viele Engel zu töten,« machte Onyx seinem Kameraden klar.

»Oh … Na dann ist ja alles super!«, freute er sich und schoss wieder mit seiner Schleuder durch die Gegend.

***

Die Gruppe war nur selten so weit im Westen tätig gewesen, daher war es ungewohnt für sie, klaren Himmel zu sehen. In den meisten Gebieten des Torkan-Reiches war es düster und schwarz, weil der dichte Qualm des Vulkans sich über hunderte Meilen ausbreitete. An diesem Ort war der Boden zwar immer noch karg und felsig, aber es gab bereits Bäume, Gräser, erste kleine Wäldchen und sogar Tiere.

Die Gargoyles flogen dicht über ihnen, denn sie mochten die Helligkeit nicht. Obwohl das Tageslicht für die Mitglieder des Steinvolks kein Problem darstellte, waren sie es nicht gewohnt und starrten immer wieder nach oben, wo es helle Wolken und zum Teil blauen Himmel zu sehen gab.

»Sieht so die Welt der Engel aus? Es wirkt irgendwie so … endlos,« kommentierte Obsidian, die nun zwischen Onyx und Granite marschierte.

Der Hüne kratzte sich schabend am Kopf. »Gefällt mir nicht. Woher weiß man, wo man ist, wenn es nach oben keine Grenze gibt? Außerdem kann man sich nicht gut verbergen, wenn alles so hell ist.«

»Man kann aber auch besser zielen,« warf der Anführer ein.

Wieder wurde Granites Laune dadurch verbessert. Er war meist recht engstirnig und zielfixiert. Obsidian hingegen war verschlagen und selbstverliebt. Aus diesem Grund hatte Jade Onyx das Kommando übertragen.

Zwar war er oft kritisch, doch genau diese Eigenschaft machte aus ihm einen guten Taktiker.

»Wir kommen näher. Sendet Späher aus, die die Lage bei Satanas beobachten und uns informieren. Ich will wissen, was uns dort erwartet,« befahl er und vier Krieger nickten und gruben sich unter die Erde, um schneller zu sein.

»Warst du schonmal so weit im Westen?«, fragte Obsidian.

»Zwei Male in meiner Jugend. Ein paar Male war ich in Vesu und natürlich gab es da noch unsere Aufgaben in Dorul. Die kleinen Käffer noch weiter westlich sind ja kaum eine Reise wert. Erinnerst du dich noch an diesen seltsamen Burschen in Tupukah, der aus Diablon stammte? Der war mal gewöhnungsbedürftig ...«

Granite kommentierte: »Seine kritischen Ansichten hast du aber seither des Öfteren selbst wiedergegeben, Kumpel. Damals hast du gesagt, er sei komisch, weil er so weit abseits unseres Gebiets lebt und zu viel mit den Avianern zu tun hat.«

Onyx betrachtete eine kleine, weiße Wolke am ansonsten blauen Himmel. »Tja ... Wenn ich mir vorstelle, an einem Ort zu leben, wo es weder dunkel noch trostlos ist, kann es schon vorkommen, dass man eine andere Sicht auf die Dinge hat.«

»Pah! Du klingst wie einer dieser verrückten Engelsversteher,« kritisierte Obsidian ihn.

Daraufhin winkte er ab. »Ich rede von unserem Volk im Westen, nicht von den geflügelten Wichsern über uns. Die sind einfach nur Arschlöcher.«

Sie marschierten drei Stunden schweigend weiter nach Südwesten entlang eines Lavaflusses, bis einer der Späher zurückkehrte.

»Was hast du zu berichten, Kamerad?«

»Das mit der Blockade stimmt, Onyx. Die Truppen aus Adicia haben das Dorf umkreist und versuchen, einen Vorposten am Boden einzurichten. Sie halten die Verteidigungslinien unter Beschuss, können sich aber den Feldern nicht nähern,« sagte der bläuliche Krieger.

Obsidian hakte nach. »Von welcher Truppenstärke sprechen wir hier?«

»Es sind hunderte Cherubim vor Ort. Ein paar der Sechsflügler habe ich auch gesehen, aber sie halten sich im Hintergrund.« Der Mann zögerte kurz. »Herr ... Unsere Leute mussten wiederholten Angriffen standhalten. Sie sehen erschöpft aus und es gibt mehr und mehr Lücken in der Verteidigung. Ohne unser Eingreifen werden sie nicht mehr lange durchhalten.«

Onyx nickte. »In Ordnung. Geh zu deinem Trupp und bereitet euch vor. Wir müssen diesen Blockadering durchbrechen und den Feind vertreiben, damit sich unsere Leute sammeln und erholen können.«

»Du willst das vermutlich nicht hören, Kumpel, aber ein Katapultangriff auf die Himmelsstadt würde die Feinde innerhalb von Sekunden von Satanas ablenken,« meinte Granite.

»Das ist aber keine Option. Allerdings bringst du mich auf eine andere nette Idee, wie wir die Katapulte einsetzen können,« grinste er.

***

Auf einer Anhöhe nahe dem Dorf stehend konnten die drei gut erkennen, was sich vor ihnen abspielte. Wie der Späher berichtet hatte, flatterten zahllose Engel in einem Ring um Satanas und beschossen es mit ihren Lichtlanzen. Der Ort bestand aus untypisch soliden Steinhäusern, gepflasterten Straßen und einer hohen Mauer rundherum, die vom Angriff inzwischen an mehreren Stellen durchlöchert worden war.

»Noch haben sie uns nicht gesehen, aber das ist nur eine Frage der Zeit. Ehrlich gesagt sehe ich auch keinen anderen Weg, als die Katapulte gegen Adicia zu richten,« gab Obsidian zu.

Onyx winkte einem Pionier. »Baut die schweren Waffen auf den Anhöhen auf und richtet sie auf den Feind aus.«

Trotz eines kurzen Zögerns machte sich der Krieger loyal auf den Weg.

»Ich weiß, du wolltest das nicht, aber es gibt keinen anderen Weg, Kumpel,« versicherte ihm Granite.

Der Befehlshaber grinste wissend. »Sagt den Einheiten, sie sollen sich für einen Kampf bereitmachen. Ich will, dass bis auf zwei Trupps alle Krieger für einen Angriff von unten bereit sind.«

»Von ... unten? Wenn wir die Stadt unter Beschuss nehmen, werden sie es auf die Katapulte abgesehen haben. Wir können sie nicht ungeschützt lassen!«, protestierte Obsidian.

Er sah sie an. »Wer sagt etwas vom Beschuss der Stadt?«

»Aber ich dachte ...«

»Was du dachtest, ist mir klar. Jades Befehle sind allerdings eindeutig. Ein Angriff auf Adicia kommt nicht infrage.«

Granite richtete seine Metallweste. »Wenn das nicht dein Plan ist, wozu lässt du dann die Katapulte aufbauen?«

Er lächelte diabolisch. »Vertraut mir, Freunde. Was ich vorhabe, wird euch noch viel besser gefallen.«

Da die Spezialisten darin geschult waren, die Belagerungswaffen bei Bedarf schnell auf- und wieder abzubauen, waren sie innerhalb kürzester Zeit einsatzbereit.

»Die Katapulte und Schleudern sind bereit, Kommandant. Wir laden gerade die großen Felsbrocken. Worauf sollen wir sie ausrichten?«, fragte der Pionier.

Onyx trat vor ihn und entgegnete: »Ich hatte nicht befohlen, sie zu laden. Wir werden für diesen Einsatz keine schwere Munition brauchen. Spannt die Seile und macht die Waffen feuerbereit, aber ohne Geschosse.«

»Ohne ... Wie ...«

»Überlass den Plan mir. Tut, was ich sage und vertraut mir. Sobald der erste Beschuss beendet ist, baut ihr die Geräte wieder ab und bringt die Karren bei der Schlucht vor Satanas in Stellung, bis ich euch rufen lasse, verstanden?«

Der Mann nickte. »Zu Befehl!«

Obsidian sah ihren langjährigen Freund und Kameraden neugierig an. »Ich weiß nicht, was du vorhast, aber du hast definitiv mein Interesse geweckt.«

»Mir ist scheißegal, was du vorhast, solange es bald mal losgeht. Diese Warterei ist zum Kotzen,« kam es kurz angebunden von Granite.

Diese Aussage brachte Onyx zum Lächeln. »Kommt mit.«

Er führte sie zu der langen Reihe der Katapulte, die nun schussbereit, aber ohne Geschosse, mit leichtem Versatz auf den Klippen und Hügeln standen.

Der Anführer teilte eine Reihe der besten Krieger ein, bei ihm zu bleiben, und befahl dem Rest, sich rund um das Dorf unter der Erde zu verteilen und auf den Angriffsbefehl zu warten. Sofort gruben sich mehrere Dutzend Torkan in den steinigen Boden und verschwanden.

»Die Gargoyles sollen den Angriff beginnen. Sobald die Engel abgelenkt sind, folgte der zweite Schlag. Glaubt mir ... Den werden sie nicht kommen sehen.«

***

Die geflügelten Kreaturen, darunter auch Venge, hoben ab und flogen wie ein tödlicher Schwarm auf die in der Luft kreisenden Engel zu. Schon kurze Zeit später hörten sie die Schlachthörner des Feindes, als diese den Angriff bemerkten. Augenblicklich brachen sie ihre Belagerung ab und konzentrierten den Beschuss auf die herannahenden Wesen.

»Was jetzt?«, fragte Obsidian.

Onyx hob die Hand und hielt sie dort einen Moment lang ruhig. Er beobachtete, wie die beiden Fronten aufeinanderprallten. Ihm war klar, dass die Gargoyles gegen die Engel nicht lange bestehen konnten, daher schloss er die Faust. Das genügte als Signal, damit ein Krieger in der Nähe ein großes Horn nahm und einen tiefen, durchdringenden Ton erzeugte.

Alle Blicke fielen wieder auf den Trubel über dem Dorf, als rundherum wütende Torkan aus dem Boden brachen. Sie kamen mit solcher Gewalt aus der Erde geschossen, dass sie bis zu den fliegenden Feinden hinauf flogen und viele von ihnen mit sich nach unten rissen.

»Das war mal eine krasse Aktion ... Warum sind wir nicht mitgegangen?«, wollte Granite wissen.

»Weil wir eine noch krassere Aktion starten werden, mein Freund,« entgegnete der Kommandant und rief dann: »Alle Krieger in die Katapulte!«

Sofort wurde ihnen klar, was er vorhatte. Anstelle von Felsbrocken würden sie sich selbst abschießen lassen und mit voller Geschwindigkeit in die feindlichen Reihen regnen. Richtig gezielt und zeitlich abgepasst konnten sie auf diese Weise verheerenden Schaden anrichten, ohne das Dorf in Mitleidenschaft zu ziehen.

Mit einiger Mühe hievte sich Onyx in den Korb eines Katapults und prüfte den Sitz seines Hammers, den er erst nach diesem Manöver brauchen würde. Er beobachtete, wie zwei Pioniere dabei halfen, den riesigen Granite nach oben zu befördern, dessen grobe Gliedmaßen nicht richtig passen wollten.

»Das ist erniedrigend!«, fluchte er.

Obsidian sprang galant in ihren Korb hinein und rief ihm zu. »Warte ab, bis du die entsetzten Blicke der Engel siehst, dann wird es das wert sein!«

Sobald Onyx sicher war, dass alle Krieger in Position waren, wurden die Katapulte ausgerichtet. Die Schlacht tobte bereits heftig, doch die beiden Seiten waren noch nicht wirklich ineinander verlaufen. Das war auch gut so, da sie auf diese Weise die Truppen des Feindes gezielt ansteuern konnten.

»Bereit zum Feuern, Kommandant,« meldete ein Pionier.

Ein freudiges Grinsen zog sich über sein Gesicht. »Dann los!«

Selten hatte er so starke Aufregung verspürt wie in dem kurzen Moment zwischen dem Geräusch des betätigten Abschusshebels und dem Schuss. Er spürte deutlich, wie das Gegengewicht seine volle Macht entfaltete und den Wurfarm des Katapults mit brachialer Gewalt in Bewegung versetzte. Die Vibration im Korb war nur gering, doch dann ging es so schnell, dass er auch schon durch die Luft schoss. Der Wind rauschte laut an seinem Kopf vorbei und er bemühte sich, den Einschlag in einen gezielten Angriff umzuwandeln.

Die feindlichen Reihen kamen überraschend langsam näher, sodass er seine nächsten Bewegungen gut abpassen konnte. Mit voller Wucht krachte er in einen Cherubim und schlug ihn zur Seite, damit er drei weitere Feinde erwischen konnte. Bevor er zu tief war, packte er einen Seraphim am Stiefel und riss ihn mit sich nach unten. Anstatt jedoch einfach aufzuschlagen, streckte er den freien Arm vor und grub sich in einem perfekten Übergang in den Boden hinein. Dabei zog er den Sechsflügler mit sich, der hilflos durch das Erdreich gezogen wurde. Onyx ließ ihn einfach los, sodass der bemitleidenswerte Kerl, umschlossen von Erde und bewegungsunfähig, dort nach kurzer Zeit erstickte.

Die Sinne der Torkan waren unter der Erde extrem fein, weswegen er genau ausmachen konnte, wo er sich befand, um nicht gegen Felsbrocken oder ein Haus zu knallen, wenn er auftauchte. Wie seine Kameraden nahm er Geschwindigkeit auf und schoss sich selbst zurück in die Luft, wo er sofort zwei Frauen an den Flügeln packte und sie mit Wucht gegeneinander schmetterte. In einer drehenden Bewegung warf er sie fort und holte damit drei weitere Feinde vom Himmel.

Onyx landete auf den Füßen und griff sich einen der liegenden und benommenen Soldaten. Mit einem Ruck hob er ihn über seinen Kopf und ließ ihn anschließend auf sein Knie krachen, um sein Rückgrat zu brechen. Mit einem Tritt schoss er ihn über den Boden, sodass er einen Kameraden von den Füßen holte. Das konnte der Kommandant nutzen, um ihm den Schädel einzutreten. Die dritte abgestürzte Person war eine weibliche Cherubim. Sie hatte ihre Lichtlanze gezückt und traf ihn gegen die Brust. Einige kleine Stücke brachen heraus. Bevor sie jedoch erneut feuern konnte, griff er den Schaft ihrer Waffe und entriss sie ihr. Dabei knallte sie mit dem Rücken gegen die Außenmauer. Onyx packte einen handtellergroßen, flachen Stein und zog ihn aus dem Wall. Die Schläge der Frau ignorierte er einfach, da sie sich dadurch höchstens die Hand brach.

Sie brüllte wütend und fluchte herum, wie man es von einem Engel eigentlich nicht erwartete. Um das störende Geräusch zu unterbinden, rammte er ihr den Stein quer in den Mund, doch er stand immer noch weit zu beiden Seiten über. Mit drei harten Schlägen gegen die Kante beendete er ihr Leben. Er starrte angewidert auf die blutige Masse, die einst ihr Gesicht gewesen war.

»Ekelhaft, diese Fleischlinge ...«

Als er sich umsah, bemerkte er zunächst Venge, der aufgrund eines bläulichen Brustpanzers sofort auffiel, den Obsidian ihm angefertigt hatte. Der Gargoyle flog geschickte Manöver zwischen den Feinden und versprühte seinen giftigen Atem.

Die schwarze Kriegerin selbst hing mit einer Hand an seinem krallen-bewährten Fuß und schlug um sich, wobei sie mit ihren scharfkantigen Unterarmen viele Flügel und Körperteile aufriss. Trotz des gewaltigen Lärms hätte Onyx schwören können, sie dabei begeistert brüllen zu hören.

Granite stand auf dem Dach eines soliden Steinhauses und schoss mit seiner neuen Schleuder. Zwar war sie weniger verheerend, als er gehofft hatte, doch sie lenkte die Engel ab, damit andere sie erledigen konnten. Das schien dem Hünen jedoch nicht zu gefallen, daher steckte er die Waffe weg und warf sich mit Gebrüll auf einen Seraphim. Die beiden stürzten zu Boden, während er dem geflügelten Feind das Gesicht umgestaltete.

Zunehmend viele Engel fielen aufgrund von Verletzungen an den Flügeln oder anderen Wunden zu Boden und mussten von dort aus weiterkämpfen. Das führte dazu, dass mehr der Torkan zu Fuß kämpfen konnten, anstatt sich immer wieder in die Luft schießen zu müssen. Der Bodenkampf war für sie ideal, während die Engel in Nachteil waren. Dennoch gaben sie nicht auf und schossen mit ihren Lichtlanzen umher.

Für Granite war das eine willkommene Einladung. Er stampfte durch die feindlichen Einheiten und schmetterte sie nieder, trampelte sie platt oder packte sie und riss sie auseinander. Binnen weniger Minuten war er von Blut bedeckt und schleuderte Felsbrocken in die Luft, um noch mehr Opfer zu sich herunterzuholen. Die meisten Engel machten einen weiten Bogen um ihn, wenn sie konnten.

Auch Obsidian ließ sich fallen und landete auf einem Feind, der von ihrem Gewicht zerquetscht wurde. Die Blutspritzer waren auf ihrer glänzenden, schwarzen Oberfläche kaum zu sehen. Anders als viele ihrer Kameraden kämpfte sie weniger mit roher Kraft und Brutalität, sondern nutzte ihre natürlichen Klingen und schnelle Bewegungen.

Als ein Seraphim ihr sein Schwert in den Leib stoßen wollte, packte sie die Klinge mit der Hand und rammte sie einer Cherubim in den Rücken. Anschließend enthauptete sie den Krieger mit ihrem Unterarm. Mit zwei genauen Tritten verbeulte sie die Rüstungen mehrerer Feinde und riss einem von ihnen den Arm aus. Die Schmerzensschreie endeten jedoch sofort, als Granite dessen Kopf packte und zwischen seinen Händen zerquetschte.

Die beiden schlugen ein und kämpften ab da Seite an Seite.

Onyx zog seinen Hammer und konnte ihn gerade rechtzeitig vor sich halten, um zwei Lichtstrahlen abzufangen, die von Cherubim-Soldatinnen auf ihn gerichtet wurden. Die Waffe aus reinem Diamant warf das Licht zurück, allerdings nicht genau auf die Angreiferinnen. Die unebenen Kanten der Oberfläche zerstreuten sie in viele dünnere Strahlen, die breit gefächert durch die Reihen der Engel fegten und vielen von ihnen die Schwingen ansengten.

Erschrocken versuchten die Cherubim es daraufhin mit Einzelschüssen, doch der Kommandant fing auch diese ab und schleuderte sie gezielt zurück. Sie durchbohrten die Rüstung einer der Frauen am Bauch und sie ging zu Boden. Zornig schoss die andere mit ausgerichteter Lanze auf ihn zu. Er sprang zur Seite und lenkte den Stoß in die Erde. Damit hatte sie nicht gerechnet und fiel vornüber, wo er ihr Leben mit dem Schwung seines Hammers beendete.

Auch andere Engel, die nicht mehr fliegen konnten, kamen mit erhobenen Waffen auf ihn zu, doch dass erfreute ihn eher. Für ihn war der Diamanthammer nicht schwerer als ein Schwert für einen Seraphim, daher konnte er ihre Angriffe parieren und kontern. Zwar bekam er hin und wieder einen Treffer ab, weil die Ausbildung der Cherubim weitaus besser war als die der Torkan, doch das Onyx, das einen Großteil seines Körpers bildete, war hart genug, um dem standzuhalten. Lediglich die Lichttreffer waren für ihn gefährlich, da er mit der Hitze weniger gut zurechtkam.

Immer wieder bauten die Engel in ihre Angriffsabfolgen Schüsse ein, die ihn voll erwischten, bevor er die Schuldigen mit dem Hammer zu Brei schlug. Die Oberfläche seiner Brust und seines Bauchs waren schnell von kleinen Kerben und Löchern übersät.

Im Gegenzug wirbelte er nach einer erfolgreichen Parade herum und verpasste gleich drei Gegnern rasche Schläge gegen die Brustpanzer. Zwar tötete sie das nicht, doch seine Kraft genügte, um die Rüstungen zu verbiegen und ihnen starke Schmerzen zu verursachen. Das wiederum lenkte sie oftmals so sehr ab, dass er nachsetzen konnte.

Aus einer Drehung erwischte er einen Engel mit dem Hammer frontal am Bauch. Er zog den Angriff weiter durch, sodass der Kerl von den Füßen gerissen wurde und gleich zwei Kameraden mit sich zu Boden stieß. Auf einen Pfiff von Onyx hin kam Venge aus der Luft und ließ sich auf den Engelsstapel fallen, um sie allesamt zu zermalmen. Danach half er dem Gargoyle aus dem blutigen Haufen heraus und gab ihm mit beiden Armen Starthilfe, um wieder in die Lüfte zu kommen.

Er musste einen Speerschlag von oben parieren und verpasste der Frau einen harten Tritt gegen die Brust, der sie zusammenfaltete. Plötzlich kam Granite aus dem Nichts, packte die Flügelenden der schreienden Cherubim und missbrauchte sie als Flegel, um andere Soldaten zu treffen. Das tat er so lange, bis ihre Schwingen abrissen und ihr Körper ungebremst gegen die Mauer klatschte.

»Ups!«, meinte er und warf die Flügel achtlos beiseite. Dann stupste er Onyx an. »Sieh mal da!«

Er deutete auf das Feld vor dem Dorf, wo Obsidian mit zwei Lichtlanzen durch die feindlichen Linien tänzelte. Sie schwang die Waffen so verheerend und präzise, dass innerhalb weniger Minuten drei Dutzend Cherubim ihr Ende fanden.

»Ich kenne kaum eine tödlichere Kriegerin als sie. Wie du sie ständig verärgern kannst, ist mir ein Rätsel, Kumpel,« meinte der Kommandant.

Kichernd packte der Hüne eine vorbeieilende Frau am Hals, hob sie hoch und drückte zu. Sie war sofort tot, doch er ließ erst los, als ihr Kopf zerplatzt war.

»Du bist heute ziemlich blutrünstig drauf ...«

Granite kicherte leise und schleuderte zwei Felsbrocken, um einige verstreute Cherubim zu zermalmen. »Ist auch schon lange her, dass ich so viel Spaß hatte!«

Er stampfte wieder los und warf sich ins Getümmel, während Onyx sich einen Überblick über die Lage verschaffte.

Die bisherigen Verteidiger konnten nun, da die Verstärkungen den Angriff führten, die Mauer reparieren und sich ausruhen. Die schwersten Schäden waren an der äußeren Mauer und am Turm des höchsten Gebäudes erkennbar, doch noch war nichts bis auf drei kleinere Häuser am Dorfrand völlig zerstört worden. Die Geröllbrocken überall auf dem Gelände waren unverkennbar die Teile gefallener Krieger. Viele waren bei dieser Belagerung gestorben. Nun schien sich das Blatt jedoch zu wenden. Am Himmel hatten die Gargoyles und die noch immer aus der Erde springenden Torkan die feindlichen Reihen gelichtet. Am Boden hatten die Engel keine Chance gegen die wütenden Steinkrieger, deren Kampfgeist von Granites Brutalität und Obsidians beeindruckenden Bewegungen beflügelt wurde. Nicht wenige hatten sich auch um Onyx geschart, dessen Diamanthammer inzwischen berühmt war.

Zunächst überlegte er, ob er sich erneut in den Kampf stürzen sollte, doch innerhalb der Mauern war es nun ruhig. Allem Anschein nach würde die Schlacht nicht mehr lange andauern, zumal sich die ersten noch fliegenden Truppen in Richtung Adicia zurückzogen.

Anstatt also wie Granite mit irrem Gebrüll auf die fast schon wehrlosen, verwundeten Cherubim loszustürmen und sie auf zum Teil recht grausame Weise umzubringen, trat er auf die Mauer und beobachtete das Spektakel. Dabei hielt er den Hammer fest in der Hand und diente als Motivation für alle Torkan im Umkreis.

***

Eine halbe Stunde später war der Kampf beendet.

Granite ließ sich von seinen Kameraden für seine vielen Opfer feiern, während er die neidischen Blicke auf seinen vollständig blutrot verfärbten Körper genoss.

Auch Obsidian wurde bejubelt, allerdings fertigte sie sich eine Halskette aus den Federn ihrer Opfer an. Dabei war sie sehr wählerisch, keine zerzausten, schmutzigen oder blutigen Exemplare zu verwenden.

Während die beiden die Begeisterung für ihre Erfolge auskosteten, klopfte Onyx dem leicht verletzten Venge auf den Rücken. Er hatte drei kleinere Verbrennungen und eine Schnittwunde, doch nichts davon war gefährlich oder kritisch.

Er warf eine fette Ratte in die Luft, die der Gargoyle freudig schnappte und verspeiste. »Das war sehr gut! Du bist in der Tat klüger und stärker als alle anderen deiner Art, mit denen ich bisher zu tun hatte. Obsidian hat ein gutes Auge für loyale Verbündete.«

Ein freundliches Brummen war die Antwort.

Einer der Krieger trat an Onyx heran. »Kommandant! Wir haben gesiegt! Deine Taktik war hervorragend und hat uns enorme Vorteile verschafft.«

Er reagierte gelassen und verkniff sich jeglichen Stolz auf den Erfolg. »Rufe die Karren ins Dorf. Die Engel sind zwar getürmt, aber das war sicher nicht ihr letzter Versuch, uns zu schaden. Wir müssen die Katapulte aufbauen und ihnen klar zeigen, dass es ihnen ebenso schadet, wenn sie uns angreifen.«

Der Mann schlug sich gegen die Brust und eilte los.

Zu einem anderen sagte Onyx: »Fangt an, die Trümmer und Leichen wegzuräumen. Bringt das Geröll zu den Feldern und werft die toten Engel in den Lavafluss nördlich von hier. Dann helft den Anwohnern bei den Reparaturen.«

Anschließend trat er zu seinen Freunden. »Das war gute Arbeit, Leute! Du hast es hin und wieder etwas übertrieben, Granite, aber ansonsten habt ihr euch verdammt gut geschlagen. Kaum jemand hat so viele Feinde besiegt wie ihr beiden.«

»Abgesehen von dir selbst, meinst du? Ich habe gesehen, wie du den Hammer geschwungen hast, Kumpel. Mehr als einer der Sechsflügler musste heute lernen, dass auch wir mit Waffen umgehen können,« gab der Hüne das Lob zurück.

Obsidian hielt eine Lichtlanze in der Hand. »Ich gebe es nur ungern zu, aber diese Speerwaffen sind wirklich ziemlich gut in der Handhabung. Vielleicht sollten wir die Dinger behalten und gegen sie einsetzen.«

»Hmpf. Basaltan würde dir was erzählen, wenn du ihm mit so einer Idee kommst. Veränderung und Kreativität stehen bei ihm nicht sonderlich hoch im Kurs,« kommentierte Onyx. »Dein Venge hat übrigens wacker gekämpft. Er hat fast mehr Cherubim erledigt als Granite.«

Der Hüne knurrte unzufrieden und die schwarze Kriegerin boxte ihm gegen die Schulter. »Ich habe ja gesagt, dass er eine große Hilfe ist. Irgendwann wird unser in Blut gebadeter Grobian das auch erkennen.«

»Wer ist das denn?«, fragte Granite und deutete auf einen schlanken, grazilen Torkan in mattblauer Farbe, der auf sie zukam.

»Seid ihr die Anführer der Verstärkungen?«, erkundigte sich ihr ähnlich wie Obsidian eher feminine Artgenosse mit höherer Stimme.

»Ich bin Onyx, der Kommandant dieser Truppen. Das hier sind Granite und Obsidian, meine Stellvertreter. Wer bist du?«

»Mein Name ist Blauquarz. Ich bin die Dorfälteste und bin für die Pflege der Seelenfelder zuständig. Im Namen aller Bewohner von Satanas möchte ich euch für euren mutigen Einsatz danken. Wir haben in den letzten Tagen viele Verteidiger verloren. Die Felder dürfen unter keinen Umständen zerstört werden. Werdet ihr bleiben und uns beschützen?«

Er nickte. »Werden wir. Unsere Aufgabe ist es, eine Waffenruhe mit Adicia zu erreichen. General Jade hat einen Plan, wie wir das schaffen, aber darum kümmern wir uns. Wie steht es um die Felder? Wurden sie beschädigt?«

Die Älteste faltete die Hände vor dem Schoß. »Glücklicherweise nicht. Ein paar Querschläger sind dort eingeschlagen, doch es wurde nichts getroffen. Ich bin auf dem Weg, drinnen nach dem Rechten zu sehen. Ihr dürft mich gern begleiten. Für gewöhnlich ist es nur den Müttern erlaubt, sie zu betreten, doch für unsere noblen Retter werden wir eine Ausnahme machen.«

Das machte die drei äußerst neugierig, da es kaum einen heiligeren Ort für die Torkan gab.

Die Älteste führte sie an mehreren der größeren Gebäude vorbei bis zu einem Felskonstrukt, dass sie bis dahin für eine massive Erhebung gehalten hatten. Von außen sah es aus wie eine riesige Steinkuppel mit unebener Oberfläche, die keinerlei besondere Bedeutung hatte. Als sie jedoch nähertraten, erkannten sie große Löcher darin, die Licht und Luft hineinließen.

»Das hier ist der Seelendom von Satanas, eines der weltweit größten Seelenfelder. Fast ein Drittel unserer Bevölkerung erwacht hier zum Leben,« erklärte sie ihnen und ging zu einer halbrunden Öffnung an der Seite, die von einigen der übrigen Verteidiger bewacht wurde.

Sobald sie hindurchgetreten waren, mussten sich ihre Augen zunächst an das Dämmerlicht gewöhnen, das nur von den dicken Lichtstrahlen durchbrochen wurde, die durch die Deckenöffnungen hereinschienen. An den restlichen Teilen der Kuppeldecke hingen leuchtende Kristalle in grünen und orangefarbenen Farbtönen, die den ganzen Ort in ein funkelndes Wunder verwandelten. Entlang des Außenrands des Doms waren hunderte junge Torkan zu sehen, die sich gemeinsam mit ihren Erziehern dort versteckt hatten. Die meisten von ihnen starrten die drei Krieger fasziniert an.

Die zentrale Fläche des Bereichs, das eigentliche Feld, war eine flache Ebene, auf der in gleichmäßigen Abständen säuberlich aufgeschichtete Steinhaufen verteilt waren.

Blauquarz blieb stehen und drehte sich zu ihren Rettern um. »Nun? Was denkt ihr?«

Die erste Reaktion kam von Granite. »Na ja … Es ist ein großer Raum voller Steinhäufchen. Die Kristalle sind ganz nett, aber wenn das alles ist, verstehe ich den Aufstand nicht.«

Die Frau aus mattem, körnigem, blauem Stein kicherte leise. »Das liegt wohl daran, dass ihr nicht wisst, was hier genau passiert. Dieser Ort ist einer von mehreren, die wir gefunden haben, an denen leblose Steine ohne jeden ersichtlichen Grund zum Leben erwachen.« Sie hob einen kleinen Brocken auf. »Urplötzlich, ohne Vorwarnung oder äußeren Einfluss wird an diesem Ort aus einem einfachen Stein ein lebender Torkan. Hier erhalten Felsen eine Seele.«

Onyx betrachtete einen der Haufen genauer. »Aber wieso ist es so bedeutsam, diesen Ort zu halten? Würden nicht so oder so neue Torkan entstehen?«

»Ihr wisst das vielleicht nicht, aber bei den Engeln, Harpyien und Avianern bekommen Männer und Frauen gemeinsam Kinder. Kleinere Versionen ihrer selbst, die über Jahre lernen und heranwachsen, bis sie vollwertige Mitglieder ihrer Völker sind. Wenn ein Torkan durch Beseelung entsteht, steht kurz darauf ein ausgewachsenes Exemplar vor uns, das jedoch keineswegs weiter entwickelt ist als ein Kind der anderen Spezies. Wir müssen sie Sprache, Umgangsformen, unsere Kultur und ihre Aufgabe im Leben lehren, bevor sie bereit sind, sich der Welt zu offenbaren. Wenn wir sie nicht anleiten, irren sie wie wilde Tiere durch die Lande oder werden einfach von den Cherubim kurz nach der Entstehung getötet. Sie können sich noch nicht wehren,« erklärte die Frau.

»Aber wieso ausgerechnet hier? Aus welchem Grund entstehen neue Torkan gerade so nah an Adicia? Können wir den Ort nicht verlegen?«, hakte Obsidian nach.

Blauquarz schüttelte den Kopf, als sie beobachteten, wie sich ein zuvor lebloser Geröllhaufen plötzlich zu einer humanoiden Silhouette formte und unbeholfen bewegte. Sofort eilten zwei Erzieher dorthin und halfen dem neu entstandenen Torkan dabei, sich zurechtzufinden.

»Es gibt derzeit nur vier Orte auf der Welt, an denen Beseelungen passieren. Da wir nicht wissen, wie oder warum es ausgelöst wird, ist jeder einzelne dieser Orte unersetzlich. Glücklicherweise sind die anderen Stellen sehr gut verborgen und tief unter der Erde, aber trotzdem ist Satanas einer der bedeutendsten Entstehungsgründe. Solange an diesem Ort mehr Leben entstehen, als für seinen Schutz verloren werden, müssen wir ihn halten,« stellte sie klar.

Daraufhin erwiderte Onyx: »Es ist uns eine Ehre, hier stehen zu dürfen, Blauquarz. Solange auch nur ein einziger meiner Leute noch steht, werden wir euch mit unserem Leben schützen.«

Sie beobachteten, wie zwei weitere Torkan zum Leben erweckt wurden und machten sich bewusst, wie wertvoll und heilig diese Stätte für ihr Volk war. Es war ein Ort des Ursprungs und damit auch ein klares Prioritätsziel ihrer Feinde.

Gemeinsam mit der Ältesten verließen sie den Ort wieder und begutachteten die Schäden im eigentlichen Dorf. Sie waren erleichtert, dass viele der beschädigten Gebäude leicht repariert werden konnten. Ihre Leute hatten bereits damit begonnen.

Zudem beobachten sie, wie die ersten der Karren und Wagen durch das Tor gezogen wurden, auf denen sich die Belagerungsmaschinen befanden.

»Granite, würdest du bitte die Pioniere versammeln? Wir sollten uns eine Umgebungskarte ansehen und festlegen, wo wir die Katapulte und Schleudern taktisch am klügsten positionieren. Besorg uns ein paar Informationen und bereite alles vor. Ich komme bald nach,« bat Onyx den Hünen.

Er schlug sich die Faust gegen die Brust und stampfte los.

Anschließend sah der Kommandant erneut zu Blauquarz. »Bevor General Jade uns hergeschickt hat, sagte sie mir, dass wir vor dem Angriff aus Adicia gewarnt wurden.«

Die Frau nicke. »Das ist richtig. Wären wir nicht vorgewarnt gewesen, hätten uns die Angreifer sehr viel größeren Schaden zufügen können. Ich danke der Lava für diese glückliche Fügung.«

»Nur die Engel wussten von dem Angriff. Wie hätte ein Torkan früh genug davon erfahren können?«, wunderte sich Obsidian.

»Die Warnung kam nicht von einem der unseren. Wir haben seit Jahren einen Verbündeten, der uns wichtige Informationen aus den Reihen des Feindes zuspielt. Er ist ein Engel, der offenbar mit dem Krieg nicht einverstanden ist,« erklärte die Älteste.

Onyx war skeptisch und sehr misstrauisch. »Ihr vertraut einem Engel genug, um ihm zu glauben? Wer ist es? Was hat euch dazu bewogen, ihm zu vertrauen?«

»Vertrauen wäre zu viel gesagt. Wie gesagt, er gibt interne Informationen an uns weiter. Warnungen vor bevorstehenden Angriffen, Späherrouten, militärische Angriffspläne, Schwachstellen ihrer Taktiken. Es sind immer Dinge, die uns nicht sehr schaden würden, wenn sie falsch wären. Dennoch haben sich seine Hinweise bislang ausnahmslos als korrekt und zuverlässig erwiesen. Inzwischen haben wir eine gewisse Zuversicht ihm gegenüber. Wer er ist, wissen wir nicht. Sein Vertrauen uns in uns scheint dem unseren zu gleichen. Er nennt sich in seinen Botschaften stets nur M.«

»Wenn das nicht zwielichtig und heimtückisch klingt, dann weiß ich es auch nicht. M. Das ist einfach nicht richtig ...«, murrte Onyx.

Obsidian betrachtete das Ganze nüchterner. »Ist doch scheißegal, ob es ein Engel oder ein Avianer ist. Solange seine Tipps nützlich sind, ist er nicht unser Problem. Wir sollten uns auf den Schutz dieses Ortes konzentrieren, bevor diese Pisser uns erneut angreifen.«

Dieser Hinweis holte den Kommandanten aus seiner grüblerischen Stimmung. »Ja, du hast natürlich recht. Lass uns sehen, wie wir die Verteidigung des Dorfes aufbauen!«

Der verlorene Bruder

Seit der Mentor ihr vor mehr als einer Woche die Wahrheit über ihre Vergangenheit und ihre Familie gesagt hatte, kam Sariel kaum zur Ruhe. Zu jeder Tages- und Nachtzeit schossen ihr Dutzende Gedanken durch den Kopf, die ihr den Schlaf raubten. Wer war ihr Vater? Warum hatte sie noch nie von ihm gehört? Sie fragte sich zudem, wie ihr zweiter Bruder wohl sein mochte. Am meisten belastete sie aber die Tatsache, dass das Volk der Engel seit Jahrtausenden durch Manipulation gelenkt wurde, ohne es zu wissen. Diese Information beschäftigte auch Brasilan und Delora spürbar, da sie mehrmals täglich diskutierten, welche Auswirkungen das möglicherweise auf die Avianer gehabt hatte.

»Wenn überhaupt kann der Einfluss nur sehr gering gewesen sein. Es gab in den letzten Jahrzehnten nur wenige direkte Treffen zwischen unseren Anführern und einem Erzengel,« meinte der stolze Krieger.

Seine Partnerin flog schräg über ihm. »Wir wissen ja nicht, wie lange diese Beeinflussung anhält. Es wäre sehr gut möglich, dass bestimmte Veränderungen des Denkens dauerhaft bleiben. In dem Fall wäre jeder, der jemals mit einem Ratsmitglied gesprochen hat, potenziell korrumpiert.«

»Jetzt übertreibst du aber, Wölkchen,« gab Brasilan zurück.

Sie schnaubte. »Nenn mich nicht Wölkchen, wenn wir diskutieren! Das untergräbt völlig meine Ernsthaftigkeit!«

Er drehte sich in der Luft herum und berührte ihren Schnabel liebevoll mit seinem. »Wir wissen nicht genug über die Kräfte der Valarim, um uns darum sorgen zu können. Es ergibt keinen Sinn, uns deswegen zu streiten. Nur die Zeit wird zeigen, welche Auswirkungen die Erzengel auf uns hatten.«

Sariel flog direkt vor ihnen und blickte zurück. »Ich beneide eure Fähigkeit, euch immer wieder auf eure Liebe zu besinnen, anstatt euch in Disputen zu verlieren. Die Engel könnten sich eine Scheibe von euch abschneiden.«

Sie landeten an einer Flussgabelung nahe dem Ursprung des riesigen Flusstals, von wo aus sich ein langes und weites Netz vieler Flüsse und Bäche ausbreitete und nach Osten führte.

»Ich bin sowieso erstaunt, dass ihr beiden so harmonisch miteinander umgehen könnt. Ich meine ... Ein Krieger und eine Agentin? Eure Aufgaben könnten doch kaum unterschiedlicher sein. Einer ist präsent und kämpft ehrenhaft und ganz offen, während die andere verstohlen in den Schatten bleibt, späht und lauscht,« lächelte Sariel.

Delora grinste. »Für beides gibt es Bedarf. Wir werden überall dort eingesetzt, wo unsere jeweiligen Talente von Nutzen sind. Allerdings haben wir einen seit Jahren laufenden Wettstreit darüber, wessen Fähigkeiten nützlicher sind. Aktuell führe ich deutlich mit 47:43.«

Daraufhin hob Brasilan die Hand. »Hey Moment mal! Das stimmt so aber nicht. Die Sache mit der Karawane aus Immergrün war unentschieden. Ich bin bei 44 und darauf bestehe ich.«

Sie lachte. »Wenn du dich damit besser fühlst, dann steht es 47:44, Geliebter. Trotzdem führe ich,« fügte sie hinzu und streckte ihm frech die Zunge heraus.

Sariel konnte nicht anders, als breit zu lächeln. Die beiden waren ihre Familie und es tat gut, sie glücklich zu sehen. Sie ließ ihre Flügel verschwinden, was sich noch immer ungewohnt anfühlte, ihr aber sehr gut gefiel.

»Du siehst sofort vollkommen anders aus, wenn du deine Schwingen verbirgst,« fand ihr Bruder.

»Ich fühle mich auch anders. Es ist erschreckend, wie viel einfacher die Bewegung am Boden ist. Weniger Gewicht, keine sperrigen Hindernisse auf dem Rücken, mehr Beweglichkeit ... Es ist ziemlich angenehm,« sagte sie zufrieden und ließ sich auf einem flachen Stein nieder.

Das Licht des Kerns über ihnen wurde allmählich gedämmt, sodass das Flusstal, das nach Osten hin abfiel, im Abendrot glitzerte.

»Es ist ziemlich schön hier. Wir kommen nur sehr selten so weit nach Norden,« kam es von Delora, die einige Rationen aus ihrem Hüftbeutel holte und Sariel ein Stück Brot reichte.

Auch Brasilan genoss den Anblick. »Man merkt es in der Geschäftigkeit des Alltags nicht, doch es gibt eine klare Trennung der Welt in die Bereiche der verschiedenen Völker. Eigentlich schade, da jeder Teil Paldurs seine schönen Ecken hat.«

»Selbst das Reich der Nephilim? Karger Fels und Lavaflüsse, beschattet vom ewigen Qualm des Pahada-Vulkans?«, zweifelte Sariel.

Er erwiderte: »Hast du denn dort je etwas anderes gesehen als Schlachtfelder? Natürlich ist dort eine andere Art von Schönheit vorherrschend, doch selbst die geschmolzenen Felsen im Osten oder der Lavasee von Inferas sind auf ihre Weise erhaben.«

Die drei Reisenden aßen ihre Rationen und wandten den Blick nach Westen, wo sich das nördliche Gebirge erhob.

»Denkst du, die Harpyien werden uns anhören? Werden sie uns überhaupt bis nach Hyneth kommen lassen?«, fragte die Valarim.

Delora pflegte ihre Federn mit einem feingliedrigen Metallwerkzeug, um Schmutz zu entfernen und sie zu richten. »Schwer zu sagen. Mit uns Avianern haben sie zwar kein direktes Problem, aber sie betrachten uns mit Skepsis, weil wir den Engeln neutral gegenüberstehen. Vermutlich fürchten sie, wir könnten als Spitzel agieren. Dennoch ist es uns zumindest erlaubt, uns ihrem Gebiet zu nähern. Bei dir bin ich mir nicht so sicher. Deine Flügel sind einzigartig, aber körperlich bist du ganz klar ein Engel. Es dürfte nicht einfach werden, sie davon zu überzeugen, dass du nicht ihr Feind bist.«

Sariel machte sich einen neuen Pferdeschwanz. »Wenn sie erfahren, dass mein Bruder einer von ihnen ist, sollte sie das doch beruhigen, oder nicht?«

»Du meinst, falls dein Bruder dich anerkennt,« warf Brasilan ein. »Du warst noch nie im Nordosten Paldurs, oder? Die Harpyien sind sehr traditionell und festgefahren, mehr noch als wir Avianer. Uralter, tiefsitzender Hass gegen die Engel und alle Außenseiter ist ein fester Bestandteil ihrer Überzeugungen. Es ist äußerst schwierig, sie von ihrem Standpunkt abzubringen. Ehrlich gesagt würde es mich wundern, wenn sie in ihrer Mitte einen Engelsmischling akzeptieren würden. Wir sollten die Möglichkeit in Betracht ziehen, dass dieser Corvus gar nicht dort ist.«

Ein Brummen machte deutlich, dass Delora anderer Ansicht war. »Dieser Mentor hätte uns nicht hergeschickt, wenn er nicht hier wäre. Der Kerl wirkte so, als wüsste er ziemlich genau, was in der Welt alles vor sich geht. Dass ich noch nie von ihm gehört habe, zeigt nur, wie fähig er als Spion ist.«

»Was hältst du von ihm?«, fragte Brasilan seine Schwester.

Sie fuhr sich mit der Hand über den Nacken. »Ich bin mir nicht sicher. Er schien weder ein Engel noch Mitglied einer anderen Spezies zu sein. Seine Worte, die Art, wie er redet, und sein unheimlich genaues Wissen machen mich nervös. Ich glaube ihm, dass er uns helfen will, aber ich wüsste gern, wieso er das tut. Wäre er tatsächlich selbstlos und um das Wohl von ganz Paldur besorgt, würde der Rat ihn niemals im Auratorium dulden.«

»Es sei denn, er ist mächtiger als sie. Aber dann stellt sich die Frage, wieso er nicht selbst eingreift, wenn er die Erzengel für korrupt hält,« überlegte Brasilan laut.

Delora schlug ein Mal mit den Flügeln, um alte Federn davon zu wehen. »Als Agentin weiß ich, dass man manchmal Aufgaben delegieren muss, um die eigene Position nicht zu gefährden. Wissen ist Macht und in seiner jetzigen Lage hat er einmalige Einblicke in die Politik der Valarim. Personen, die solche Weisheit ausstrahlen, haben meist langfristige Pläne, die sie nicht durch schnelles Eingreifen gefährden wollen.«

Die Valarim rieb sich die Augen. »Das ist alles so kompliziert und verstrickt ... Ganz ehrlich? Selbst wenn ich mit dieser Reise nur erreiche, dass ich meinen Bruder kennenlerne, bin ich schon zufrieden.«

»Selbst das dürfte sich schon als Herausforderung erweisen,« prophezeite Brasilan.

***

Nach einer weiteren unruhigen Nacht für Sariel flogen sie im Morgengrauen wieder los. Da sie immer noch den dunklen Umhang trug und nur Lederbänder an den Armen hatte, fröstelte sie leicht im Flugwind.

»Wie wird man uns in Hyneth empfangen?«, fragte sie die anderen beiden.

Ihr Bruder schwankte leicht aufgrund von Kreuzwinden. »Ich bezweifle, dass man uns überhaupt richtig empfängt. Es wäre sehr gut möglich, dass sie sofort angreifen, wenn sie uns sehen.«

»Es wäre unklug von ihnen, zwei Avianer grundlos anzugreifen. Das würde das Bündnis gefährden und so dumm sind sie nicht,« warf Delora ein.

So oder so klang es für Sariel nicht besonders gut, doch sie war entschlossen, ihren Bruder zu finden.

Unter ihnen stieg das Land immer stärker an, bis sie die Berge erreichten. Das Netz aus schmalen Flüssen und Bächen lief dort zusammen und mündete in einem großen, tiefblauen Bergsee, der zwischen kleineren Felsspitzen und einer grasbewachsenen Fläche lag. Er wurde von einem breiten Wasserfall gespeist, der weit über ihnen von einer Klippe stürzte.

Die drei Reisenden mussten angestrengt mit den Flügeln schlagen, um an Höhe zu gewinnen, da Hyneth hinter dem Wasserfall lag. Trotz der Nähe zum Reich der Harpyien konnten sie niemanden entdecken.

Die kluftigen Anhöhen waren kalt und viele der umliegenden Berggipfel waren von Wolken umgeben. Dazu kamen Nebelschwaden von unzähligen kleinen Wasserfällen, die den großen Fluss speisten. Bergziegen und verschiedene Vogelarten lebten in dem Gebiet, störten sich aber nicht an den fliegenden Besuchern.

»Es ist eigentlich ganz schön hier,« fand Sariel und verspürte das Bedürfnis, zu landen und die Umgebung zu betrachten.

Bevor sie diesen Vorschlag machen konnte, hörte sie ein Geräusch. Es war kein Tier, sondern klang schnappend und metallisch. Sekunden später wurde sie aus ihrer Flugbahn gerissen und gegen eine Felswand gepresst. Das Ganze ging so schnell, dass sie erst dort merkte, dass sie in einem Netz hing, das mit Metallspitzen in den Stein geschossen worden war. Ihre Flügel schmerzten, weil sie unangenehm abgewinkelt an die Wand gedrückt wurden. Aus ihrer Position heraus sah sie, wie die beiden Avianer von einem Dutzend Harpyien umzingelt und zu Boden geleitet wurden.

Es waren Männer und Frauen, die wie eine hybride Mischung aus Engeln und Avianern aussahen. Sie waren kleiner als beide, weil sie sich leicht gebeugt bewegten. Ihre Hände und Füße waren Vogelkrallen, die Waden und Unterarme wurden von Federn geschmückt und ihre Köpfe sahen aus wie haarige Engelsfratzen mit Schnäbeln und Vogelaugen. Anstelle von Haaren hatten sie Federfrisuren und die Körper waren teilweise ebenfalls gefiedert, allerdings hatten sie viele Stellen, wo nur kurze Haare wuchsen. Sie alle hatten ungleiche Brauntöne und zeigten nur wenig Individualität. Der größte Unterschied waren die Farben der Flügel, die bei den Harpyien generell schmaler waren als bei Engeln. Der Großteil hatte braune Schwingen, doch einige von ihnen fielen durch verschiedene Rottöne auf. Die meisten trugen grobe Lederkleidung oder vereinzelte Metallteile und fast alle hatten sie einfache Speere.

Brasilan fragte laut: »Was soll das? Wir haben eine Waffenruhe und ein Bündnis mit eurem Volk. Aus welchem Grund bedroht ihr uns?«

Eine der Frauen antwortete in krächzendem Ton: »Ihr mögt keine Feinde sein, doch das erlaubt euch nicht, euch unangekündigt unserer Heimat zu nähern. Zudem ist euren Adleraugen sicher nicht entgangen, dass ihr in Begleitung eines dieser widerlichen Engelswesen reist. Diese abscheulichen Kreaturen sind unsere Todfeinde. Ihr solltet einen guten Grund haben, weshalb ihr mit diesem Wesen gemeinsam in unser Hoheitsgebiet kommt.«

Delora wollte gerade zu einer Erklärung ansetzen, als ein Mann abwinkte. »Nicht hier. Ihr werdet in Kürze die Gelegenheit bekommen, euch gegenüber einer Ritualmutter zu rechtfertigen. Folgt uns und macht keine Mätzchen!«

Während die Hälfte der Harpyien die Avianer in ihre Mitte nahmen und davonflogen, lösten die anderen die Verankerung des Netzes und wickelten Sariel darin ein. Sie verschnürten sie so fest, dass ihr die Maschen ins Fleisch schnitten. Niemand sagte ein Wort zu ihr und sie sah die hasserfüllten Blicke in den Augen um sie herum. Zwei Kerle packten sie und der Rest flankierte sie auf dem Weg.

Hinter dem idyllischen, felsigen Gebiet nahe der Klippe kam eine Weile lang nur schroffes Gebirge ohne besondere Merkmale. Da sie sich weder frei umsehen noch etwas tun oder mit jemandem reden konnte, war es ihr nicht möglich, die Dauer des Fluges abzuschätzen. Irgendwann veränderte sich das Bild, und die Abstände zwischen den einzelnen Bergen wurden größer. Tiefe Klüfte und Gebirgstäler kamen in Sicht, als sie den ersten Blick auf Hyneth warf.

Die Stadt der Harpyien war genaugenommen keine richtige Stadt. Man hatte auf verschiedenen Höhen der Berge Höhlen in den Fels geschlagen oder natürliche Kavernen ausgebaut. Überall waren Löcher und Öffnungen in den Steilhängen zu sehen, die verziert und bearbeitet waren. Es gab keine Verbindungen zwischen einzelnen Orten, aber Dutzende Anwohner flogen kreuz und quer herum. Einige Stellen lagen sogar über der Wolkendecke, was den Anblick stark veränderte, weil es aussah, als läge ein weiches, weißes Feld zwischen den Gipfeln.

Ihr Ziel schien eine besonders große Öffnung zu sein, die mit bunten Farben, Lederbändern und Knochenketten geschmückt war. Geschnitzte Holzpfähle und seltsam anmutende Skulpturen aus Lehm verliehen dem Ort eine primitive Atmosphäre.

Sariel wurde unsanft über den Boden geschleift und in einen Metallkäfig gesteckt, der kaum größer war als sie. Da ihre Flügel darin fast keinen Platz hatten, zog sie sie ein, was viele der umstehenden Harpyien erschreckte. Brasilan und Delora standen, noch immer umstellt, in der Nähe und warteten darauf, was passierte.

Der Raum hatte drei Öffnungen und war lichtdurchflutet. Er war aufwändig geschmückt und überall hingen Girlanden, Perlenketten und Verzierungen. Kerzen und Fackeln waren verteilt und alles wirkte auf gewisse Weise offiziell und feierlich.

Eine ganze Weile lang tat sich nichts. Nach einer knappen Stunde veränderte sich etwas und dann kam eine kleine Prozession durch die Öffnung geschwebt und landete mitten im Raum. Die meisten waren unauffällig, doch drei Gestalten stachen deutlich heraus.

Die wohl bemerkenswerteste Person war ganz klar ein Mischling. Es war ein fast zwei Meter großer, muskulöser, breit gebauter Mann, dessen Befiederung zwar den Harpyien glich, aber sie war giftgrün, ebenso wie die kurzen Haare, die seinen Körper bedeckten. Seine Hände, Füße und das bemalte Gesicht waren die eines Engels, genau wie seine weißen Schwingen.

Die zweite auffällige Person war etwas kleiner, aber immer noch deutlich größer als alle anderen dort. Es war ebenfalls ein Mischling, der hellbraune Haut und weder Federn noch kurze Haare am ganzen Körper hatte. Auch er sah eher wie ein Engel als wie eine Harpyie aus. Er trug eine weite Stoffhose, Stiefel und ein enges, ärmelloses Lederoberteil, sowie zwei Lederärmel, die bis zu den Oberarmen reichten. Der Kragen war verhärtet und verdeckte seine untere Gesichtshälfte. Er hatte mittellanges, wild abstehendes, schwarzes Haar und seine Augenpartie war hellrot bemalt. Seine Flügel waren wesentlich schmaler als bei einem Engel und fielen stark auf, weil sie oben hellrot und nach unten hin immer dunkler wurden, bis sie in schwarz endeten.

Die beiden großen Kerle flankierten eine uralt aussehende, gebeugt gehende Frau, deren Federn bereits weiß und hellgrau geworden waren. Ihre faltige Haut zeugte von vielen Jahren der Erfahrung und sie hatte schon einige kahle Stellen an Kopf und Körper. Dennoch trug sie eine dunkle Robe und viel Knochenschmuck. Bunte Federn und Perlen rundeten das Bild ab, ebenso wie ein knorriger Gehstock mit einem Vogelschädel als Griff.

Mit einem erleichterten Seufzer ließ sie sich auf einem weichen Stuhl nieder, während alle anderen sich im Raum verteilten.

»Ich bin auf der Suche nach ...«, wollte Sariel anfangen, doch der grüne Halbengel schoss auf den Käfig zu und warf ihn mit einem Schlag um.

Er beugte sich zu ihr herunter und knurrte: »Du sprichst nur, wenn du dazu aufgefordert wurdest!«

Völlig erschrocken hielt sie sich an den Gittern fest, als man den Käfig wieder aufrichtete.

Die alte Frau zeigte auf die beiden Avianer, woraufhin Brasilan und Delora vor sie traten, immer unter dem wachsamen Blick aller Wachen im Raum.

»Mir ist der aktuelle Stand unserer Beziehung zum Adlervolk im Süden bekannt. Ein lockeres Bündnis der Waffenruhe und des Handels, das jedoch keinen Aufenthalt im Kerngebiet des anderen Volkes vorsieht. Dennoch haltet ihr es offenbar für angebracht, ohne Vorwarnung oder Ankündigung ins Herz unseres Reiches zu kommen. Selbst Bündnispartner sollten zumindest das Gebot der Höflichkeit beachten. Wer seid ihr?«, fragte sie.

»Mein Name ist Brasilan. Ich bin einer der höchstrangigen Militäroffiziere der Windschwingen und angesehener Krieger. Hier bei mir ist meine Partnerin Delora, eine persönliche Vertraute unserer Anführerin Gihra.«

»Soso. Da ihr beiden offenbar in hohen Kreisen verkehrt, dürfte euch bekannt sein, wen ihr vor euch habt. Mein Name ist Cyrrae. Ich bin die älteste Ritualmutter unseres Volkes und vertrete meine Leute gemeinsam mit meinen Schwestern Chrysine und Calliope.« Ihre Stimme war leicht schleppend und zittrig, zeugte aber von großer Weisheit. »Ihr solltet es besser wissen, als unangekündigt unser Reich zu betreten. Insbesondere in offensichtlicher Begleitung eines Engels, und dann auch noch einer Valarim.«

Auf dieses Wort hin spuckten viele Harpyien angewidert aus.

Während die anderen sprachen, beobachtete Sariel die Personen im Raum. Die meisten der Wachen strahlten unverkennbar Wut und Abscheu aus, wie sie es noch nie erlebt hatte. Sie konzentrierte sich auf die besonderen Individuen neben der Ritualmutter. Der grüne Mischling verströmte hauptsächlich Hochmut und dachte offenbar die meiste Zeit an sich selbst. Von dem anderen Kerl spürte sie so gut wie nichts. Weder Unsicherheit, noch Wut oder irgendeine deutliche Emotion konnte sie von ihm wahrnehmen. Er verfügte entweder über beeindruckende Selbstbeherrschung oder war ein gefühlskaltes Monster.

Delora sagte zur Ritualmutter: »Unser Anliegen hier hat mit unserem Volk nichts zu tun, weise Mutter. Diese Valarim ist zur Hälfte Avianerin und wuchs bei uns auf. Trotz des Risikos kam sie her, um nach jemandem zu suchen. Wir sind ihre Familie und helfen ihr bei diesem Vorhaben. Da ich anhand deiner beiden Wachen erkennen kann, dass dir Mischlinge nicht fremd sind, bitten wir dich darum, sie anzuhören.«

Die alte Frau betrachtete Sariel nachdenklich. »Sie soll vor mich treten.«

Widerwillig öffnete eine Wache den Käfig und ließ sie fünf Schritte auf den Stuhl zugehen, bevor ihr der grüne Kerl mit einer mit Leder umwickelten Lichtlanze vor die Füße schoss. »Das ist nah genug!«

Wieder setzte Sariel an: »Ich bin auf der Suche ...«

Die Ritualmutter hob die Hand und sie hielt es für klüger, zu schweigen, um die bereits extrem gereizten Gemüter nicht noch mehr zu erhitzen.

»Das Volk der Engel und unseres liegen seit vielen Jahrhunderten in einer erbitterten Feindschaft. Dein Anliegen hier ist vollkommen irrelevant. Jeder Engel, insbesondere jeder Erzengel, ist unser Todfeind. Der einzige Grund, weshalb du noch nicht getötet wurdest, ist der, dass du gemischtes Blut hast.«

»Welchen Unterschied macht das?«, fragte der grüne Mischling.

Sie blickte zu ihm hinüber. »Diese Frage stellst gerade du, Hiroto? Auch deine Vorfahren haben gemischtes Blut. Der Teil in dir, der Harpyie ist, berechtigte dich, unserem Volk anzugehören. Wir sind keine so extremen Rassisten wie die Engel. Wir verachten sie, weil sie sich seit alter Zeit kein bisschen verändert haben und auf uns herabblicken, uns am liebsten vernichten würden. Deine Eltern und du habt euch euer Leben unter uns durch eure Taten verdient. Da diese Frau offensichtlich ebenfalls kein reiner Engel ist, werde ich sie genauer betrachten.« Ihr Blick fiel wieder auf Sariel. »Zeig uns, wer du bist.«

Daraufhin ließ sie ihre Schwingen erscheinen und achtete darauf, niemanden umzuwerfen.

»Du bist also zur Hälfte Avianerin. Ich nehme an, dieser Umstand hat den Engeln in ihren erhabenen Himmelsstädten nicht besonders gefallen,« vermutete Cyrrae.

»Das ist richtig. Mein Name lautet Sariel. Ich wuchs in Monlar und Avvalon beim Volk meiner Mutter auf. Ich ging zu den Engeln, um ihre Kultur kennenzulernen, und diente sogar in ihrem Militär. Meine Augen und Flügel genügten ihnen jedoch, um mich wie eine Aussätzige zu behandeln. Sie nannten mich aus purer Bosheit Grayhawk. Man hat mich verbannt, weil ich eine gerechte Behandlung forderte,« erklärte sie.

Zorniges Raunen ging durch die Reihen der Anwesenden.

Die Ritualmutter nickte. »Wie vermutet haben sie sich noch immer nicht verändert. Für gewöhnlich würden wir jeden Engel sofort töten, der es wagt, unser Reich zu betreten. Wie du sehen kannst, haben wir jedoch die Erfahrung gemacht, dass Mischlinge durchaus ehrenhaft und würdig sein können. Hiroto und Corvus sind die besten Beispiele dafür.«

Sofort fixiert Sariel den schweigsamen Mann zur Linken der Mutter und realisierte, dass es ihr Bruder war. Es kostete sie viel Selbstbeherrschung, still zu sein und nicht zu ihm zu gehen.

»Wir können dir jedoch nicht einfach vertrauen, nur weil du avianisches Blut in dir trägst. Gerade heute haben uns die Avianer gezeigt, dass sie unsere Vereinbarung nicht immer respektieren und bei Bedarf bestimmte Richtlinien missachten. Zudem genügt uns dein Wort nicht, von den Engeln verbannt worden zu sein. Das könnte ebenso gut ein Trick sein. Es wäre nicht das erste Mal, dass der Engelsrat uns täuschen will.«

Delora fragte laut: »Was schlägst du vor, weise Mutter? Wie können wir euch beweisen, dass wir dem Volk der Harpyien nichts Böses wollen?«

»Dafür gibt es keinen Beweis, der zweifelsfrei wäre. Es gibt jedoch einen anderen Weg. Ich erlaube dir, Sariel, dich den Prüfungen der Würdigkeit zu unterziehen. Gelingt es dir, verdienst du dir damit das Recht, als neutrale Partei anerkannt zu werden, und du erhältst die Erlaubnis, dein Anliegen vorzutragen. Das macht dich nicht zu einer Verbündeten, aber du wirst zumindest nicht als Feind betrachtet. Außerdem kannst du durch das Bestehen der Prüfungen die Namen deiner beiden Freunde reinwaschen, die sich unerlaubt unserer Heimat genähert haben. Das ist eine seltene Chance, die nicht von jedem in meinem Volk unterstützt werden wird,« erklärte Cyrrae.

Bevor Sariel darauf reagieren konnte, trat Delora neben sie und legte ihr eine Hand auf die Schulter. »Wir nehmen dein großzügiges Angebot dankbar an, weise Mutter. Welcher Natur wird diese Prüfung sein?«

Die alte Frau nickte Corvus zu.

Er trat vor und winkte sie mit sich. Die drei unerwünschten Besucher folgten ihm zu einem Ausgang, wo es ruhiger war, während die Mutter die aufgebrachten Harpyien beruhigte.

Sariel wollte erneut den Mund aufmachen, doch Delora trat vor sie und sagte leise: »Beherrsche dich. Wir haben hier eine extrem heikle Situation. Jeder falsche Windhauch könnte unser Schicksal besiegeln. Ich weiß, du willst mit ihm reden und es ihm sagen, aber er wird dir nicht zuhören, es vielleicht sogar als Trick oder Beleidigung empfinden. Es ist schwer, das ist mir absolut klar, meine Liebe, aber du musst dich beherrschen!«

Es fiel ihr in der Tat schwer, ihren Bruder anzusehen, ohne es ihm zu sagen. Ihr war jedoch bewusst, wie brenzlig ihre Lage war, daher hielt sie den Mund.

Corvus stand regungslos vor ihnen und hatte gewartet, bis sie ihr Tuscheln beendet hatten. Seine Stimme war ruhig und jugendlich, aber sehr ernst. Selbst jetzt, während alle seine Landsleute über die kontroverse Entscheidung der Mutter diskutierten, spürte sie keinerlei Gefühlsregung bei ihm.

»Um dir die Neutralität zu verdienen, musst du drei Prüfungen bestehen, Valarim. Die Prüfung des Kampfgeistes, die Prüfung der Willenskraft und die Prüfung des Windes. Da sie an verschiedenen Orten stattfinden, wird der Prozess etwa zwei Wochen dauern. Während dieser Zeit werdet ihr hier toleriert, dürft aber nicht ohne Bewachung herumstromern. Ihr habt jedes Mal mindestens einen Tag Zeit, euch auf die nächste Prüfung vorzubereiten,« erklärte er. »Es geht dabei nicht nur um das Bestehen der eigentlichen Herausforderung, sondern auch um die Art und Weise. Es ist ebenso eine Prüfung des Charakters wie der Fähigkeiten.«

»Wann wird die erste Prüfung stattfinden?«, fragte Sariel und biss sich auf die Zunge, um den Satz nicht mit dem Wort *Bruder* zu beenden.

Seine gelben Vogelaugen Fixierten sie. »Schon morgen. Sie findet hier in Hyneth statt. Die Prüfung des Kampfgeistes besteht darin, gegen mehrere Krieger der Harpyien im Luftkampf anzutreten. Wenn du sie besiegen kannst, ist die Prüfung bestanden. In jeder Prüfung treten vier Teilnehmer gegeneinander an. Da du ein Engelsmischling bist, hast du gewisse natürliche Vorteile gegenüber meinem Volk. Daher wirst du dich mit den Champions messen müssen. Das sind Faye die Wendige, Hiroto und ich selbst. Dadurch hast du zumindest zwei Gegner, die ebenfalls die Vorzüge des Engelsblutes nutzen können. Die genauen Regeln des Wettkampfes erfährst du morgen vor der Prüfung. Bis dahin werdet ihr in einem Gästezimmer untergebracht.«

***

Nachdem Corvus sie zu einer kleinen Höhle gebracht hatte, in der Reisende wohnen konnten, tauchten vier Wachen auf und bezogen Posten am Eingang. Man brachte ihnen Essen und Getränke, ignorierte sie aber ansonsten.

Sariel war erfreut darüber, dass es eine heiße Quelle gab, die im hinteren Teil des Gemachs lag. Dort konnte sie sich ausgiebig baden, was ohne störende Flügel wesentlich angenehmer für sie war. Das letzte richtige Bad war schon Wochen her und sie war dankbar dafür.

Als sie nackt aus dem Wasser kam, betrachtete Brasilan ihren Körper und fragte: »Wie kannst du nur jemals rausgehen, ohne zu frieren? So ganz ohne Federn muss dir doch ständig kalt sein. Das habe ich mich schon gefragt, als wir noch Kinder waren.«

Sie kicherte und zog sich an, was sehr viel schneller und einfacher ging, seit sie die Schwingen verschwinden lassen konnte.

Bei Brot, Früchten und Kaninchenfleisch saßen sie beisammen und plauderten. Besonders Delora schien von Hyneth fasziniert zu sein.

»Die Harpyien sind sehr traditionsgebunden. Ich wusste schon lange, dass es schwierig ist, mit ihnen zu tun zu haben, aber dass sie damit drohen, unser Bündnis aufzukündigen, nur weil wir unangemeldet hier sind, ist ... extrem.«

»Das lag vermutlich mehr an mir als an euch,« zuckte Sariel mit den Schultern.

»Da wäre ich mir nicht so sicher, Schwester. Jeder Diplomat, der jemals für Verhandlungen hier war, kam genervt und frustriert nach Avvalon zurück. Die Leute hier werden sehr schnell sehr wütend,« entgegnete Brasilan kauend.

Delora betrachtete ihre Unterkunft. »Trotzdem sehe ich Potenzial in dieser Situation. Wenn du diese Prüfungen bestehen kannst, verschafft uns das vielleicht eine bessere Beziehung zu den Harpyien. Sie nennen es zwar Neutralität, aber Prüfungssieger sind hochangesehen.«

»Wie dieser grüne Wichtigtuer Hiroto?«, fragte Sariel und verzog das Gesicht. »Der Kerl ist ganz klar mehr Engel als Harpyie, so wie er sich aufspielt. Habt ihr bemerkt, wie die Leute ihn angesehen haben? Er wird geradezu angehimmelt.«

»Vielleicht hat er sich das ja verdient, wer weiß? Seine Statur macht ihn den meisten Harpyien gegenüber weit überlegen, daher wäre es wenig verwunderlich, wenn er sie als Champion beeindruckt hat,« überlegte Brasilan. »Aber was hältst du von Corvus? Ist er so, wie du ihn dir vorgestellt hast?«

Sariel atmete langsam aus und legte ein Stück Brot auf ihren Teller. »Überhaupt nicht. Klar ist sein Äußeres völlig anders als bei mir, immerhin ist er zur Hälfte Harpyie. Aber ich dachte, er wäre mir ähnlicher.«

»Rotzfrech, vorlaut und immer auf Ärger aus?«, zählte Delora neckend auf.

»Ich konnte bei ihm keinerlei Gefühlsregungen wahrnehmen. Er wirkte unfassbar diszipliniert. Auf unser Erscheinen hat er weder mit Zorn noch mit Neugier reagiert. Es schien ihm einfach gleichgültig zu sein.«

Brasilan steckte sich eine Traube in den Schnabel. »Wenn er ein angesehener Krieger ist, muss er beherrscht sein. Ein gewisses Maß an stoischem Verhalten ist bei uns üblich und notwendig.«

Sie kratzte sich am Kopf. »Ja schon, aber ich kenne dich gut, Bruder. Selbst verglichen mit damals, als wir noch Kinder waren, bist du nicht völlig anders.«

»Ich bin auch nicht im Dienst. Bei offiziellen Anlässen wird von mir erwartet, dass ich eine stille, kraftvolle Präsenz bin. Schweigsamkeit und Gleichgültigkeit spielen dabei eine große Rolle. Ich würde nicht von seinem heutigen Verhalten auf seinen Charakter schließen.«

Delora schlug vor: »Ich würde ihn in den kommenden Tagen beobachten. Sicherlich wirst du dann noch weitere Eigenschaften entdecken.«

Die Aussagen ihrer Familie beruhigten Sariel ungemein. Sie hatte gehofft, Corvus wäre ihr ähnlich und würde sie sofort als Schwester erkennen. Es war ihr Wunsch gewesen, endlich jemanden zu haben, der verstand, wie es war, ausgegrenzt zu werden und zwei Völker zu haben. Einen stoischen Krieger ohne erkennbare Emotionen hatte sie nicht erwartet. Brasilan und Delora mochten recht haben, dass das zu seiner Aufgabe gehörte, doch das würde sie nur herausfinden, wenn sie mehr mit ihm sprach. Leider würde er das nicht zulassen, solange sie die Prüfungen nicht abgelegt hatte. Der einzige Weg zu ihm führte durch diese Tests. Ihre nächste Aufgabe war klar.

Prüfung des Kampfgeistes

Der Tag der ersten Prüfung begann schon früh, da Sariel sich gut auf die Duelle vorbereiten wollte. Brasilan und Delora war es nicht erlaubt, selbst teilzunehmen, doch sie durften sie beraten und ihr beistehen.

Bereits kurz nach dem Frühstück eskortierten die Wachen sie durch die Lüfte in den Bereich oberhalb der Wolkendecke, die an diesem Tag nur dünn und unregelmäßig war, da es ein sonniger Tag zu werden versprach. Zu ihrer Verwunderung waren hunderte Harpyien vor vielen der Öffnungen und Höhlen zusammengekommen, um dem Spektakel beizuwohnen.

Ihr Ziel war eine hölzerne Plattform auf einem niedrigeren Gipfel etwa mittig zwischen den höheren Bergen. Dort waren mehrere Personen versammelt, darunter auch Corvus, Hiroto und eine wild aussehende, bunt bemalte, weibliche Harpyie, die man Faye nannte. Die farbenfrohe Körperkunst überdeckte einen Teil ihrer dunkelbraunen Befiederung.

Alle drei Champions beäugten die unerwünschten Besucher, als sie auf der Plattform landeten. Aus der Ferne waren auch die ersten Buhrufe zu hören.

»Sieh einer an, wer da kommt. Die lebensmüde Valarim und ihr Gefolge,« spottete Hiroto, der von einer Gruppe Frauen umringt war, die ihn anzubeten schienen.

Als Sariel das beobachtete, konnte sie wieder das seltsame Ziehen in ihrem Geist spüren. Er benutzte Auramagie. Sie konzentrierte sich auf das Gefühl und erkannte, dass es sie dazu ermutigen wollte, den grünen

Mischling als Helden zu betrachten und ihn zu ehren. Er konnte also sein Umfeld überzeugen, ihn anzuhimmeln.

»Dieser Hiroto ist schon ein toller Kerl, oder nicht?«, fragte Delora und Brasilans Blick zeugte von Respekt. Offenbar wirkte seine Magie auch auf die beiden.

Sie drehte sich um und sah zu Corvus, der ebenfalls von Kriegern umringt war, darunter Faye. Sie alle schienen ihn zu mögen und sahen gut gelaunt und zufrieden aus. Ihr war klar, dass auch ihr Bruder über Auramagie verfügen musste. Das Ziehen in ihrem Geist war wesentlich subtiler als bei Hiroto. Es sollte sie davon überzeugen, ihn als Freund zu betrachten, dem sie rückhaltlos vertrauen konnte. Diese Fähigkeit empfand Sariel als gefährlich, aber auch als etwas Positives.

»Was hast du?«, fragte Delora, die ihr Starren bemerkte.

»Die beiden nutzen Auramagie, um ihr Umfeld zu manipulieren. Das erklärt, weshalb die Harpyien sie nicht massakriert haben, sondern akzeptieren,« realisierte sie.

Brasilan unterbrach sie. »Du solltest dich auf den kommenden Kampf konzentrieren. Denkst du, du kannst ein Luftduell gegen diese Gegner gewinnen?«

Sie stemmte die Hände in die Hüften. »Ich bin noch nie gegen Harpyien angetreten und habe sie nie kämpfen sehen. Sobald ich ihre Schwächen kenne, wird es leichter, aber zu Beginn werde ich erst beobachten und lernen müssen.«

Er verschränkte die Arme. »Lass sie zu dir kommen und steck ein paar Treffer weg. Dabei lernst du viel über ihr Kampfverhalten und sie werden dich unterschätzen. Sobald du dann eine Taktik parat hast, machst du sie fertig.«

»Klingt gut. Beim Engelscorps war man zu arrogant, um den Feind genauer zu beobachten. Das hat viele Leben gekostet. Ich hätte lieber Zuhause lernen sollen, wie man richtig kämpft,« meinte sie.

Delora klopfte ihr auf den Arm. »Die Engel mögen unflexibel sein, aber ihre Kampfkunst ist verheerend. Wenn du ihre Techniken mit den Taktiken anderer Völker kombinierst, wirst du sie alle in die Tasche stecken.«

Ermutigt und zuversichtlich ging Sariel zu den anderen drei Teilnehmern, als ein besonders aufwändig gekleideter Mann vor sie trat. Seine Robe war farbenfroh und reich verziert, was bei den Harpyien eher selten war.

»Seid gegrüßt, Wettstreiter. Ich bin der Prüfungsleiter für diesen Zyklus und stehe den Juroren vor, die eure Leistungen bewerten werden. Dieser Prüfungsdurchgang ist etwas Besonderes, da wir nicht nur einen, sondern gleich drei ehemalige Champions gegen einen absoluten Neuling antreten lassen. Daher werde ich die jeweiligen Regeln erklären, damit alle auf dem gleichen Stand sind. Am besten stelle ich aber zunächst die Teilnehmer vor,« begann er mit seiner leicht krächzenden Stimme, wie sie alle Harpyien hatten. »Hier haben wir Faye, den Westwind. Sie ist Champion von vor drei Jahren und als Kriegerin wohlbekannt. Ihre Wendigkeit und ihr Wagemut sind unerreicht.«

Daraufhin verneigte sich die Frau und der Jubel der Menge brandete auf.

»Dann haben wir hier Corvus, die linke Hand der Mütter. Wir alle kennen und schätzen ihn als Freund und wir alle wissen, dass es unklug ist, sich mit ihm anzulegen. Er ist zweimaliger Champion und als

Anführer der Späher vereint er Kampfkraft und Geschwindigkeit zu einer tödlichen Kombination.«

Der Jubel schwoll weiter an, als der Mischling die Hand zum Gruß hob.

»Und dann wäre da noch Hiroto, den ich eigentlich nicht vorstellen muss. Unser viermaliger Champion und rechte Hand der Mütter, der Held unseres Volkes und unnachahmlicher Krieger!«

Nun war der Lärm bis auf das Maximum gestiegen und es kamen Pfiffe und Stampfer hinzu.

Sariel bemerkte, dass über seine Fertigkeiten kaum etwas gesagt wurde. Dennoch schien ihn jeder zu feiern und zu ehren. Etwas sagte ihr, dass seine Auramagie wesentlich beeindruckender war als seine wirklichen Fähigkeiten.

»Die Herausforderin ist Sariel, halb Valarim, halb Avianerin. Aufgewachsen beim Adlervolk und ehemaliges Mitglied des Engelscorps von Vania. Eine Veteranin des Krieges der Engel gegen die Torkan, auch bekannt als Grayhawk,« tönte der Leiter und die Buhrufe und Schmähungen nahmen den Platz des Jubels ein.

Sie spürte auch bei ihm und den Juroren sofort die Missbilligung. Im Grunde fühlte sie sich genau wie bei den Engeln. Wohin sie auch kam, war sie eine Außenseiterin. Augenblicklich bemerkte sie die Hand von Brasilan auf ihrer Schulter, der ihr Mut machte. Seine Kraft schien dabei auf sie überzugehen, denn die Niedergeschlagenheit wich Zuversicht.

»Lass dich nicht verunsichern, Schwester. Du bist eine erfahrene Kriegerin, die sich nicht verstecken muss. Du wirst ihnen heute zeigen, dass du mehr bist als deine Herkunft,« sagte er leise zu ihr.

Dankbar drückte sie seine Hand.

Der Prüfungsleiter erklärte: »Es ist nun an der Zeit für den Test des Kampfgeistes. Normalerweise handelt es sich dabei um eine Reihe von Zweikämpfen, aus denen ein einzelner Krieger als Sieger hervorgeht, der die Runde für sich entscheidet. Da wir es hier jedoch mit einer besonderen Situation zu tun haben, werden wir diesmal auch spezielle Regeln anwenden. Heute werden keine Einzelduelle stattfinden, sondern es wird nur einen Kampf geben, bei dem jeder Champion für sich selbst kämpft. Ein Viererduell, aus dem nur ein Sieger hervorgehen kann.«

Während die Zuschauer jubelten und tuschelten, meinte Delora unzufrieden: »War ja klar. Als ob diese drei sich gegenseitig angreifen würden. Die werden sich gegen dich zusammentun. Denen geht es nicht darum, selbst zu gewinnen. Es zählt nur, dass du verlierst.«

Brasilan fuhr sich über den Schnabel. »Das könnte auch ein Vorteil für dich sein. Wenn es dir gelingt, dich gegen alle drei zu behaupten, wird der Respekt vor dir massiv ansteigen. Du hast doch sicher den Kampf in der Unterzahl trainiert, oder?«

»Gegen Nephilim schon, aber nur selten gegen geflügelte Feinde. Die Engel sahen dafür keine Notwendigkeit,« antwortete Sariel nervös.

Er ließ sich nicht aus der Ruhe bringen. »Dann stell es dir wie ein Kluftball-Spiel vor. Du hast den Ball und sie wollen ihn dir abnehmen. Diesmal darfst du sie aber fertigmachen, ohne die Regeln zu verletzen.«

Diese Analogie half Sariel enorm, da sie schon oft Kluftball gespielt hatte. So betrachtet war es keine neue Situation mehr und ihre Angst wurde spürbar weniger.

Man drückte ihr eine Lichtlanze in die Hand. Sie war mit Leder umwickelt, um die goldene Farbe zu verdecken.

»Jeder Teilnehmer erhält eine speziell präparierte Lanze, deren Energie reduziert wurde, um ernsthafte Wunden zu verhindern. Ein Treffer tut weh, doch er wird keine bleibenden Schäden verursachen,« erklärte der Leiter.

Obwohl das Leder die Handhabung beeinflusste, empfand Sariel es nicht als störend. Es war sogar angenehm, mehr Griffigkeit zu haben. Auch war es das erste Mal, dass sie eine Waffe führte, ohne dabei eine der klobigen Cherubim-Rüstungen zu tragen. Es war erstaunlich, wie viel beweglicher sie in der Stoffrobe war.

Bevor sie noch lange Zeit hatte, sich über die Lage Sorgen zu machen, verkündete der Leiter, dass der Kampf nun beginnen würde.

Hiroto setzte sofort ein überlegenes Gewinnerlächeln auf und schwang sich in die Lüfte, dicht gefolgt von Faye. Corvus nahm wortlos seine Lanze entgegen und stieß sich nach oben ab.

Da Sariel keine große Wahl hatte, entfaltete sie ihre Schwingen und machte drei mächtige Schläge, um an Höhe zu gewinnen. Die anderen waren gerade weit genug entfernt, um noch grob erkennbar zu sein. Sie schloss kurz die Augen und atmete mehrere Male tief ein und wieder aus, um sich zu beruhigen und zu sammeln.

»Möge der fähigste Krieger den Sieg davontragen. Kämpft!«, eröffnete der Leiter das Duell.

Wie sie es vermutet hatte, versuchten die drei anderen erst gar nicht, sich gegenseitig zu attackieren, sondern hielten alle gezielt auf sie zu. Sofort musste sie mehreren Schüssen ausweichen und in einen kurzen Sturzflug übergehen, um nicht aus der Bahn gerissen zu werden. In der Bewegung schoss sie über sich und erwischte den grünen Halbengel am Bein.

Faye war die schnellste Fliegerin und hatte sie beinahe sofort eingeholt. Zunächst versuchte sie es mit Lanzenstößen, die von Sariel jedoch gekonnt pariert wurden. Dabei gelang es der Harpyie, die Spitze so zu positionieren, dass sie einen direkten Brusttreffer landen konnte.

Der Schmerz war heftig, wenn auch nur von kurzer Dauer. Das gab der Valarim ausreichend Antrieb, Faye einen Tritt ins Gesicht zu verpassen und zur Seite zu flattern, bevor Corvus auf sie niederstieß. Er verfehlte zwar sein Ziel, aber Sekunden später spürte Sariel einen harten Schlag gegen den Rücken, als Hiroto sich auf sie warf. Sie schlingerte aus der Flugbahn und musste sich erst fangen, was allerdings zu langsam war, um seinem Schuss auszuweichen. Es erwischte sie am Arm und sie knurrte wegen des erneuten Schmerzes.

Ihre Augen weiteten sich, als sie Corvus und Hiroto mit gezückten Lanzen auf sich zufliegen sah. Sie zielten auf ihre Flügel und wollten sie zeitgleich durchbohren. Noch einmal atmete Sariel langsam ein und wieder aus, wodurch sich die Bewegungen in ihrem Umfeld merklich verlangsamten. Ihre übernatürlichen Reflexe waren ihr bester Schutz gegen drei Feinde. Anstatt dem Angriff auszuweichen, zog sie die Flügel kurz vor dem Treffer ein, woraufhin beide an ihr vorbei rauschten. Sofort vollführte sie einen starken Schlag mit den Schwingen und brachte sie mit dem Wind durcheinander, sodass sie mit ihrer Lanze zwei direkte Körpertreffer landen konnte.

Kurz darauf hörte sie die Verzerrung in der Luft, als Faye sich von hinten näherte. Sariel wirbelte herum, wich einem Schuss gerade so aus und parierte einen seitlichen Angriff. Kurzerhand packte sie die Spitze des feindlichen Speers und ließ sich fallen, sodass ihr Körpergewicht die Harpyie ruckartig nach unten riss. Da sie die Lanze nicht losließ, konnte die Valarim sich ein Stück nach oben ziehen und einen gezielten Hieb gegen ihren Kopf ausführen, der sie richtungslos in die Tiefe trudeln ließ. Dort wurde sie von zwei Aufpassern aufgefangen und zur Plattform getragen.

Ein harter Stoß schmetterte Sariel an die Seite eines Berges. Hiroto hatte sie mit Schwung erwischt und Corvus setzte nun mit der Lanze nach. Sofort stieß sie sich ab und wich seitlich aus, wo der grüne Halbengel bereits auf sie wartete und ihr mit seinem Flügel einen Schlag verpasste. Wäre es ihr nicht gelungen, einen Schuss abzugeben, hätte ihr Bruder sie mit einem Stoß getroffen und ihr damit vermutlich den Rest gegeben. Sie spürte den Schmerz an den Schwingen und Beinen, die vom Aufprall verletzt waren.

Sie musste auf einen Felsvorsprung gleiten, um sich kurz zu erholen. Das nutzten die beiden, um sie in ein Lanzenduell am Boden zu verwickeln. Von zwei Seiten attackierten sie sie mit gnadenlosen Stößen, Schüssen und Hieben, sodass sie im Grunde nur ausweichen und auf eine Pause hoffen konnte. Zumindest schienen sie das zu denken, wenn Sariel ihre überheblichen Blicke richtig deutete. Sie unterschätzten jedoch ihre Erfahrung im Bodenkampf. Die Nephilim waren weitaus härtere Gegner, sodass sie sich während des Kampfes ausruhen konnte, der wesentlich weniger anstrengend war, wenn sie dabei nicht fliegen musste.

Sie wehrte die Lanze ihres Bruders ab und erzeugte einen Windstoß mit einem Flügelschlag, der Hiroto zurücktaumeln ließ. Das gab ihr die nötige Gelegenheit, ihn erneut gegen die Brust zu treffen. Sein überraschtes Knurren und die leicht angesengten Haare dort zeugten von ihrem Erfolg.

Als Corvus sich von der anderen Seite näherte, fuhr sie ihre Flügel wieder ein und wirbelte ihre Waffe blitzschnell herum, sodass er Mühe hatte, ihre Angriffsrichtung vorherzusehen. Sie hingegen konnte seine Bewegungen hervorragend deuten und kam jedem Versuch zuvor. Das lenkte sie jedoch davon ab, auf ihren anderen Gegner zu achten, der sie an den Haaren packte und ihr die Faust in den Magen rammte, bevor er sie auf die Knie zwang.

»Da haben wir es ja. Schwach wie alle Engel ...«, spottete er selbstzufrieden, während Corvus angestrengt keuchte.

Sariel sah ihn an und stieß dann ihre Schwingen heraus, sodass sie Hiroto von den Füßen rissen. Mit einer Drehung warf sie auch ihren Bruder um und sprang anmutig von der Kante in die Tiefe. Der grüne Halbengel packte sie jedoch am Fuß und klatschte sie hart gegen die Felswand. Ihre Haut schabte an mehreren Stellen auf und es tat sehr weh, aber nun war sie zornig, zumal ihr dabei die Lanze aus der Hand geflogen war.

Mit einem Ruck riss sie sich los und entfernte sich ein Stück von der Steilwand, dicht gefolgt von ihren beiden Gegnern. Sie musste sich Blut von der Stirn wischen, die sie sich aufgeschlagen hatte.

»Scheiße!«

Anstatt weiterhin in der Defensive zu spielen, entschied sie sich, zum Angriff überzugehen. Mit einem ruckartigen Manöver drehte sie ab und schoss auf den grünen Kerl zu. Der grinste nur hämisch und holte zum Stoß aus. Anstelle eines Ausweichmanövers rollte Sariel in der Luft, packte seine Waffe und nutzte ihre Schwingen, um ihn aus seiner Flugbahn zu ziehen und mit dem Rücken an die Felsen zu schmettern, als er losließ. Sofort lenkte sie mit seiner Lanze den Angriff ihres Bruders ab.

Sobald er an ihr vorbei war, griff sie seine Flügel und wirbelte ihn herum, sodass er mit überraschtem Keuchen frontal gegen Hiroto knallte. Sie schleuderte die Lichtlanze wie einen Speer, der direkt neben ihren Köpfen im Fels stecken blieb.

Die beiden hingen würdelos an der Wand und konnten nicht schnell genug reagieren, als sie auf sie zukam. Mit einem Kniestoß erwischte sie Corvus am Rücken, der kurz darauf in die Tiefe stürzte, um weiteren Angriffen zu entgehen. Sariel packte den benommenen Hiroto am Kopf und knallte ihn mehrfach gegen die im Stein steckende Lanze, bis zwei Harpyien kamen und ihn als geschlagen deklarierten.

Nun war nur ihr Bruder übrig. Sie schoss auf ihn zu, während er Projektile nach ihr abfeuerte. Er war jedoch nicht mehr so schnell und wendig wie noch einige Minuten zuvor. Es gelang ihr, ihn in vollem Flug zu rammen und in die Tiefe zu reißen. Im freien Fall versuchten sie, sich gegenseitig zu schlagen und zu treten, was angesichts der kurzen Distanz nicht ganz einfach war. Sie bekam mehrfach den Schaft der Lanze ins Gesicht, erwischte ihn aber ebenfalls mit den Knien am Körper.

Nach einer Weile mussten sie loslassen und sich voneinander lösen, um wieder an Höhe zu gewinnen. Sie behielt ihren Bruder dabei die gesamte Zeit über im Auge. Zum ersten Mal, seit sie ihn getroffen hatte, spürte sie Besorgnis in ihm. Er hatte Angst. Angst, die sich nutzen ließ. Seine Technik mit der Lanze war schlampig und hatte einige Schwachstellen, die sie ausnutzen konnte. Insbesondere jetzt, da die anderen Bedrohungen aus dem Weg waren.

Als er feuernd auf sie zuhielt, schoss auch sie mit angelegten Flügeln in seine Richtung. Dabei vollführte sie Luftrollen, um seinen Projektilen auszuweichen. Anstatt aber erneut einen Zusammenstoß anzustreben, breitete sie kurz vorher ihre Schwingen aus, um beinahe in der Luft anzuhalten. Er bemerkte es zu spät und versuchte noch, einen Schlag nachzusetzen. Darauf hatte sie jedoch abgezielt. Sie nutzte ihre Erfahrung, um seinen Angriff abzulenken und die Waffe seiner Hand zu entwinden. Dabei drehte sie seinen Arm unsanft herum und er zischte vor Schmerz, bevor sie sich einmal in der Luft herumdrehte und ihm seine eigene Lanze in den Nacken krachen ließ. Er stürzte bewusstlos nach unten und wurde von den Wachen abgefangen.

Erstauntes Raunen und unsichere Stille folgten ihrem Erfolg, als sie langsam wieder auf die Plattform zuglitt und landete. Brasilan und Delora umarmten sie freudig und gratulierten ihr zu diesem unverhofften, aber verdienten Sieg.

Der Prüfungsleiter trat ebenfalls vor sie. »Ich gebe zu, mit diesem Ausgang hatte ich nicht gerechnet. Als Außenseiterin konnten wir deine Kampfkraft natürlich nicht vorhersehen, doch es war nicht ganz fair, dass die anderen sich nur auf dich konzentriert haben. Schon allein wegen dieses ungerechten Umstands hätte ich dir das Bestehen bestätigt, da es Kampfgeist erfordert, im Angesicht einer Übermacht standhaft zu bleiben. Doch du hast nicht nur die Stellung gehalten, sondern auch noch den Sieg davongetragen. Ein Sieg, wie wir ihn hier in Hyneth noch nie zuvor gesehen haben. Mir bleibt nichts anderes übrig, als dich zur Siegerin zu erklären und die Prüfung als bestanden anzusehen. Herzlichen Glückwunsch, Sariel. Du hast den ersten Schritt getan, von meinem Volk akzeptiert zu werden.«

Obwohl die Menge immer noch eher zaghaft applaudierte, verspürte Sariel nichts als Stolz und Erleichterung. Der Rausch des Sieges war ihr nie zuvor so präsent erschienen wie in diesem Moment, denn es war ihr Erfolg, nicht der der Engel.

»Was kommt als Nächstes?«, fragte sie.

Der Leiter stemmte die Hände in die Hüften. »Immer langsam! Deine Gegner müssen sich jetzt erst einmal ein paar Tage erholen, genau wie du selbst vermutlich auch. Die Prüfung der Willenskraft findet in vier Tagen am Hochsee statt. Bis dahin können du und deine Begleiter in der Unterkunft bleiben. Ihr werdet am Tag der Herausforderung nach Osten begleitet.«

***

An diesem Abend saßen die Reisenden wieder beisammen und gingen den Kampf noch einmal in allen Einzelheiten durch. Sariel hatte mehrere Verbände mit heilenden Salben an Beinen und anderen Körperstellen, wo sich blaue Flecken, Prellungen und Schürfungen abzeichneten.

»Ich wusste ja, dass du gegen die Nephilim gekämpft hast, und dass das ziemlich harte Gegner sind, aber verdammt ... Diese drei waren alles andere als einfache Kontrahenten. Selbst bei uns weiß man um die Fähigkeiten der Krieger des Harpyienvolkes, doch Corvus, Hiroto und Faye sind wirklich beachtlich. Dass du sie alle drei besiegt hast, war mehr als beeindruckend,« sagte Brasilan mit Stolz in der Stimme.

Auch Delora versprühte Respekt mit ihrem Blick. »Hätte der Engelsrat diesen Kampf gesehen, hätten sie sich zutiefst geärgert, dich aus dem Militär geworfen zu haben. Keiner ihrer ach so tollen Generäle hätte das zustandegebracht, auch kein Seraphim.«

»Es war, wie du sagtest, Bruder. Ein Kluftball-Spiel ohne Regeln. Und, um fair zu sein, kann man die Fähigkeiten der Harpyien mit Lichtlanzen wohl kaum mit einer ausgebildeten Kriegerin des Engelscorps vergleichen. Ich habe die Handhabung dieser Waffe jahrelang perfektioniert. Diese ramponierten Fundstücke, die sie hier verwenden, sind bestenfalls alte Modelle, mit denen sie hier ein bisschen herumspielen,« meinte Sariel mit einem Funken Arroganz in der Stimme, die sie von sich selbst eigentlich nicht kannte.

Brasilan sah sie überrascht an. »Das ist das erste Mal, dass du wie ein Engel klingst. Lass das besser nicht zur Gewohnheit werden.«

Sie antwortete: »Ja, das hat sich seltsam angefühlt. Ich meine ja nur, dass es nicht so wirkt, als würde man sich hier für einen Konflikt mit den Himmelsstädten vorbereiten. Wenn das ihre besten Leute waren, haben sie gegen die Truppen aus Lucis keine Chance. Ihnen fehlt ein richtiger Ausbilder mit Felderfahrung, wie es scheint.«

Delora schien es ebenso zu sehen. »Das habe ich mir auch schon gedacht. Ich habe viele Übungen bei uns zuhause gesehen. Diese drei waren gut, keine Frage, aber sie haben deutliche Schwächen. Wenn sie die Besten sind, die man hier hat, ist ihre Feindschaft mit den Engeln ziemlich unklug.«

»Könnt ihr ihnen nicht dabei helfen? Ausbilder der Avianer herschicken, die ihnen Taktiken und Bewegungsabläufe näherbringen?«, hakte Sariel nach.

»Leute zu finden, die dazu bereit wären, ist nicht das Problem. Ich selbst würde sofort herkommen und sie unterstützen. Leider sind die Harpyien zu misstrauisch und – seien wir ehrlich - zu stolz, um sich die eigenen Schwächen einzugestehen. Abgesehen davon hängt unsere neutrale Beziehung zu den Engeln unter anderem von der Bedingung ab, dass wir keine militärische Hilfe für die Harpyien oder die Torkan bereitstellen. Die Ausbildung ihrer Krieger dürfte wohl unter diese Klausel fallen,« erklärte ihr Bruder schulterzuckend.

Sariel sah ihn an. »Ihr würdet dem Steinvolk doch nicht wirklich helfen, oder?«

Delora erwiderte ihren Blick. »Warum denn nicht? Uns gegenüber waren sie niemals feindselig. Vielleicht solltest du, jetzt wo du ohnehin von den Engeln verstoßen wurdest, in ihr Reich reisen und dich mit ihnen auseinandersetzen. Du nimmst sie noch immer durch die Augen des Engelsrates wahr. Fragst du dich nicht, ob der Rat sie nicht ebenso unfair behandelt wie dich? Wenn ich mich nicht irre, weiß heute niemand mehr, wie dieser Konflikt überhaupt begonnen hat. Möglicherweise wäre es eine gute Idee, da etwas genauer hinzusehen, bevor du weiterhin Hass empfindest.«

Es fiel Sariel schwer, zu glauben, die Nephilim könnten etwas anderes sein als primitive Monster. Sie hatte bereits mehr als genug Beispiele in Schlachten erlebt, anhand derer die Grausamkeit des Steinvolkes deutlich aufgezeigt werden konnte. Andererseits wurde ihr auch bewusst, dass sie es immer nur mit Kriegern zu tun gehabt hatte. Wie sie in Friedenszeiten lebten, wusste sie nicht.

Ihre älteste Freundin nahm einen Schluck Wasser. »Deinem Blick entnehme ich, dass du darüber nachdenken musst. Das ist gut, Liebes. Ein Volk ist mehr als die Gräueltaten, die es im Krieg verübt. Bisher wusstest du auch über die Harpyien nur wenig. Die Engel halten sie für abergläubische Narren und Verräter, die weit unter ihnen stehen. Von ihren Traditionen, ihrem Zusammenhalt und ihren Wettkämpfen hört man aber nichts. Ich behaupte, du weißt nach diesen beiden Tagen bereits mehr über sie als der Großteil der Engel.«

Die Valarim nickte. Obwohl sie nun in den Himmelsstädten nicht länger willkommen war und sich mit Feinden des Rates herumtrieb, trug sie noch immer die Überzeugungen in sich, die man ihr beim Militär eingeredet hatte. Es war an der Zeit, ein paar dieser Ansichten zu hinterfragen.

Prüfung der Willenskraft

Drei Tage lang ruhten sie sich in der Unterkunft in Hyneth aus. Obwohl Sariel sich von ihren Verletzungen erholte, fiel ihr bereits nach kurzer Zeit die Decke auf den Kopf. Zwar hatten sie es nicht eilig damit, ihren Vater zu finden, aber sie war noch nie jemand gewesen, der lange stillsitzen konnte, wenn etwas zu erledigen war.

Brasilan zeigte ebenfalls eine gewisse Unruhe. Als sie ihn fragte, was ihn beschäftigte, kratzte er sich am Schnabelansatz. »Ich bin freigestellt worden, um dir zu helfen, weil Familie für uns Avianer heilig ist. Trotzdem kann ich nicht ewig auf Reisen gehen. Man braucht mich in Avvalon.«

»Ist das für dich auch ein Problem, Delora? Ich bin sicher, ich komme hier auch alleine zurecht,« bot sie den beiden an.

»Rede doch keinen Unsinn! Wir sind für dich da, Liebes. Brasilan ist nur frustriert, weil wir hier nicht viel mehr tun können, als dich anzufeuern. Für mich ist diese Reise sogar unerwartet nützlich. Ich kann bei meiner Rückkehr nach Hause eine Menge Beobachtungen und Informationen bereitstellen. Wir hatten noch nie derart detaillierte Einblicke in die Lebensweise der Harpyien,« freute sich Delora.

Auch der Krieger wirkte nun besser gelaunt. »So gesehen hast du recht, Liebste. Ich kann hier das Vorgehen und die Kampfkunst beobachten und nützliche Erkenntnisse mitnehmen.«

»Und vergessen wir nicht, dass wir zwar negativ aufgefallen sind, als wir hier ankamen, sich dieser Umstand aber nun durch dich ins Gegenteil umkehren lässt, Sariel. Wenn du die Prüfungen bestehst und in der Gunst der Ritualmütter steigst, könnte das auch positive Auswirkungen auf ihre Beziehung zu unserem Volk haben. Vertrauen ist selten dieser Tage,« meinte die Agentin.

Kurz darauf kam einer der Wachleute zu ihnen herein. »Wir wurden angewiesen, euch nun nach Osten zum Dorf am Hochsee zu eskortieren. Dort findet die Vorbereitung für die zweite Prüfung statt.«

Erfreut und voller Tatendrang folgten die drei Besucher den vier Kriegern in die Lüfte. Der See lag südöstlich von Hyneth, einige Flugstunden entfernt.

Während des Fluges fragte Sariel: »War schon einer von euch dort am See? Wir haben ihn auf dem Weg hierher zwar gesehen, aber ich hatte noch nie Gelegenheit, ihn mir näher anzuschauen. Man sagt, er soll sehr tief und das Wasser vollkommen klar sein.«

»Der Sundfall und der Hochsee gehören zum Hoheitsgebiet der Harpyien. Dort dürfen sich nur geladene Gäste und willkommene Besucher aufhalten, zu denen Außenstehende eher selten zählen,« erklärte Delora. »Eine Freundin von mir war während eines Festes für Harmonie als Begleiterin des Vorgängers von Gihra hier, aber das ist Jahre her.«

Die Mitglieder ihrer Eskorte sahen zufrieden aus, dass sie mit Respekt und Wohlwollen über ihre Heimat und ihre Bräuche sprachen.

Nach einer Weile hörten sie ein immer lauter werdendes Rauschen, was bedeutete, dass sie sich dem oberen Ende des Wasserfalls näherten. Tatsächlich bemerkte Sariel die Zuflüsse, die aus den Bergen kamen und sich zu einem reißenden Strom vereinten, der an der breiten Klippe in die Tiefe stürzte.

Sobald sie diese Schwelle überflogen hatten, kam unter ihnen der große Hochsee in Sicht. Die klare, tiefblaue Farbe des Wassers wirkte einladend auf sie. Was ihr beim Hinflug nach Hyneth nicht aufgefallen war, war die Ansammlung von Hütten und bunten Farbtupfen am westlichen Ufer unweit des Wasserfalls.

In einer weiten, kreisenden Spiralschleife glitten die Reisenden nach unten, bis sie dicht über dem Wasser waren und am Rand einer Ansiedlung landeten.

Vor ihnen lag ein weitläufiges Dorf aus einfachen Holzhütten aus dicken Ästen und Blattwerk. Viele davon waren mit Schriftzeichen oder Symbolen markiert und zwischen ihnen hatte man Seile gespannt, an denen bunte Fähnchen im Wind wehten. Zuber, Töpfe und Schalen voller verschiedenfarbiger Flüssigkeiten, herumhängende Kräuterbündel und Tierkadaver, Gerbgestelle und diverse Werkzeuge und Arbeitsplätze waren an der Seite vieler Hütten erkennbar. Auch dort war eine spürbare Anzahl von Wachen und Kriegern präsent, doch ansonsten war der Ort von weiblichen Harpyien dominiert. Insbesondere die vielen alten Frauen fielen Sariel auf, die noch stärker gebeugt gingen als ohnehin schon. Ihrem Aussehen nach konnten viele von ihnen Ritualmütter sein.

»Was ist das für ein Ort?«, fragte Brasilan eine Wachfrau.

Die Antwort kam stattdessen von Faye, die sie bereits erwartet hatte. »Dieser Ort hat keinen eigenen Namen. Wenn ihr einen braucht, verwendet einfach den des Wasserfalls. Im höheren Alter wird das Fliegen für uns zunehmend anstrengend, deshalb ziehen unsere Ältesten es vor, nicht mehr in den luftigen Höhen Hyneths zu leben, sondern am Boden zu bleiben. Dieser See war der erste Ort, an dem unser Volk nach der Abspaltung von den Engeln gelandet ist. Hier werden seit jeher die wichtigsten Rituale und Feste abgehalten und deshalb leben auch die Mütter hier. Der See versorgt uns mit Trinkwasser, Fisch und feuchter Luft für einige unserer Mooszüchter.«

Sariel sah die Kriegerin verwundert an. Sie spürte in ihr kaum Ablehnung oder Wut, wie bei vielen anderen dort. »Ich muss zugeben, ich hatte nicht erwartet, dass du mir etwas anderes als finstere Blicke mit auf den Weg geben würdest.«

Die Harpyie kicherte leise. »Unter normalen Umständen hättest du recht, Grayhawk. Engel sind eine Plage für diese Welt. Sie respektieren niemanden außer sich selbst, haben keinerlei Anstand und belächeln unsere Bräuche. Du hast das bisher nicht getan. Du akzeptierst die Prüfungen und damit unsere Werte. Außerdem hast du einen ordentlichen Schlag drauf. Davor habe ich Respekt. Ich werde dich heute fertigmachen, aber ich respektiere dich,« grinste sie. »Bei Hiroto würde ich aber aufpassen. Er ist kein guter Verlierer und er ist nachtragend.«

Faye ging los und sie folgten ihr durch das Dorf, während viele neugierige und auch missbilligende Blicke auf sie fielen.

»Was ist eigentlich der Grund für seine Berühmtheit? Corvus ist Anführer der Späher, aber was hat Hiroto getan, um so beliebt und angesehen zu sein?«, fragte Delora.

»Er ist mehrfacher Champion und kann sich gut selbst darstellen. Er ist zwar Teil des Militärs, doch er übernimmt keine aktiven Aufgaben. Hin und wieder bezeichnen ihn böse Zungen als eine Art Maskottchen, aber die verstummen immer sehr schnell. Ehrlich gesagt bin ich selbst schon häufiger verwundert gewesen, wieso er so populär ist,« überlegte die Harpyie laut.

Sariel wusste genau, woran es lag, aber die Enthüllung der Existenz von Auramagie bei Erzengeln würde ihrem aktuellen Anliegen keineswegs helfen. Sie begnügte sich mit einem ratlosen Schulterzucken und hoffte, dass der grüne Halbengel ein Taugenichts mit zu viel Selbstver-liebtheit war, der sich nur auf seinem Ruhm ausruhte.

Zwischen einigen Hütten konnte sie seine giftgrünen Federn bereits erspähen. Wie üblich war er umringt von Bewunderern und ließ es sich sichtlich gern gefallen, von Abenteuern zu berichten, die er nach Sariels Einschätzung vermutlich nie erlebt hatte.

Nicht weit davon entfernt stand Corvus, wie immer schweigsam und mit verschränkten Armen. Er schien das Treiben im Dorf aufmerksam zu verfolgen.

Sobald die Neuankömmlinge die anderen erreicht hatten, kam auch der Prüfungsleiter um eine Ecke gebogen und nickte zufrieden. »Ah, wie ich sehe, sind wir vollzählig. Dann können wir ja bald beginnen. Zunächst aber die Erklärung der Aufgabe, die im Rahmen der zweiten Herausforderung zu bewältigen ist. Bei der Prüfung der Willenskraft geht es darum, seine innere Stärke und Belastbarkeit unter Beweis zu stellen. Dabei geht es um Motivation, Einfallsreichtum, Durchhaltever-mögen und eisernen Willen angesichts schwieriger Situationen. Es wird eure Aufgabe sein, eine rote Alge aus dem Tempel von Vasuviel am Grund des Hochsees zu holen und zu mir zu bringen. Ihr erhaltet dafür verschiedene mögliche Hilfsmittel und müsst wählen. Jedes Hilfsmittel steht nur einmal zur Verfügung, also wählt schnell und weise. Damit müsst ihr den Tempel unter Wasser finden, eine Alge aufspüren, den Gefahren der Tiefe trotzen und sie zurückbringen, bevor euch die Luft ausgeht.«

Brasilan erhob die Stimme. »Das ist kein fairer Wettstreit! Eure Leute wissen, wo sich der versunkene Tempel befindet. Außerdem können Harpyien unter Wasser besser sehen als alle anderen Völker und haben auch ein größeres Lungenvolumen. Sariel ist als Einzige im Nachteil.«

Auf diese Anschuldigung hin reagierte der Leiter verstimmt. »Es mag sein, dass die Herausforderin benachteiligt ist, aber deshalb ist es auch die Prüfung der Willenskraft. Wenn ihr Wille stark genug ist, wird sie einen Weg finden, diese Nachteile auszugleichen. Abgesehen davon ist vorgesehen, dass Sariel einen Vorsprung bekommt, der aufgrund ihres Sieges in der letzten Prüfung noch großzügiger ausfällt.« Er schüttelte sich leicht und seine Stimme wurde wieder neutral. »Als Siegerin steht es Sariel außerdem zu, als Erste ihre Wahl der Hilfsmittel zu treffen, bevor die anderen dürfen. Ihr findet die Auswahlmöglichkeiten in dieser Hütte,« erklärte er und deutete auf eine halboffene Holzhütte, die nicht zum Wohnen, sondern für andere Zwecke gedacht zu sein schien.

Neugierig ging Sariel mit ihren beiden Begleitern dorthin und betrachtete die verschiedenen Gegenstände, die auf einem langen Tisch ausgebreitet waren. Die meisten davon konnte sie nicht zuordnen, geschweige denn ihren Nutzen einschätzen.

»Hat irgendeiner von euch auch nur die geringste Ahnung von Tauchgängen?«

Brasilan sah ebenso ratlos aus wie sie, doch Delora schien genauer hinzusehen. »Ahnung nicht, aber wir können uns zumindest logisch annähern. Als halbe Avianerin sind deine Nachteile dieselben wie bei uns. Schlechte Sicht unter Wasser, störende Flügel, zu leicht für schnelles Absinken. Du hast aber auch Vorteile. Ohne Federn bist du schneller, wenn du die Flügel einziehst auch.« Sie griff eine Taucherbrille mit Metallgestell und Befestigungsseil vom Tisch. »Hiermit sollte sich deine

Sicht verbessern. Das macht sie nicht gut, aber zumindest weniger miserabel.«

Einen Taucheranzug mit glatter Oberfläche war unnütz, da sie bereits glatte Haut hatte.

»Du könntest ihn trotzdem nehmen, damit ihn die anderen nicht bekommen,« überlegte Brasilan.

Sariel reagierte abwehrend. »Ich bin hier, um mir den Respekt der Harpyien zu erkämpfen. Ich wähle lieber Hilfsmittel, die mir wirklich helfen, als einfach nur anderen zu schaden. Sowas kommt nie gut an.«

»Was haben wir hier? Das sind ... Lufttaschen. Man füllt sie mit Atemluft und kann sie am Gürtel tragen, um länger durchzuhalten. Leider ziehen sie einen aber auch nach oben. Du solltest eher die Gewichtsanhänger nehmen, damit du schneller sinken kannst,« schlug Delora vor.

»Macht Sinn, aber wie soll ich überhaupt lange genug die Luft anhalten? Tauchen ist nicht gerade meine Stärke, also ist meine Lunge nicht sonderlich trainiert,« meinte die Valarim skeptisch.

Der Prüfungsleiter, der die ganze Zeit schweigend bei ihnen stand, reagierte auf diese Frage. »Wir versenken umgedrehte Fässer im See, in denen Atemluft gespeichert ist. Wenn du darauf achtest, dich immer in der Nähe dieser Fässer aufzuhalten, kannst du dir dort Luft holen.«

Sie pustete aus und rieb sich das Gesicht. »Klingt stressig. Was ist mit Waffen? Ich erinnere mich an die Erwähnung von Gefahren.«

Brasilan deutete auf ein Messer, eine Lichtlanze, einen Hammer und einen Handschuh mit Stacheln auf der Rückseite.

Ohne zu überlegen, griff sich Sariel die Lanze. »Das ist schon immer meine Waffe gewesen. Damit fühle ich mich gleich viel besser.«

Sie wühlten eine Weile in den Gerätschaften herum, aber irgendwann entschied sie, dass es keinen Sinn hatte, noch länger zu grübeln. Was immer auf sie zukam, würde so oder so kommen, egal wie viel Ausrüstung sie trug.

***

Etwa zwei Stunden später war es an der Zeit, die Prüfung zu beginnen. Sie alle versammelten sich mit vielen Schaulustigen am Ufer des Sees. Auch die Ritualmütter waren auf drei verzierten Stühlen anwesend und beobachteten das Geschehen.

Während die Champions nur ihre Hilfsmittel angelegt hatten, aber ansonsten aussahen wie immer, hatte Sariel sich anders entschieden. Sie hatte ihre schwarze Robe abgelegt und lediglich eine Unterhose und einen Stoffwickel um den Brustkorb am Körper. Die lange Kleidung hätte sie im Wasser ausgebremst und ihre Bewegungen eingeschränkt. Stattdessen hatte sie einen Ledergürtel um ihre Taille geschlungen, an dem in kleinen Abständen Lederbeutel mit Sand hingen, um sie zu beschweren. Dazu setzte sie nun noch die Taucherbrille auf und hielt die umwickelte Lichtlanze in der Hand. Ihr Haar hatte sie zu einem engen Knoten gebunden, damit es sie nicht behinderte.

»Wie fühlst du dich, Schwesterherz? Bereit für einen Tauchgang?«, fragte Brasilan.

Sie sah ihn durch die trüben Gläser der Brille an. »Ich fühle mich nackt und unwohl, und das schon ohne die Aussicht auf das kalte Wasser und die Dunkelheit ...«

Er kam mit dem Schnabel nahe an ihr Ohr. »Delora hat mit ein paar Anwohnern gesprochen und herausgefunden, dass der versunkene Tempel nicht weit von hier entfernt liegt. Du musst im Grunde nur gerade nach unten und dann nach Osten. Halte dich am Besten immer in dieselbe Richtung, wenn du abtauchst. Die Ausläufer des Gebäudes sollten dich leiten, sobald du sie gefunden hast.«

Sie drückte dankbar seine Hand und richtete dann den Blick nach vorne.

Der Prüfungsleiter trat zwischen die Champions. »Es ist Zeit, die Herausforderung zu beginnen! Wie angekündigt, wird Sariel, die Siegerin der vorigen Prüfung, als Erste in die Tiefe abtauchen.«

Er sah sie an und nickte ihr auffordernd zu.

Mit einem Seufzer und einem letzten Blick zu den anderen setzte sie den ersten Fuß ins eiskalte Wasser und biss die Zähne zusammen, während sie widerwillig hinein watete. Sobald sie weit genug draußen war, um nicht mehr stehen zu können, holte sie tief Luft und tauchte ab. Die Taucherbrille half ihr enorm, im klaren Wasser zu sehen. Neben ein paar Pflanzen und kleinen Algen waren nur Steine in Sicht. In einiger Entfernung entdeckte sie einen besonders großen Felsen, an dem ein Seil befestigt war. Daran hing ganz oben ein hölzernes Fass, in dessen Hohlraum laut dem Leiter Atemluft zu finden war.

Sie hatte einige Schwierigkeiten, sich im trägen Wasser fortzubewegen, bis sie eine Technik fand, die für sie funktionierte, während sie die Lanze festhielt. Erste Panik kam in ihr auf, als sie merkte, dass ihr Körper nach Luft schnappen wollte. Zu ihrer Erleichterung schaffte sie es bis zum Fass und steckte den Kopf hinein, um ruckartig einzuatmen. Sofort wurde ihr klar, dass diese Fässer das Einzige waren, was sie am Leben halten würde. Sie durfte niemals in eine Richtung schwimmen, in der sie kein Fass sah.

Sobald sich ihre Atmung normalisiert hatte, tauchte sie wieder ab und suchte sofort den nächsten Luftspeicher. Es gab mehrere, sodass der Weg zum Tempel nicht ganz so einfach zu finden war. Sie hielt sich an Brasilans Hinweis und schwamm gerade in Richtung Osten. Aufgrund des klaren Wassers konnte sie die Position des Lichtkerns ungefähr ausmachen und sich daran orientieren.

Eine ganze Weile lang tauchte Sariel von Fass zu Fass und versuchte dabei, möglichst nicht über die Tiefe und den Mangel an Luft nachzudenken. Stattdessen bewunderte sie die Fische und Unterwasserpflanzen, die sie dort sah. Da es auf Paldur nur wenige so große Wasserkörper gab, hatte kaum jemand je etwas Vergleichbares gesehen.

Ohne Flügel kam sie schwimmend sehr viel schneller voran, doch sie machte sich bewusst, dass ihr Vorsprung nicht ewig anhalten würde. Nach einer halben Stunde sah sie sich um und bemerkte kein neues Fass mehr in der Nähe. Der Blick hinauf war nicht sonderlich hilfreich, denn in dieser Tiefe reichte das verbleibende Licht kaum noch, um die eigene Hand vor Augen zu sehen. Dennoch schien es, als wäre sie falsch abgebogen, sodass sie den Rückweg antrat. Auf diese Weise brauchte sie fast eine Stunde, bis sie wieder mehr Fässer entdeckte und es hell genug wurde, um die östliche Richtung wiederzufinden.

Innerlich ärgerte sie sich enorm über ihre Unaufmerksamkeit. Die schöne Umgebung hatte sie abgelenkt. Inzwischen mussten ihre Gegner bereits aufgeholt haben, falls sie nicht sogar schon vorbeigezogen waren. Angestrengt schwamm sie weiter und beeilte sich, voranzukommen.

In dieser Richtung wurde es nicht dunkler, aber nach einer Weile tauchte vor ihr eine Art Unterwasserwald auf, der aus grünen und blauen Algen und Tang bestand, welche fast fünf Meter hoch aus dem

Boden ragten. Es handelte sich um eine Art Tunnel, durch den man tauchen konnte. Da sie darin ein Fass erspähte, war es wohl der richtige Weg. Vorsichtig schwamm sie zwischen die glitschigen Pflanzen und passte ihre Bewegungen an, um immer einige zur Seite zu wischen, damit sie vorankam. Dabei achtete sie auf die Decke, um die Richtung beizubehalten. Dort verlief ein feiner Riss durch den Fels, dem sie folgen konnte. Hin und wieder wurde die Luft knapp, aber sie schaffte es jedes Mal rechtzeitig zum nächsten Fass, um einen Moment zu atmen. Diese hatte man durch große Löcher im Stein fallen lassen, die gelegentlich die Decke zierten.

Als sie aus dem Tunnel kam, weiteten sich ihre Augen hinter der Brille. Neben einigen vereinzelten Gebäuderuinen, deren Bauweise den Himmelsstädten ähnelte, ragte ein Gemäuer in die Höhe. Die Lichtstrahlen, die schräg von oben durchkamen, fielen durch die Spalten zwischen den Säulen des Gebäudes, das offenbar der Tempel war, von dem man im Dorf gesprochen hatte. Es war drei Stockwerke hoch, weitläufig und sie erkannte noch immer die Markierungen einer früheren Parkanlage. Der Tempel war U-förmig und in der Lücke stand eine große Skulptur.

Zwar hatte Sariel es eilig, da sie in einiger Entfernung Faye schwimmen sah, aber sie konnte nicht anders, als die Statue genauer zu betrachten. Sie schwamm bis auf wenige Meter heran, um sie klar zu erkennen. Es war eine kunstvolle Abbildung eines weiblichen Engels mit großen Schwingen. Sie trug eine verzierte Rüstung und hielt einen Speer in der Hand. Der Kleidungsstil war eine veraltete Abwandlung heutiger Rüstungen mit weniger dicken Panzerplatten und mehr Stoffelementen. Das Gesicht war ernst, geprägt von Rechtschaffenheit und gerechtem Zorn. Sariel erkannte sich darin ganz klar wieder. Da der Engelsrat jegliche

Abbildung von Vasuviel der Verräterin vernichtet hatte, musste dies die letzte Darstellung von ihr sein, die noch existierte.

Sie konnte nicht anders, als eine gewisse Ehrfurcht zu verspüren. Wie gerne wäre sie ihr begegnet, hätte mit ihr gesprochen. Welche Weisheiten hätte diese Legende mit ihr teilen können?

Nach fast zehn Minuten des Staunens bemerkte sie, wie Hiroto in der Nähe vorbeikam. Sie hatte gerade zum neunten Mal Luft aus einem Fass geholt, dass direkt neben dem Abbild trieb. Er sah sie an und machte eine schnelle Flügelbewegung in ihre Richtung. Dadurch entstand eine unsichtbare Welle, die sie ein Stück zurückwarf, woraufhin das linke Glas ihrer Brille einen Sprung bekam und ein wenig Wasser hineinlief.

Hastig richtete sie sie, aber die kleine Wassermenge in Kombination mit dem Riss im Glas genügten schon, um ihre Sicht zu behindern und sie bei jeder Bewegung zu stören. Unzufrieden schwamm sie weiter und bemerkte hinter dem Tempel eine Höhle, in die der grüne Halbengel verschwand. Trotz des mulmigen Gefühls im Bauch folgte sie ihm, da Faye mit einer roten Alge in der Hand herauskam. Ein Sieg in dieser Prüfung erschien unwahrscheinlich, doch sie musste sie dennoch zumindest bestehen.

Hiroto war bereits außer Sicht, da er wesentlich schneller schwamm als sie. Zudem schien er weniger Luft zu brauchen, während sie bei jedem Fass anhielt. Nach kurzer Zeit kamen jedoch keine Luftspeicher mehr, da man sie nicht in dem Tunnel platzieren konnte.

Sariel fasste Mut und schwamm trotzdem hinein, da sie im Grunde keine Wahl hatte. Zu ihrer großen Erleichterung führte der Weg in einem Bogen nach oben und endete in einer Höhle mit Luft. Sie tauchte dort auf und kletterte aus dem Wasser, um sich umzusehen.

Die Harpyien hatten an dem Ort Fackeln verteilt und sogar einige Werkzeuge und Hütten errichtet. Anhand der zum Teil leuchtenden Pilze an den Felswänden und der glitzernden Steine am Boden vermutete sie, dass man dort nach Edelsteinen oder wertvollen Metallen grub, wenn auch nur in sehr kleinem Ausmaß. Im Zentrum der Höhle befand sich ein großer Teich, in dem die roten Algen gezüchtet wurden. Für die Dauer der Prüfung war niemand sonst anwesend. Sie sah nur noch, wie Hiroto in einiger Entfernung ins Wasser sprang. Um keine Zeit zu verlieren, kniete sie sich an den Rand des Weihers und streckte den Arm hinein, um eine der Algen zu pflücken. Diese packte sie in einen leeren Beutel an ihrem Gürtel und ließ sich dann wieder ins Wasser sinken, um den Rückweg anzutreten.

Als sie Minuten später aus der Höhle kam, sah sie Corvus, der seine Schwingen ebenfalls eingezogen hatte. Er wusste offenbar, dass er diese Fähigkeit hatte, entschied sich im Alltag aber dagegen. Er sah sie an, reagierte jedoch in keiner Weise auf sie.

Da Sariel froh war, wieder zurückschwimmen zu können, legte sie an Tempo zu. Dennoch ließ sie es sich nicht nehmen, ein weiteres Mal bei Vasuviels Abbild anzuhalten und sie erneut zu betrachten. Anschließend hielt sie zielstrebig auf den Algenwald zu. Sie war kaum zwischen den glitschigen Pflanzen verschwunden, als sie etwas am Bein berührte, das sich rauer anfühlte als Seetang oder eine Alge. Sie sah sich um, bemerkte jedoch nichts Ungewöhnliches. Mit dem nächsten Luftfass im Auge setzte sie ihren Weg fort, als ein Zitteraal von der Größe eines Pferdes direkt vor ihr durch die Algen kam und mit offenem Maul auf sie zuhielt.

Erschrocken wich sie zurück und wollte mit der Lichtlanze darauf schießen, doch es tat sich nichts und sie wurde voll erwischt. Das Wesen biss ihr in den Arm und riss sie mit sich. Dadurch wurde viel ihrer Luft aus den Lungen gepresst und stechender Schmerz lenkte sie ab, als sich die spitzen Zähne in ihr Fleisch bohrten. Sariel wollte mit der Langwaffe zustechen, aber die schnelle Bewegung des Raubtiers und die Länge der Lanze machten es ihr unmöglich. Sie konnte nur mit dem Schaft gegen die Seite des Wesens schlagen, was jedoch aufgrund des Wasserwiderstands eher einem freundlichen Klopfen gleichkam. Dennoch schien der Aal es zu bemerken und löste einen Elektroschock aus, der durch ihren Körper schoss und unkontrollierte Muskelzuckungen auslöste.

Fast 30 Sekunden lang konnte Sariel sich kaum bewegen. Als der Schock nachließ, machten sich ihre brennenden Lungen bemerkbar, die nach Luft rangen. Sie sah ein Fass in unmittelbarer Nähe. Da die Lanze ihr in diesem Moment nichts nützte, ließ sie sie einfach los und pikte dem Aal mit dem Finger ins Auge. Das Tier gab sie sofort frei und glitt davon, sodass sie schnell zum Fass schwimmen und keuchend und stöhnend stoßweise atmen konnte. Das klappte jedoch nur ein paar Sekunden lang, bevor das Raubtier sie am Bein schnappte und wieder mit sich riss. Die Geschwindigkeit und ihr Winkel machten es ihr unmöglich, das Tier zu attackieren. Zudem wurde dabei ihre Taucherbrille gelockert und die bereits beschädigte Seite lief mit Wasser voll. Sie fluchte innerlich und überlegte fieberhaft, wie sie aus dieser Lage entkommen sollte. Da ihr jedoch nichts einfiel und jeder Versuch, sich an einer glitschigen Alge festzuklammern, scheiterte, verließ ihre Kraft sie nach und nach. Sie hatte nur noch für ein paar Sekunden Atemluft und würde nicht von dem Wesen loskommen. Es war ironisch, dass sie als Valarim und Avianerin, den beiden mächtigsten Spezies der Lüfte, nun in den Untiefen des Wassers sterben würde. Ein wahrlich unrühmliches Ende für jemanden mit ihrem Potenzial.

Sie spürte, wie der Aal ruckartig anhielt und sie losließ. Kurz darauf zuckte er mehrfach zurück und erzeugte einen Stromstoß, der Sariel erneut erwischte und wie einen zuckenden Stein zu Boden sinken ließ. Mit dem einen Auge sah sie, wie Corvus mit einem Messer auf das Tier einstach und es regelrecht aufschlitzte, bis es reglos im Wasser trieb.

Ihr Blick trübte sich, als er sie packte und ihren Kopf von unten in ein Fass schob, damit sie atmen konnte. Sobald neue Luft in ihre Lungen kam, durchflutete Energie ihren Körper und sie krallte sich am Rand des Fasses fest. Hustend und keuchend atmete sie schnell und ruckartig, bis sich ihr Puls beruhigt hatte. Ihr Arm und Bein taten höllisch weh und als sie wieder abtauchte, um den Schaden zu betrachten, war Corvus weg. Er hatte sie gerettet und war dann weitergeschwommen. Sie war nicht sicher, ob er einfach nur seine Aufgabe beenden wollte oder ob er sie zurückgelassen hatte, damit sie durch seine Rettung nicht bei der Prüfung scheiterte.

Da die Bisswunden kleine Blutschlieren im Wasser hinterließen, benutzte sie einige Algen wie einen Verband und umwickelte Arm und Bein damit. Zu ihrer Verwunderung linderte das sogar den Schmerz. Sie kehrte ins Fass zurück und nutzte die Luft darin, um die Brille neu zu richten. Leider war die linke Seite nun stark beschädigt und lief sofort wieder voll. Innerlich fluchend machte sie sich auf den Weg zurück, bevor noch mehr dieser wildgewordenen Aale auftauchten.

Der Rückweg dauerte über eine Stunde, obwohl sie nun wusste, wo sie lang musste. Am Ende schwamm sie einfach senkrecht nach oben und tauchte auf, um den Rest des Weges an der Oberfläche zu schwimmen.

Sie hörte Brasilan und Delora jubeln, die über ihr in der Luft kreisten und nach ihr gesucht hatten.

Als Sariel aus dem Wasser ans Ufer trat, erkannte sie, dass sie die Letzte war. Die anderen Champions waren seit einer Weile zurück und sahen sie an. Während Faye angesichts ihrer Algenbandagen besorgt war, was die Valarim deutlich spüren konnte, zeigte Corvus wie üblich keinerlei Gefühlsregung. Hiroto war sichtlich enttäuscht, dass sie noch lebte. Sie hatte das Gefühl, dass er ihre Brille und auch die Lichtlanze manipuliert hatte, was sie jedoch nicht beweisen konnte.

Der Prüfungsleiter nickte zufrieden, als sie die rote Alge aus dem Beutel zog und ihm präsentierte. »Damit ist die Prüfung vorüber! Alle Teilnehmer sind mit einer Alge zurückgekehrt und haben den gefährlichen Weg in die Tiefe zum Tempel der Vasuviel überlebt. Sieger in dieser Runde ist Faye. Ich stelle außerdem fest, dass Sariel die zweite Herausforderung bestanden hat.«

Die drei Mütter nickten, wobei Cyrrae als Einzige wohlwollend lächelte, bevor sie den anderen ins Dorf folgte.

»Die finale Prüfung findet in einer Woche statt. Heute Abend werden die Wachen euch zurück nach Hyneth begleiten,« erklärte der Leiter den drei Besuchern, bevor er ging.

Nachdem Sariel den Gewichtsgürtel abgelegt hatte, gab Delora ihr einen Mantel, da sie vor Kälte zitterte.

»Das hast du gut gemacht! Ich war besorgt, ob du es schaffst, das gebe ich offen zu. Unter Wasser hat keiner von uns Erfahrung und man hat uns erst von den großen Zitteraalen erzählt, als du schon weg warst,« meinte Delora und rief einen Heiler herbei.

Es war eine weibliche Harpyie, die sie in die halbe Hütte brachte, in der zuvor die Ausrüstung gelegen hatte. Auch Hiroto war dort und ließ einen Riss an seiner Hüfte behandeln.

Während die Heilerin die Algen entfernte und die Wunden mit Salbe behandelte, spottete der grüne Halbengel. »Hattest du Spaß, Grayhawk? Hast ziemlich dumm ausgesehen mit der gerissenen Brille und der nutzlosen Lanze. Jeder weiß doch, dass Lichtlanzen unter Wasser nicht funktionieren. Typisch arroganter Engel!«

Sie sah ihn abfällig an. »Du hast die Brille manipuliert und mich absichtlich behindert, damit ich nicht gewinne!«

Er kicherte leise. »Haltlose Anschuldigungen. Die klassische Verhaltensweise schlechter Verlierer. Lieber bei anderen die Schuld suchen, als zuzugeben, dass du nicht hierhergehörst.«

Als Brasilan sich vor ihm aufbaute, schob Hiroto ihn achtlos zur Seite und meinte noch »lächerlich«, bevor er davon ging.

Die Heilerin benutzte die roten Algen, um daraus eine Paste zu machen. »Praktischerweise hast du das beste Heilmittel gegen offene Wunden direkt mitgebracht. Rote Algen sind einzigartige Heilpflanzen, die es nur im See an wenigen Stellen gibt. Ehrlich gesagt wundere ich mich ein bisschen, dass dich ein Aal angegriffen hat. Sie sind zwar Raubtiere, aber sie greifen für gewöhnlich eher kleinere Beute an. Vielleicht lag es daran, dass deine Flügel nicht draußen waren. Oder aber ...« Sie hielt inne und schnüffelte. »Was ist das für ein Geruch?« Sie folgte dem leichten Duft bis zum Gewichtsgürtel, den Delora noch in der Hand hielt. »Das ist Tiefenminze. Aale lieben das Zeug und wittern es über große

Distanzen. Du musst irgendwo an einer hängengeblieben sein und das hat den Aal angelockt. Du hast wirklich großes Glück, dass du das überlebt hast.«

Sariel sah die beiden Avianer an. »Das war Hiroto. Er hat nicht nur die Brille manipuliert, sondern auch die Gewichte mit diesem Zeug eingerieben.«

»Du unterstellst unserem berühmten Champion, dass er dich umbringen wollte? Ich habe recht wenige Vorurteile dir gegenüber, Valarim, doch du bist keine Gefahr für Hiroto. Er bräuchte sich die Mühe nicht machen,« meinte die Heilerin belustigt.

Brasilan und Delora waren ernst, sagten aber nichts dazu, solange die Harpyie sie hörte.

Ihr Bruder fragte: »Hast du den Tempel gesehen? Ich habe gehört, dass er sehr eindrucksvoll sein soll.«

Sie antwortete mit verträumtem Blick. »Ich habe ihn gesehen, ja. Die Statue von Vasuviel ist ... schwer zu beschreiben. Der Künstler hat es geschafft, ihre Macht, ihre Erhabenheit und ihren gerechten Zorn deutlich abzubilden. Man sieht sie an und hat sofort das innere Verlangen, gegen den Rat in die Schlacht zu ziehen.«

Die Heilerin nickte wissend. »Diese Statue hat während des Krieges viele Harpyien ermutigt und ihren Kampfgeist gestärkt. Der Tempel war ein berühmtes Heiligtum, das die Engel niemals erobern konnten.«

Mit einem Blick in Richtung See fragte Delora: »Wie kommt es, dass er nun am Boden des Sees liegt?«

»Einst gab es hier keinen See. Der Tempel stand auf dem Plateau und bildete das Herz des ersten Reichs der Harpyien. Der Krieg tobte lange Zeit und eines Tages griffen die Reiter an. Ihr Kampf gegen Vasuviel zerschmetterte einen Teil des Berges, wodurch die Gebirgsflüsse umgeleitet wurden und der Sundfall entstand. Dadurch gelangte das Wasser ins Tal und es lief voll, bis es am anderen Ende überschwappte und den Anfang des Flusstals bildete. Die Fläche, auf der unser Dorf steht, war früher ein massiver Teil des Berges. Der Großteil der Trümmer ist in den See gerollt und hat die meisten Gebäude zerstört, noch bevor das Wasser anstieg. Es war die größte Katastrophe unseres Volkes. Wir sind dankbar, dass zumindest der eigentliche Tempel noch steht. Wäre er nicht unter Wasser verborgen, würden die Engel ihn wohl vernichten wollen,« erklärte die Harpyie, zog die frischen Verbände fest und ging davon.

Daraufhin zog Sariel ihren dunklen Mantel wieder an und befestigte die Lederbänder an den Armen. Brasilan hatte auf alles aufgepasst.

»Die Geschichte dieses Volkes ist weitaus tragischer und reichhaltiger, als man es gemeinhin weiß. Angesichts ihrer Verluste kann ich ihre abweisende und vorsichtige Art durchaus verstehen,« meinte Delora.

Die Valarim nickte und ließ den Blick über das Dorf wandern. »Was ich nicht begreife, ist, wieso die Engel nach all der langen Zeit noch so viel Hass auf die Leute hier haben. Das Ganze ist doch schon Jahrtausende her.«

Ihr Bruder schnaufte. »Der Rat ist unsterblich. Sie haben ein gutes Gedächtnis und schlechte Angewohnheiten. Das ist keine günstige Kombination für einen Anführer. Wer weiß, welche Tugenden sie einst vertreten haben? Schon zur Zeit Vasuviels war offenbar alles, wofür sie früher standen, ihrem Ehrgeiz und der Machtgier gewichen. Ich frage mich, ob ihnen selbst bewusst ist, wie verblendet sie sind.«

»Wenn es so wäre, wären sie nicht verblendet. Alles, was wir dagegen tun können, ist, die anderen Völker zu stärken und Bündnisse zu schließen. Solange wir alle zerstritten sind, hat der Rat ein leichtes Spiel,« meinte Sariel und setzte sich hin, um sich auszuruhen.

Prüfung des Windes

Eine knappe Woche später flog sie mit Brasilan und Delora nach Westen, wo die letzte Prüfung ausgetragen werden sollte. Der Ort des Geschehens war der sogenannte Schlund. Dabei handelte es sich um eines der beiden bodenlosen Löcher Paldurs. Nichts von dem, was dort hineinstürzte, kam je zurück. Im Gegensatz zum Infernalum weit im Südosten wusste niemand, wie der Schlund zustande gekommen war. Zwar war er etwas kleiner als der Hochsee, doch seine Ausmaße waren dennoch gewaltig. Zudem kam eine Anomalie hinzu, die man schon aus großer Entfernung sehen konnte. Rund um das riesige Loch schwebten sichelmondförmige Felsstücke, die es wie eine Spirale umkreisten und über drei Ebenen weit in den Himmel hinauf ragten. Sie waren mit Gras und Moss bewachsen, das von einigen Kanten mehrere Meter nach unten hing wie lange Bärte.

Als Kinder hatten die drei mit ihren Müttern einen Ausflug an diesen Ort gemacht, um Respekt vor den Kräften der Natur zu lernen. Damals hatte man ihnen verboten, sich dem Ort zu nähern, damit niemand hineinfiel.

»Ich bin noch genauso sprachlos wie beim ersten Mal ...«, sagte Delora, die schräg unter ihr durch die Luft glitt.

»Ist denn eigentlich schon mal jemand da reingeflogen, um zu sehen, wohin es führt? Wenn man fliegen kann, sollte das doch eigentlich keine so große Gefahr sein,« wollte Sariel wissen.

Brasilan brummte. »Es gibt Geschichten und Erzählungen von neugierigen Entdeckern aller Völker, die es versucht haben sollen, aber niemand scheint Genaueres zu wissen. Prinzipiell sollte es für uns Luftgeborene kein Problem sein, uns dort umzusehen, aber es gibt wohl einen Grund, wieso es niemand tut.«

»Ja, Angst,« gab Delora zurück.

Die Valarim meinte: »Das Infernalum wurde von einigen Engeln untersucht. Sie haben berichtet, dass die Luft ab einer gewissen Tiefe immer dünner wird, bis man nicht mehr atmen kann. Außerdem kam einer nicht zurück, weil es da drin offenbar wesentlich anstrengender ist, nach oben zu fliegen.«

»Was ja auch Sinn macht. Die Schwerkraft drückt uns auf den Boden nach unten. Wenn man also durch so ein Loch fliegt und zurück nach oben will, muss man im Grunde dagegen ankämpfen. Es könnte natürlich sein, dass diese Kräfte da drin noch stärker wirken. Wer weiß das schon? So oder so ist es unklug, zu weit hineinzufliegen,« stellte Brasilan fest.

Rund um den Schlund erhoben sich verschieden hohe Felsen, die ihn einrahmten. Dort bemerkte Sariel eine kleine Ansammlung von Hütten der Harpyien.

»Die sind ja verrückt, hier eine Siedlung zu haben ...«, murmelte sie.

Eine Frau aus ihrer Eskorte entgegnete: »Das ist kein bewohnter Ort, Valarim. Es ist ein Prüfungsplatz. Dort wird die Prüfung der Ewigkeit vollzogen, die von den Ritualmüttern und einigen wenigen Kriegern absolviert wird, um ihre Hingabe für ihr Volk zu beweisen.«

»Und worin besteht dieser Test?«, hakte der Avianerkrieger nach.

»Man muss bis zu einer Markierung an der Wand des Schlunds hinunter gleiten und dort sein Zeichen hinzufügen. Wer lebend zurückkehrt, beweist seine Opferbereitschaft für unsere Leute.«

»Ein bisschen verrückt ist das schon, aber ich verstehe die Absicht dahinter. Es zeigt, dass man bereit ist, sich dem Unbekannten und namenlosen Gefahren zu stellen, um seine Pflicht zu erfüllen,« überlegte Delora laut und erntete zustimmende Blicke von den Wachen.

Ihre Flügelschläge wurden häufiger, als sie aufstiegen, um die höchste Spitze des obersten Sichelmondfelsens zu erreichen. Dort warteten viele Harpyien, darunter die Teilnehmer, Zuschauer und Krieger.

Sie landeten und traten zu den anderen Champions, die weniger gelangweilt aussahen, wie bei den letzten beiden Prüfungen. Selbst in Corvus konnte Sariel eine Vorfreude und Anspannung spüren. Bei Hiroto war da jedoch eine unsichere Aufregung, die nicht zu seinem sonstigen Gehabe passte. Als sein Blick auf sie fiel, verwandelte sich diese Emotion in Wut, gepaart mit einer darunterliegenden Furcht. Aus irgendeinem Grund verachtete er sie so sehr, dass er bereit gewesen war, sie im See zu töten.

»Gib Acht auf diesen doppelzüngigen Wichtigtuer, Schwester. Wer weiß, welche hinterhältigen Fallen er diesmal ersonnen hat?«, warnte Brasilan.

Delora strich ihm zärtlich über den Arm. »Sariel kann gut auf sich aufpassen, Liebster. Wir sind hier, falls du uns brauchst. Wenn etwas schiefläuft, holen wir dich raus.«

Die Unterstützung der beiden verlieh der Valarim ein Gefühl von Stärke und Selbstvertrauen. Hinzu kam noch der Stolz über die letzten Erfolge. Obwohl die Harpyien sie ebenso als Außenseiter betrachteten, wie die Engel es getan hatten, gaben sie ihr eine faire Chance und würdigten ihre Leistungen angemessen. Sie hatte den Eindruck, dass sie bei ihnen zumindest die Möglichkeit hatte, zu gewinnen. Das spornte sie stärker an, als sie es je zuvor erlebt hatte.

Der Prüfungsleiter wirkte an diesem Tag gut gelaunt und hielt die Arme in die Luft, um die tuschelnde Menge zum Schweigen zu bringen.

»Heute ist der Tag der finalen Prüfung dieses Zyklus. Wie üblich haben wir die spannendste und aufregendste Herausforderung für den Schluss aufgehoben. Die Champions werden sich dem Spiralflug stellen und im Angesicht des Abgrunds feststellen, wer von ihnen der Meister der Lüfte ist ... in der Prüfung des Windes!«

Die Harpyien jubelten und stampften auf, als er das sagte.

Sariel erkannte echte Freude in Faye. Während der Leiter sich um einige Dinge kümmerte, fragte sie sie: »Du scheinst als Einzige unbesorgt zu sein. Hast du das schonmal gemacht?«

Die Kriegerin lächelte. »Und ob! Der Spiralflug ist der Grund für meinen Ruf. Niemand hat bisher meine Zeit geschlagen. Es gibt nichts Belebenderes als diesen Rundflug, immer mit Blick auf die tödliche Schwärze des Schlunds unter sich.«

Bevor die Valarim nachhaken konnte, ergriff der Leiter wieder das Wort. »Die Regeln des Fluges sind einfach. Die Champions folgen den Sichelfelsen spiralförmig nach unten und passieren dabei mehrere Kontrollpunkte, von denen einige schwerer zu erreichen sind als andere. Die Zuschauer verteilen sich entlang der Strecke und achten darauf, dass niemand schummelt oder abkürzt. Wer als Erster den Platz am Rand des Schlunds erreicht, ist der Sieger dieses Wettflugs.«

Das klang nicht weiter schwierig für Sariel, doch es gab sicher einen Grund, weshalb diese Prüfung so beliebt und zeitgleich gefürchtet war.

Fliegen war jedoch schon immer eine ihrer größten Stärken gewesen, daher war sie zuversichtlich, damit fertig zu werden.

Da für einen Flug keine besondere Vorbereitung nötig war, traten die Champions an die Startlinie, wobei viele der Harpyien in alle Richtungen davonflogen, um sich auf dem Gebiet zu verteilen. Während Faye ihr zuzwinkerte, bedachte Hiroto sie mit einem finsteren Blick. Corvus war konzentriert und ignorierte sie alle.

Als der Leiter den Beginn meldete, stieg Sariel mit drei starken Flügelschlägen in die Luft auf und folgte den anderen bis zur ersten Markierung. Es handelte sich um rote Ringe, die sie durchfliegen mussten, ähnlich wie die Trainingsareale in Vania. Mit weiteren Schlägen beschleunigte sie und erreichte Hiroto, der mit seinen Schwingen ihre Sicht behinderte und ihr einen Tritt verpasste, um sie aus der Bahn zu werfen.

Sie schlingerte ein Stück zur Seite und konnte gerade noch einlenken, um den nächsten Ring zu erwischen. »Arschloch!«, knurrte sie und schoss unter einem tief hängenden Felsen hindurch, bevor sie einer herausstehenden Spitze ausweichen musste.

Das Gelände auf den Sichelfelsen war sehr widrig, voller ungleichmäßiger Steingebilde und Bäume. Schnell merkte Sariel, weshalb dieser Flug als gefährlich galt. Die Umgebung war wunderschön, wie sie fand, doch das war auch eine riskante Ablenkung. Unter ihr zogen die grünen Grasflächen und Pflanzen vorbei, neben ihr standen grob behauene Skulpturen, die die Harpyien in den Fels geschlagen hatten, und auf der anderen Seite lag der gähnende Abgrund hinunter zum Schlund.

Ihre Gegner kannten die Strecke schon und waren stets einige Meter vor ihr. Das entmutigte sie jedoch nicht, sondern spornte sie weiter an.

Als sie das Ende des ersten Felsens erreichten, führte der letzte Ring in Richtung des nächsten, der auf der gegenüberliegenden Seite des Schlunds lag, sodass sie direkt darüber hinwegfliegen mussten.

Obwohl der Flug an sich nichts anderes war wie immer, war der stete Blick nach unten in die unendliche Tiefe etwas, das selbst dem erfahrensten Krieger und Flieger mulmig zumute werden ließ. Dennoch biss sie die Zähne zusammen und blieb dicht an ihren Gegnern dran, bis sie den nächsten Abschnitt erreichten. Dort wurde die Schwierigkeit erhöht, denn die Ringe waren nun an schwer zu erreichenden Stellen platziert worden.

Der erste Kontrollpunkt lag in einer sehr schmalen Felsnische, die man nur mit eng angelegten Schwingen durchqueren konnte. Die kleinste Fehleinschätzung genügte, um hängenzubleiben und sich zu verletzen. Diese Art Hindernis war für Sariel jedoch keine Herausforderung, da sie das immer wieder geübt hatte. Sie legte die Flügel an und schoss an Hiroto vorbei, der wütend knurrte. Fast hätte sie auch Corvus überholt, doch er war schon zu nah an der Nische.

Ein leises Schrammen deutete darauf hin, dass der grüne Halbengel unsauber durch das Hindernis gekommen war. Das verschaffte ihr eine gewisse Genugtuung. Mit Blick nach vorne hängte sie sich an ihren Bruder.

Die ideale Flugbahn führte nun seitlich im Slalom an einigen schlanken, natürlichen Felstürmen vorbei. Faye machte es vor und der Rest folgte ihr durch mehrere rote Ringe an den Seiten, die man nur erwischte, wenn man sehr enge Kurven flog. Am Ende zwang sie ein breiter Steinbrocken dazu, ruckartig an Höhe zu gewinnen, ohne dabei mit den Schwingen an die Seitenwände des Tunnels zu geraten, der genau dort begann. Darin war es noch schwieriger, zu navigieren, weil immer wieder herausstehende Hindernisse auftauchten. Eine große Kaverne lag am Ende, deren riesige Stalaktiten einen waghalsigen Kurs erforderten, der mehrmals beinahe fatal für Sariel geendet wäre. Sie blieb mit einem Flügel an einer Felsspitze hängen und zischte vor Schmerz, passte aber ihre Neigung schnell genug an, um nicht frontal gegen eine Wand zu klatschen. Stattdessen machte sie einen Schlenker und rannte vier Schritte an der Felswand entlang, um sich in die richtige Richtung abzustoßen.

Hiroto konnte so wieder näher kommen, aber es reichte nicht, um sie zu überholen.

Die Strecke in der Höhle endete an einer weiteren Felsnische, die man nicht durchfliegen konnte. Sie sah gerade noch, wie Corvus sich zu Fuß hindurchquetschte, um zu wissen, was zu tun war. Eine kontrollierte Landung ermöglichte ihr, schnell bis zu dem Durchgang zu kommen. Da sie vermutete, dass der grüne Halbengel sie behindern würde, zog sie ihre Schwingen ein und bewegte sich dadurch wesentlich effizienter hindurch.

Am Ende der Nische endete auch der Sichelfelsen. Der nächste begann viele Meter darunter, sodass ein Sturzflug nötig war. Ohne Zögern stürzte sie sich in die Tiefe und suchte die Luft nach Faye und Corvus ab, die weit unter ihr gerade die Flügel ausbreiteten, um den Fall abzubremsen. Sie selbst legte die Arme an, was das Risiko erhöhte, nicht rechtzeitig bremsen zu können, doch sie hatte eine gute Einschätzung. Im letztmöglichen Moment entfaltete sie ihre Schwingen und nutzte das Falltempo, um die Distanz zu den beiden schnell zu verkürzen. Für gewöhnliche Flieger wäre diese halsbrecherische Geschwindigkeit durch eine enge Felsschlucht todesverachtend gewesen, doch ihre verbesserten Reflexe erlaubten ihr die sichere Navigation. So kam es, dass sie nun wieder dicht an Corvus dran war.

Er bemerkte sie, schien sich aber nicht daran zu stören. Stattdessen flog er voran durch einen kleinen Wasserfall und begann den Flug über den Schlund zum nächsten Sichelfelsen.

Viele Zuschauer jubelten und pfiffen ihnen begeistert zu.

Auf dem darauffolgenden Felsen ging es ähnlich gefährlich weiter, wo sie eng zwischen großen Skulpturen hindurch fliegen mussten. Durch einige Flügelschläge und enge Kurven konnte sie mit Corvus gleichziehen. Die beiden flogen nun auf derselben Höhe und verfolgten Faye, die noch immer deutlichen Vorsprung hatte. Sie umflog einen massiven Felsblock, hinter dem der nächste Ring lag. In dem Felsen befand sich ein extrem schmaler Riss, durch den selbst ein Meisterflieger nicht gefahrlos käme, auch nicht mit angelegten Flügeln. Sariel war jedoch sicher, dass sie es schaffen konnte, um ihren Bruder zu überholen.

Er schien ihre Gestik richtig zu deuten und warnte sie: »Tu es nicht! Daran sind schon viele gescheitert und einige sogar gestorben!«

Sie sah ihn grinsend an. »Die waren aber keine Valarim!«

Aus irgendeinem Grund schien er sie daran hindern zu wollen. Er versuchte, sie zu packen und zu rammen, doch sie war solche Versuche von Serenidiel gewohnt und wich ihm gekonnt aus. Mit mehr Flügelschlägen beschleunigte sie weiter, sodass die Landschaft um sie herum kaum mehr als farbige Schlieren waren. Der Felsen kam rapide näher. Im letztmöglichen Moment vollführte sie eine letzte Flügelbewegung und zog sie dann ein, um so schmal wie möglich zu sein. Mit angelegten Armen und ausgestreckten Beinen schoss sie durch den Riss, der tatsächlich zu eng für geflügelte Wesen war. Sie hatte jedoch genug Tempo und war genau im richtigen Winkel eingedrungen, um präzise hindurch zu rauschen. Sie schrie begeistert auf, als sie am anderen Ende unversehrt herauskam und in einer triumphierenden Bewegung hinter dem Ring die Schwingen wieder ausbreitete.

Dieses Manöver hatte sie sogar näher an Faye gebracht, während Corvus hinter ihr zurückgefallen war.

Sie grinste zufrieden und richtete den Blick nach vorne, wo sich zu ihrer Überraschung eine Gruppe Harpyien mit Lichtlanzen näherte. Sie sahen aus wie Wachen und Krieger, doch sie wirkten nicht so, als wären sie als Zuschauer dort. Gerade, als Sariel sich fragte, was los war, erwischte sie ein Netz und schmetterte sie an die Felswand.

»Was soll das!?«, rief sie wütend.

Die Krieger schwebten vor ihr in der Luft und richteten ihre Waffen auf sie, als wollten sie sie hinrichten. Kurz darauf landete Hiroto auf einer Felsspitze in der Nähe und sah sie hämisch an.

»Haben wir dich endlich erwischt! Wurde auch Zeit!«

Sie knurrte und zerrte an den Seilen. »Was soll das werden? Das hier ist eine offizielle Prüfung! Glaubst du etwa, dass es keinem auffällt, wenn du mich einfach umbringst?«

Der grüne Halbengel lachte. »Du bist nur ein wertloser Engel! Niemand wird dir eine Träne nachweinen. Du magst ja anders sein als die anderen arroganten Himmelsbewohner, aber du bist genauso verblendet und glaubst, du könntest einfach herkommen und dir unsere heiligen Riten zu eigen machen. Es gibt viele unter uns, die die Nachsicht der Mütter nicht teilen. Wir haben beschlossen, dich einfach umzubringen, bevor wir am Ende immer mehr Engeln den Zutritt in unser Reich gewähren und sie uns unterwandern und hinterrücks abschlachten können.«

»Du bist doch selbst zur Hälfte ein Valarim, du Idiot! Was macht dich so viel besser als mich?«, wollte sie wissen.

Er hob die Brauen. »Im Grunde gar nichts. Aber ich lebe schon lange hier und bin ein angesehener Champion. Du hingegen bist eine Fremde, die sich anmaßt, hier aufzutauchen und mir meinen Ruhm streitig zu machen!«

Sie konnte es nicht glauben. »Was denn, das alles hier ist nur, weil du Angst hast, zu verlieren?«

»Angst? Sicher nicht. Aber du hast dich gut geschlagen und es gibt schon Gerede, ob meine besten Zeiten vorüber sind. Solche Gerüchte dürfen sich gar nicht erst verbreiten. Ich habe versucht, dich am See aufzuhalten, aber du bist zu findig, um einfach zu sterben. Also habe ich meine konservativen Freunde informiert, wo sie dich erwischen können. Sie werden sich um dich kümmern und ich bleibe der unangefochtene Champion,« sagte er triumphierend. »Niemand legt sich mit Hiroto an und kommt damit davon.«

Mit einem letzten hämischen Blick flog er weiter, um das Rennen fortzusetzen.

Sariel hing im Netz fest und hatte keine Möglichkeit, sich zu befreien. Die hasserfüllt dreinblickenden Krieger zielten auf ihren Körper. Selbst mit den simplen, alten Modellen der Lichtlanzen würden so viele Treffer tödlich sein. Es würde jedoch sehr viel schmerzhafter sein, als es mit neueren Exemplaren der Fall wäre. Innerlich schäumend bereitete sie sich darauf vor, was sie nun erwartete.

»Stirb, Engelsabschaum!«, brüllte einer der Harpyien.

Innerhalb eines Atemzugs kam ein Schatten dicht an ihr vorbeigeschossen, der einige der Seile des Netzes durchtrennte, sodass sie herausfiel, bevor auch nur ein Schuss sie treffen konnte.

Sofort ging sie auf Abstand und wich weiteren Projektilen aus, während sie nach dem Ursprung ihrer Rettung suchte. Zu ihrer Überraschung war es Corvus, der an beiden Unterarmen lange, feuerrote Metallklauen hatte, die weit über seine Hände hinausragten, welche sie an Griffen festhielten. Es waren jeweils vier leicht geschwungene Klingen, deren Farbe der Oberseite seiner Flügel ähnelte. Er nickte ihr ermunternd zu und schlitzte damit einem Fanatiker das Gesicht auf.

Sariel vollführte einen Sturzflug auf einen der Irren und verpasste ihm mehrere gut platzierte Schläge, die seine Luft abschnürten und ihn tödlich auf einen Felsen krachen ließen, sodass sie sich seine Lichtlanze schnappen konnte. Mit einem kurzen Wirbeln testete sie die Ausbalancierung und lächelte in freudiger Erwartung. Ohne langes Warten hielt sie auf drei schwebende Feinde zu, die wild auf sie feuerten. Die Zielsicherheit ihrer Waffen war jedoch miserabel, sodass sie kaum ausweichen musste. Anstatt denselben Fehler zu machen, wählte sie den Nahkampf, der in der Luft nicht ganz einfach war, wenn man kein richtiges Training hatte. Sie war gut ausgebildet worden, was man von den Harpyien nicht behaupten konnte. Sie schafften es kaum, ihre Angriffe zu parieren, als sie ihnen nacheinander gegen Beine, Flügel und Köpfe schlug und dabei jedem Versuch entging, sie zu treffen.

Anders als sie konzentrierte sich Corvus nicht auf einzelne Feinde, sondern flog im Zickzack zwischen ihnen hindurch und zog seine Klingen durch das Fleisch jedes Fanatikers, der dumm genug war, nicht aus dem Weg zu fliegen. Ihre Versuche, ihn mit den Lichtlanzen zu beschießen und zu schlagen, konterte er mit Leichtigkeit durch Paraden oder Luftrollen.

Sariel musste zugeben, dass er ein hervorragender Kämpfer war, als sie ihn beobachtete. Immer wieder wich sie Projektilen aus und verprügelte die Schützen mit der Lanze, doch sie war nicht annähernd so tödlich wie er. Sie durchbohrte einen Feind am Hals und schleuderte ihn auf einen Kameraden, der jedoch zuvor von ihrem Bruder an der Hüfte halbiert wurde.

Er näherte sich ihr und die beiden kämpften Seite an Seite, Rücken an Rücken und umkreisten sich in der Luft, während sie in alle Richtungen austeilten. Es war ein großartiges Erlebnis für sie, gemeinsam mit ihrem Bruder gegen diese Feinde zu bestehen.

Von irgendwoher kamen jedoch weitere Verrückte mit Speeren und Lanzen, die es auf sie abgesehen hatten.

»Scheiße! Wie viele sind das denn?«, fragte sie sich mehr selbst als irgendwen sonst.

Corvus blockte zwei Stabwaffen, wischte sie beiseite und zog seine Klingen durch die Gesichter der Angreifer, die daraufhin tot zu Boden stürzten. »Es gibt sehr viele von uns, die den Hass auf jeden Engel zu einer Religion gemacht haben. Wir sollten vielleicht lieber verschwinden, als zu kämpfen. Allein schaffen wir die nicht alle.«

»Aber ihr seid nicht allein!«, rief es von über ihnen.

Von dort kamen Delora und Brasilan heran und sahen wütend und kampfbereit aus. Mehrere Harpyien wurden von kleinen Metallpfeilen getroffen, die aus Deloras Pfeilschleudern an den Unterarmen stammten. Derweil hatte der stattliche Krieger an jeder Klaue der rechten Hand eine unterarmlange, gebogene Klinge befestigt, um seine Reichweite zu erhöhen. Damit durchbohrte er den Brustkorb eines Feindes und riss ihn aus der Luft.

Die Avianerin nutzte Luftakrobatik und packte ihre Gegner in der Luft, um sie dann mit dem Schnabel blutig zu picken oder ihnen das Genick zu brechen. Dabei stieß sie Adlerschreie aus, die laut genug waren, um über weite Entfernungen gehört zu werden.

Corvus enthauptete einen Fanatiker im Flug, dessen Kopf von Sariel mit der Lanze gezielt wie ein Ball geschlagen wurde, der dann einem anderen Kerl ins Gesicht knallte, sodass Brasilan ihn gegen die Felswand schmettern konnte. Anschließend flogen ihre beiden Brüder dicht an dicht durch die feindlichen Reihen und schlitzten mit ihren Klauen alles auf, was nicht auf Abstand ging.

Die Valarim hätte das Schauspiel gerne beobachtet, musste aber Delora helfen, sich gegen drei wildgewordene Kriegerinnen zu wehren, die sie umkreisten. Zwei Kerle versperrten ihren Weg und wollten mit ihren Lanzen nach Sariels Flügeln schlagen. Sie zog sie ein, erwischte beide mit einem Wirbeln ihrer eigenen Waffe, umklammerte mit den Oberschenkeln den Kopf einer der Frauen und schleuderte sie mit einem Schlag ihrer Schwingen hart gegen eine Wand. Der Aufprall brach ihr sämtliche Knochen und sie stürzte tot in die Tiefe des Schlunds.

Einer der Kerle kam von hinten an sie heran und durchbohrte einen ihrer Flügel, sodass sie aufschrie und angestrengt flatterte, um nicht abzustürzen, während Brasilan den Angreifer packte und mit seinem gepanzerten Schnabel dessen Gesicht zerstörte. Delora glitt zu ihr herunter und half ihr, sicher zu einem Felsvorsprung zu schweben, wo sie sich den Schaden ansehen konnte, nachdem sie die Waffe aus dem

Flügel gezogen hatte. Derweil flogen die beiden Männer über ihnen und töteten mit ihren Klauen alles, was sie erwischen konnten.

»Wie schlimm ist es?«, fragte Sariel angestrengt.

»Der Treffer hat keine wichtige Arterie erwischt ... zum Glück. Das Fliegen wird dir eine Weile wehtun, aber es ist nicht kritisch,« beruhigte Delora sie.

Dann mussten sie jedoch ausweichen, als weitere Lichtprojektile in der Nähe einschlugen. Wieder ließen die beiden Avianer laute Adlerschreie hören, die wie Schlachtrufe klangen.

Mit ihren Pfeilschleudern holte die Agentin mehrere Angreifer aus der Luft. Wären Brasilan und Corvus nicht gewesen, um die Gegner immer wieder zu zerstreuen, wären die beiden Frauen getroffen worden, da war sich Sariel sicher. Sie versuchte, mit ihrer Lichtlanze zu schießen, aber sie war so alt und ramponiert, dass sie ebenso gut mit Steinen hätte werfen können.

»Das sind bestimmt fast 100 Gegner gewesen ... und es sind immer noch viele übrig. Wo kommen die alle her?«, wunderte sich die Valarim.

Als Brasilan einen weiteren Adlerschrei von sich gab, kam diesmal eine Antwort. Kriegshörner ertönten aus verschiedenen Richtungen. Kurz darauf erschienen rund um das Gebiet mehrere Dutzend Krieger der Harpyien, die nicht zu den Fanatikern zählten. Wie ein Schwarm umkreisten sie das Geschehen, bis die Verrückten sich ergaben und die Waffen in den Schlund fallen ließen.

Sariel seufzte erleichtert und ließ sich auf einen flachen Stein sinken, der direkt an der Kante zum Abgrund lag.

Delora stemmte die Hände in die Hüften. »Wurde auch Zeit, dass sie auftauchen! Das hier ist ein offizielles Ereignis und die Sicherheit ist miserabel!«

»Ich bin sicher, Hiroto hat was damit zu tun. Er hat zugegeben, diese Leute geschickt zu haben, um mich aus dem Weg zu räumen,« sagte die Valarim.

»Das überrascht mich nicht. Er hat sich schon verdächtig verhalten, seit wir hier angekommen sind. Kurz vor dem Rennen ist er einem Moment verschwunden. Das dürfte nicht nur mir aufgefallen sein.«

Sariel verschränkte die Arme. »Leider wird uns das wenig nutzen, wenn er weiter seine Auramagie einsetzt. Man hält ihn für einen Helden, egal was er tut.«

»Wir werden sehen,« antwortete ihre älteste Freundin, während die beiden beobachteten, wie alle Angreifer gefangen wurden.

Brasilan und Corvus landeten bei ihnen und der Avianer kommentierte. »Beeindruckende Technik mit deinen Klauen.«

»Gleichfalls,« gab der Späher zurück.

»Wieso hast du mir geholfen?«, fragte Sariel ihn. »Erst im See und jetzt wieder. Du hättest es auch einfach ignorieren und mich meinem Schicksal überlassen können.«

Er legte die Waffen ab und befestigte sie zusammengeklappt an seinem Rücken. »Das hätte ich wohl, aber es wäre unehrenhaft gewesen. Diese Prüfungen sind heilige Rituale, die auch den Charakter der Teilnehmer testen. Du warst zwar eine Konkurrenz, aber nie mein Feind. Dich dem Tod zu überlassen wäre schändlich, da du mir nie etwas getan hast. Du verdienst weder den Tod durch Ertrinken, noch durch einen Aal oder hasserfüllte Mörder. Als Hand der Mütter ist es meine Aufgabe,

Gerechtigkeit und Ehre zu wahren. Du verdienst die Chance, dich als würdig zu erweisen. Feindseligkeit ohne Anlass ist voreilig.«

»Sagt eine halbe Harpyie, die jeden Engel massakrieren, der sich herwagt,« spottete Delora.

Er blieb ungerührt. »Jene Engel, die sich in unser Reich wagen, kommen niemals grundlos. Sie spionieren, sabotieren oder intrigieren. Sariel hat nichts davon getan, daher wird sie durch das Recht des Zweifels geschützt.«

»Hoffen wir, dass du recht hast, mein Freund, und die Mütter das genauso sehen,« meinte Brasilan skeptisch.

***

Da der Angriff die Prüfung unerwartet beendet hatte, flogen sie zum Platz am Rand des Schlunds, wo der Leiter mit Faye und Hiroto wartete.

Sofort ging Sariel auf den grünen Halbengel los und rief: »Du hast vielleicht Nerven, dich hier zu zeigen! Erst Sabotage, dann ein direkter Mordversuch!«

»Beruhige dich, sonst wirst du von den Wachen abgeführt!«, ermahnte der Leiter. »Was genau ist denn eigentlich vorgefallen? Ich hörte von einer gewaltsamen Auseinandersetzung.«

Da Corvus als Einziger berechtigt war, zu sprechen und auch Gehör zu finden, berichtete er vom Überfall auf Sariel. Er erwähnte zudem die Beteiligung Hirotos, doch darauf schien niemand reagieren zu wollen.

Als er alles gehört hatte, überlegte der Prüfungsleiter eine Weile. »Das ist eine unglückliche Wendung, die nicht gerade für unser Volk spricht. Fanatische Splittergruppen gibt es schon lange, aber sie waren bislang immer zurückhaltend. Ich bin erleichtert, dass ihr Angriff gescheitert ist. Ich möchte unseren Besuchern für ihren beherzten Einsatz danken, unsere Kräfte bei der Verteidigung zu unterstützen.«

»Wie bitte!? Eure Leute sind erst aufgetaucht, als schon fast alles vorbei war! Wir haben das so gut wie alleine machen müssen! Und was ist mit eurem tollen Hiroto? Er hat diese Bastarde angestiftet, mich anzugreifen!«, schäumte Sariel, bevor Delora sie aufhalten konnte.

Der Prüfer sah sie ausdruckslos an. »Haltlose Anschuldigungen und Geschrei sind hier unangemessen. Du scheinst dich aber einfach nicht im Zaum halten zu können. Schafft sie nach Hyneth! Ich verkünde meine Entscheidung über den Verlauf der Prüfung später.«

***

Man eskortierte die drei zurück in die Stadt in den Bergen, wo sie sich drei Tage später erneut in der offenen Kammer versammelten, wo sie vor über zwei Wochen eingetroffen waren. Dieses Mal waren nur sehr wenige Personen anwesend, darunter Ritualmutter Cyrrae, Corvus, einige Wachen und die drei Besucher.

Die alte Harpyie saß diesmal nicht auf ihrem thronartigen Stuhl, sondern stand mit beiden Händen auf ihren Gehstock gelehnt neben Corvus und sah Sariel direkt an.

»Es betrübt mich, dass es bei der Prüfung zu einem so schändlichen Überfall auf dich gekommen ist. Mir ist die Ironie nicht entgangen, dass gerade unser Volk, das sich mit Vertrauen so schwertut, das deine missbraucht hat. Wie geht es deinem Flügel?«

Die Valarim atmete langsam aus und schluckte auf einen mahnenden Blick Deloras hin eine spitze Antwort herunter. »Es heilt bereits und sollte restlos verschwinden. Darf ich fragen, wie die Strafe für Hiroto aussehen wird?«

Cyrrae sah kurz zu Corvus, bevor sie antwortete. »Mir wurde berichtet, dass er vor Ort gesehen wurde, allerdings bist du die Einzige, die seine Worte bezeugen kann. Auch die Sabotage, die du ihm vorwirfst, lässt sich nicht beweisen. Er ist seit langer Zeit ein verehrter Krieger und die Harpyien schätzen ihn sehr. Angesichts seines unstillbaren Geltungsbedürfnisses halte ich deine Darstellung für durchaus wahrscheinlich, jedoch würdest du deine Position schwächen, wenn du ihn offen herausforderst. Es mag dir ungerecht vorkommen, doch in diesem Fall wäre es besser, wenn du darüber hinwegsehen würdest.«

Brasilan hatte die Arme verschränkt. »Er kommt also damit durch. Seine besonderen Kräfte wirken in der Tat ähnlich wie die der Erzengel. Was er auch tut, es scheint sich niemand daran zu stören.«

Die weise, alte Frau lächelte ganz leicht. »Bevor wir weiter darüber sprechen, wollte ich dir eine gute Nachricht überbringen. Nach einiger Beratung haben wir gemeinsam mit dem Prüfungsleiter beschlossen, die Prüfung des Windes trotz des unerwarteten Abbruchs als bestanden anzusehen. Du hast dich während der gesamten Zeit hier bei uns fast immer vorbildlich und respektvoll verhalten. Daher kann ich dich offiziell zu einer neutralen Partei für unser Volk erklären. Wenn unsere Wachen dich erkennen, werden sie dich passieren lassen. Außerdem ist es dir erlaubt, dich in unserem Reich aufzuhalten. Dasselbe gilt für euch, Brasilan und Delora. Ich hatte kürzlich ein Gespräch mit Gihra und wir haben beschlossen, unsere bisherige Distanz abzubauen. Es ist an der Zeit, unsere Freundschaft auszubauen und uns wie Bündnispartner zu verhalten.«

Da das großartige Neuigkeiten waren, wogen sie die Enttäuschung über das Vergangene beinahe auf.

»Nun, da du als gleichwertige Partei das Recht hast, hier Gehör zu finden, Sariel, können wir darüber sprechen, weshalb du hier bist. Du bist gekommen, um deinen Bruder Corvus zu sehen, nicht wahr?«, fragte sie wissend.

Die Valarim war überrascht, ebenso wie über den sichtlich zufriedenen Späher, der neben der Ritualmutter stand.

»Ihr ... ihr habt das die ganze Zeit gewusst? Wieso habt ihr nichts gesagt?«, fragte sie.

Cyrrae lächelte. »Ich bin nicht nur eine der ältesten Mütter meines Volkes, sondern auch Corvus' Ziehmutter. Er ist mein Adoptivsohn und wir wussten schon lange, dass er eine ältere Schwester hat. Als ich dich sah, habe ich sofort gewusst, dass du es bist. Das war auch der Hauptgrund, wieso ich dich für die Prüfungen zugelassen habe.«

»Wieso dann das Theater?«, fragte Delora.

Corvus antwortete: »Was glaubt ihr, wie unser Volk darauf reagiert hätte, wenn wir eine Fremde, dann auch noch eine Valarim, ohne Fragen bei uns willkommen geheißen hätten? Es wäre ein Skandal gewesen. Ihr glaubt, der Überfall beim Schlund war heftig? Das war nichts verglichen mit dem, was passiert wäre, wenn wir die Prüfungen nicht durchgeführt hätten. Sie erlaubten euch einen glaubhaften und nachvollziehbaren Weg, euch als Freunde unseres Volkes zu beweisen. Jetzt können wir reden, ohne dadurch Misstrauen oder Aufsehen zu erregen.«

»Wird Hiroto uns auch weiterhin Ärger machen?«, wollte Sariel wissen.

Die Mutter schüttelte langsam den Kopf. »Er ist in erster Linie ein Blender. Nun da du seine Position als Champion nicht länger gefährdest, wird er sich kaum noch um dich kümmern.«

»Aber wieso toleriert ihr dieses Verhalten, wenn ihr wisst, was er getan hat?«, hakte Delora nach.

»Als Mutter von Corvus habe ich schon früh bemerkt, welchen Effekt seine Ausstrahlung auf die Leute in seiner Umgebung hat. Er war nie in Streitigkeiten oder Schlägereien verwickelt, hatte nie Ärger mit älteren Harpyien und wurde nie ermahnt, obwohl er viel Mist gebaut hat. Das brachte mich zu dem Schluss, dass seine Valarim-Seite ihm eine Art Fähigkeit verleiht, die sein Umfeld dazu bringt, ihn zu mögen, was er auch tut. Ich habe ihn gelehrt, diese Gabe verantwortungsvoll einzusetzen. Es war also nicht sonderlich abwegig, zu vermuten, dass es bei Hiroto ähnlich ist. Unser Volk feiert ihn für Dinge, die auch viele andere geleistet haben, doch wenn man sie fragt, verstehen sie gar nicht, wovon man redet. Seine Gabe ist es, andere zu ihm aufsehen zu lassen. Er missbraucht dieses Geschenk. Aus diesem Grund habe ich ihn als einen meiner Berater ausgewählt. So kann ich ein Auge auf ihn haben, wenn ich ihn schon nicht aufhalten kann,« erklärte sie. »Deshalb werdet ihr ihn auch nicht offen anklagen können. Ich bin vielmehr erstaunt, dass ihr ihn nicht als Helden seht. Corvus und ich können dem nur widerstehen, weil wir wissen, dass er uns beeinflusst. So durchschauen wir es und können diese Gedanken ignorieren.«

Sariel erklärte den beiden, dass es sich um Auramagie handelte, von der auch sie wussten. Zudem stellte sie klar, dass es ihre Gabe war, gegen diese Art der Manipulation immun zu sein.

»Ich hatte mir schon gedacht, dass das der Grund sein muss, weshalb der Engelsrat so unantastbar ist. Sie besitzen geheime Gaben, die man nicht wahrnehmen kann, wenn man nicht weiß, dass es sie gibt. Eine gefährliche Sache ...«, murmelte die alte Frau.

Die Valarim trat auf Corvus zu. »Das ist jetzt erstmal egal. Ich kam her, um dich kennenzulernen, Bruder.« Sie umarmte ihn herzlich, aber er schien die Geste eher zaghaft zu erwidern. »Was hast du?«

Er sah sie an. »Warum jetzt? Ich lebe schon mein ganzes Leben hier, doch du hast dich nie blicken lassen. Warum kommst du urplötzlich her und erwartest, dass ich dich mit offenen Armen empfange?«

»Nun ... Im Gegensatz zu dir wusste ich nicht, dass ich einen zweiten Bruder habe. Ich erfuhr es vor knapp drei Wochen und bin sofort aufgebrochen, um dich zu finden,« rechtfertigte sie sich.

Er sah betreten zu Boden. »Ich dachte, du würdest bei den Engeln leben und würdest mich von dort aus belächeln und für minderwertig halten. Als ich klein war, tat ich so, als gäbe es dich nicht. Später war es mir dann einfach egal. Vielleicht hätte ich nach dir suchen sollen ...«

Sie umarmte ihn erneut. »Das ist völlig egal, Corvus. Wichtig ist nur, dass wir einander endlich gefunden haben!«

Cyrrae sah die beiden wohlwollend an.

Als sie sich voneinander lösten, fragte Sariel: »Ich habe dich nicht nur gesucht, um dich kennenzulernen. Ich hatte auch gehofft, du könntest mir dabei helfen, unseren Vater zu finden. Der Mentor sagte mir, er sei ein Erzengel, der sein Volk verlassen hat. Er könnte uns vielleicht helfen, einen Weg zu finden, mit dem Rat fertigzuwerden.«

Auf diese Frage hin rieb sich ihr Bruder das Gesicht. »Ich weiß leider nichts über ihn. Ich habe nicht nur deine, sondern auch seine Existenz bestmöglich verdrängt. Meine leibliche Mutter konnte mir nichts von ihm erzählen. Sie starb, als ich noch sehr klein war.«

Delora seufzte. »Dann ist die Spur kalt geworden ...«

»Nicht ganz,« meinte Cyrrae. »Corvus' Mutter starb nicht einfach so. Sie wurde hingerichtet, weil sie sich mit einem Engel eingelassen hatte. Wäre ich nicht eingeschritten, hätte man auch ihn umgebracht. Ich kannte sie gut ... sie war meine Schwester. Ich weiß, wer euer Vater ist.« Alle sahen sie wie gebannt an, als sie sich erinnerte. »Er hat sein Volk nicht verlassen, sondern er wurde verbannt. Sein Name sollte dir durchaus ein Begriff sein, Sariel. Man nannte ihn Samael.«

Als sie diesen Namen hörte, fiel ihr die Kinnlade herunter. »Der Samael? Das einzige Ratsmitglied seit Vasuviel, das jemals verstoßen wurde? Du willst uns allen Ernstes weismachen, mein Vater ist Luzifer?«

Die alte Frau schmunzelte. »So ist es. Der Name Samael erinnerte ihn wohl zu sehr an die Zeit, als er noch Teil des Rates war. Er schämte sich für seine Beteiligung an deren Machenschaften und wählte den Namen Luzifer, um damit seinen Protest zu verdeutlichen. Soweit ich weiß, bedeutet der Name in etwa so viel wie *Lichtbringer*.«

Auch Corvus war über diese Enthüllung sprachlos. Er fragte sie: »Warum hast du mir das nie erzählt?«

»Meine Schwester ließ mich schwören, dass ich es nur dann preisgebe, wenn der Zeitpunkt gekommen war. Sie wusste, wenn es bekannt würde und der Rat davon Wind bekäme, wärst du in Lebensgefahr. Nun ist der Tag gekommen, an dem ihr dieses Wissen erhalten sollt,« sagte sie und umarmte ihren Adoptivsohn. »Ich war in Sorge, was es mit dir machen könnte, wenn du es zu früh erfährst. Ich mag nur deine Tante sein, aber ich liebe dich wie mein eigenes Kind. Bis zu dem Tag, als Sariel hier ankam, hatte ich gehofft, du müsstest es niemals erfahren. Es ist eine Bürde, die ungeahnte Konsequenzen nach sich ziehen kann.«

Anders als ihr Bruder war die Valarim selbst überrascht, wie gefasst sie die Information aufnahm. Auf den fragenden Blick ihrer beiden Begleiter meinte sie: »Ich komme klar. An diesem Punkt hätte ich jede Antwort akzeptiert, solange ich nur endlich weiß, wer es ist. Es macht sogar Sinn, dass es Luzifer ist. Der Rat hat sein Möglichstes getan, dafür zu sorgen, dass man vergisst, dass er überhaupt existiert hat. Möglicherweise vermuten sie sogar, dass ich seine Tochter bin, und haben mir das Leben deshalb schwer gemacht. Sie fürchten vielleicht, ich könnte auf sein Geheiß hin ihre Reihen infiltrieren.«

Corvus kratzte sich am Kopf. »Wie mir scheint, sind viele Gerüchte über ihn im Umlauf und jeder hat seine eigene Meinung zu ihm. Viele Namen, viele Taten, viele Lügen. Ich gebe zu, dass ich jetzt auch gern wüsste, was davon wahr ist und weshalb er Sariel und mich zurückgelassen hat. Weiß jemand, wo er ist?«

Zu ihrer Verwunderung hatte Delora die Antwort. »Hätte ich gewusst, wen wir suchen, hätten wir viel Zeit sparen können. Luzifer steht in diskretem Kontakt zu unseren Agenten. Vieles, was wir über die Engel wissen, kommt von ihm. Ich weiß ganz genau, wo sich er aufhält.«

Belagerung

Wieder erfolgte ein Einschlag, als eine der Schleudern eine Dreiergruppe Cherubim vom Himmel holte und auf den Boden außerhalb des Dorfes schmetterte.

Onyx stand auf der Mauer und beobachtete die Bewegungen innerhalb der gesicherten Zone. Seit ihrem Eintreffen vor beinahe vier Wochen hatte er sein Möglichstes getan, um die Katapulte und großen Steinschleudern taktisch sinnvoll aufzustellen. Die Pioniere kümmerten sich um den Beschuss jedes Angreifers und sorgten zudem für ausreichenden Nachschub an Geschossen. Zeitgleich überwachte Obsidian die Reparaturarbeiten an den wichtigsten Gebäuden von Satanas, wobei ihr viele der Anwohner halfen. Insbesondere die Ausbesserung der Mauer war dabei ein essenzielles Ziel. Hierbei waren die Gargoyles, darunter auch Venge, sehr hilfreich, indem sie Material durch die Luft transportierten.

Gebrüll wehte zum Kommandanten hinauf. Es stammte von Granite, der es sich zur Aufgabe gemacht hatte, die Krieger und alle freiwilligen Verteidiger in speziellen Taktiken auszubilden. Sie trainierten Kampfmanöver, gingen Notfallpläne durch und übten Zielwürfe mit Felsbrocken, um bestmöglich vorbereitet zu sein.

Die Älteste von Satanas, Blauquarz, kam zu Onyx hinauf und blieb neben ihm stehen. »Es geht gut voran, Kommandant. Die Leute fassen allmählich Hoffnung, dass ein normales Leben hier wieder möglich sein könnte.«

Er brummte leise. »Da bin ich nicht ganz so optimistisch, muss ich gestehen.«

»Wieso das? Bisher machen hier alle einen zuversichtlichen Eindruck und es scheint gut zu laufen.«

Er deutete auf die vielen Krater um das Dorf herum und dann nach oben, wo in großer Entfernung der Umriss der Himmelsstadt Adicia im grellen Tageslicht erkennbar war.

»Die Belagerungswaffen sind überraschend effektiv gegen die kleinen Angriffsverbände der Cherubim, doch es sind und bleiben schwerfällige Kriegsmaschinen, die nicht grundlos den Begriff Belagerung im Namen tragen. Sie wurden für den Angriff konzipiert, nicht für die Defensive. Im Moment haben wir ausreichend Kampfkraft und Munition, um kleinere Trupps aufzuhalten, aber es ist nur eine Frage der Zeit, bis sie in größerer Zahl anrücken. Ich fürchte, das wird nicht ewig funktionieren,« sagte er leise, damit es niemand sonst hörte.

Blauquarz faltete die Hände hinter dem Rücken. »Du hattest erwähnt, dass General Jade andernorts dafür sorgt, dass ein weiterer Großangriff verhindert wird.«

Er sah sie an. »Ich bin überzeugt, dass sie ihr Möglichstes tun wird, um genau das zu erreichen, aber wir befinden uns im Krieg. Es passieren ständig Dinge, mit denen wir nicht rechnen, die wir nicht einkalkulieren können. Die Engel sind gelegentlich unberechenbar, also müssen wir uns auf das Schlimmste gefasst machen. Adicia ist keine kleine Stadt und sie werden nicht aufhören, uns hier anzugreifen.«

»Wäre es dann nicht klüger, die Katapulte einzusetzen und sie zu vernichten?«

Er seufzte. »Möglicherweise. Der General hat jedoch befohlen, es nicht zu tun. Die Strafe für Ungehorsam ist nichts, wonach ich mich sonderlich sehne. Ich kann gut auf ein Bad im Lavasee von Tupukah verzichten.«

Nachdem die Älteste gegangen war, traf er sich mit seinen Freunden auf einem Platz nahe dem Seelendom. Granite wirkte sehr zufrieden, während Obsidian eher einen entnervten Eindruck auf Onyx machte.

»Was ist los?«, fragte er sie.

Mit schwungvoller Gestik fluchte sie. »Wir setzen nun seit Wochen diese scheiß Steine wieder zusammen und flicken irgendwelche Häuser, die spätestens beim nächsten größeren Angriff wieder auseinanderfallen. Ich meine, was soll diese Zeitverschwendung? Ebenso gut könnten wir Steinmännchen bauen, die sie umhauen können.«

»Wenn Jade ihren Job macht, wird es keinen größeren Angriff mehr geben,« erwiderte der Kommandant.

Sie sah ihn mit erhobener Braue an. »Bei mir kannst du dir die Beschönigungen sparen, mein Freund. Wir wissen doch alle drei, dass die Katapulte schon ohne den Seelendom ausreichen würden, um für Adicia eine Bedrohung zu sein. Die werden immer wiederkommen. Je öfter wir das verhindern, desto wahrscheinlicher wird eine Armee, die uns überrollt. Früher oder später wird einer der beiden Orte fallen müssen und angesichts der militärischen Übermacht der Engel wird das sicher nicht Adicia sein.«

Er ermahnte sie. »Könntest du wohl etwas leiser schwarzmalen? Mir ist der Ernst unserer Lage auch klar, aber nur die Moral unserer Krieger sorgt aktuell dafür, dass sich deine Befürchtung noch nicht bewahrheitet. Also tu wenigstens so, als wärst du zuversichtlich und mach deinen Job, Obsidian. Die Gebäude zu reparieren gibt den Leuten

Hoffnung und einen Grund weiterzumachen. Wie steht es aktuell um die Moral, Granite?«

Der graue Hüne wischte sich Staub vom Bein. »Könnte schlimmer sein. Die erfahrenen Krieger weisen die Anfänger an, wir teilen Techniken und Taktiken mit ihnen und üben Bewegungsabläufe, damit sie im Ernstfall automatisch kommen. Den Veteranen ist unsere Situation bewusst, aber sie lassen sich davon nicht beeindrucken. Ich mache ihnen allen ordentlich Dampf, damit sie trainieren, anstatt über die Probleme nachzudenken. Die Erfolge der Pioniere heben die Stimmung allerdings immer wieder deutlich. Auch bei mir, wenn ich das sagen darf,« grinste er.

Onyx stemmte die Hände in die Hüften. »In den letzten Tagen haben wir ziemlich viele von diesen Flatterern erwischt, das stimmt. Ihnen muss doch klar sein, dass diese Vorstöße scheitern mussten. Sie verfolgen damit irgendeine andere Strategie, aber ich erkenne sie noch nicht. Wiederholt gute Krieger zu opfern erscheint mir taktisch unklug. Wir sollten dringend auf der Hut sein, was sie vorhaben. Macht ihr mit euren Aufgaben weiter und ich behalte den Himmel im Blick. Sie dürfen uns nicht überrumpeln.«

»Ach sei doch nicht so negativ, Kumpel! Seit über zwei Wochen läuft alles gut. Wenn das noch eine Weile so bleibt, dezimieren wir die Engel eben langsam. In den letzten Monaten haben wir so viele getötet, dass ihnen bald der Nachschub ausgehen müsste,« meinte Granite unbesorgt.

»Was genau der Grund ist, weshalb sie die Orte angreifen, wo neue Torkan entstehen. Indem sie uns den Nachschub kappen, können sie ihre eigenen Verluste ausgleichen,« argumentierte Obsidian.

Dieses und ähnliche Gespräche führten sie in den folgenden beiden Tagen noch häufiger, doch die Lage blieb konstant. Onyx musste sich eingestehen, dass die ständigen kleinen Übergriffe und die stetig über ihnen schwebende Bedrohung ihm geistig zusetzten. Einem Feind gegenüberzutreten war leicht, aber in einer unsicheren Situation auszuharren behagte ihm überhaupt nicht. Aus diesem Grund war er beinahe erleichtert, als Blauquarz in seine Richtung eilte und dabei gehetzt aussah.

»Kommandant!«, rief sie schon von Weitem. Als sie ihn erreichte, sprudelte sie los. »Wir haben über einen Boten Nachricht von M erhalten! Er sagt, dass die Truppen von Adicia Verstärkung aus dem Castel bekommen haben und innerhalb der nächsten Stunden einen massiven Angriff beginnen werden. Wir müssen uns darauf vorbereiten und alle neu beseelten Torkan von hier wegbringen, solange wir noch können!«

Sofort rief er seine Vertrauten zu sich und antwortete: »Wenn der Angriff innerhalb von Stunden erfolgen wird, reicht das nicht für eine Evakuierung. Die Engel würden die Flüchtigen sehen und einfach auslöschen. Unsere beste Chance ist es, den Dom zu halten.«

Sobald Obsidian und Granite bei ihnen waren, klärte er sie auf.

Die Kriegerin aus schwarzem Vulkanglas rieb sich das Kinn. »Dieser M scheint beunruhigend gut informiert zu sein. Vertrauen wir dieser Quelle denn wirklich so sehr?«

Onyx winkte ab. »Völlig egal, ob der Hinweis glaubhaft ist oder nicht, wir sind nicht in der Position, ihn zu ignorieren. Besser vorbereitet als vernichtet. Granite, sammle die Verteidiger und verteile sie im Dorf! Die Pioniere sollen wachsam bleiben und du, Obsidian, wirst den Schutz des

Seelendoms übernehmen. Schicke Venge und die Gargoyles los, wenn es Sinn macht, und ansonsten hältst du die Stellung. Ich werde in Bewegung bleiben und helfen, wo ich kann. Wenn die Verstärkung aus dem Castel kommt, dann bekommen wir es mit Elitekriegern zu tun.«

**

Nach weniger als drei Stunden hörte man ein durchdringendes, immer lauter werdendes Geräusch rund um das Dorf herum. Von der Mauer aus erkannte Onyx, dass es aus den Kratern kam, in denen die Leichen der einzelnen Angreifer lagen. Offenbar waren ihre Attacken keine Angriffe gewesen, sondern sie hatten Geräte dabei, die nun aktiv wurden.

»Das ist gar nicht gut ...«, murmelte er vor sich hin, als es plötzlich einen massiven Schlag gab und gleißendes, grelles Licht aus allen Richtungen kam.

Es war so unerträglich hell, dass es jeden Torkan im Dorf blendete und für gewaltige Verwirrung und Chaos sorgte, da die Katapulte und Schleudern wahllos feuerten. Die Krieger hielten sich die Augen zu und niemand wusste, was eigentlich los war.

Selbst nachdem die Lichtexplosion verklungen war, dauerte es noch Minuten, bis Onyx wieder halbwegs Umrisse erkennen konnte. Sofort sah er nach oben und entdeckte, was er befürchtet hatte. Die Engel hatten diese Ablenkung genutzt, um mit ihrer Armee nah an Satanas heranzukommen.

»Sie kommen! Macht euch bereit! Verteidiger auf ihre Posten und Pioniere nach Ermessen feuern!«, brüllte er und löste damit bei den noch immer halb blinden Kameraden Wachsamkeit und zum Teil sogar Panik aus.

Dennoch flogen die ersten Felsbrocken nach oben und fegten in die Angriffsformation der Engel.

Diesmal waren es nicht nur gerüstete Cherubim und kampferprobte Seraphim, sondern Onyx erkannte unter ihnen kleine Gruppen von Engeln, die gemeinsam große, weißgoldene Kanonen trugen. So etwas hatte er noch nie gesehen, doch das war auch nicht nötig, um zu erahnen, dass es nichts Gutes für sie bedeutete. Dieser Eindruck bestätigte sich, als die erste dieser Kanonen eine Kugel aus gebündeltem Licht abfeuerte und damit ein Katapult regelrecht pulverisierte – samt der fünf Pioniere, die es bedienten.

»Gargoyles! Greift diese Lichtkanonen an! Pioniere, zielt auf die Träger!«, befahl er, während er zwischen den Belagerungswaffen hindurch rannte.

Sofort stiegen die etwa einhundert geflügelten Kreaturen aus den Löchern des Seelendoms auf und begannen den Angriff in der Luft. Wie zu erwarten war, versuchten die Krieger der Engel, sie daran zu hindern, ihre schweren Waffen zu zerstören. Auch die Schleudern und Katapulte feuerten nun auf die immer näherrückende Armee und trafen etliche Feinde, doch ihre Anzahl machte diese Treffer nahezu bedeutungslos.

»Scheiße sind das viele ...«, staunte Onyx und versuchte gar nicht erst, sich in die Luft zu katapultieren, da die ersten Cherubim bereits mit Lichtlanzen feuernd im Dorf landeten.

Granite und die Verteidiger eilten sofort los, um Obsidian beim Dom zu unterstützen, oder sie beschützten die Belagerungswaffen, da die Engel die gleiche Taktik verfolgten wie sie. Immer wieder gingen die grellen Geschosse auf dem Gelände nieder und erzeugten kleine

Lichtexplosionen, die entweder Geräte, Gebäude oder Krieger in Stücke sprengten.

Im vollen Lauf zog Onyx seinen Diamanthammer und sprang von der Mauer ab, um einen Seraphim im Sinkflug aus der Luft zu holen. Ein Schlag gegen seinen Hinterkopf brach ihm den Schädel und er krachte unsanft auf den felsigen Boden. Nachdem er über die Leiche gerollt war, riss er seine Waffe nach oben, um eine Lichtlanze abzuwehren. Trotzdem bekam er eine in den Rücken und war wie immer dankbar für seinen harten Panzer. Mit zwei schnellen Bewegungen zog er einem der Angreifer den Hammerkopf durch das Gesicht und hieb das Ende des Griffs in den Magen des anderen. Der hinkte rückwärts, konnte aber nicht entkommen, als der Kommandant ihn am Hinterkopf packte und mit einem Schrei halb in die Mauer schmetterte, wo er tot hängen blieb.

Anstatt auf weitere Feinde zu warten, machte er einen Kopfsprung auf den Boden und grub sich ins Erdreich, wo seine erhöhten Sinne jede Bewegung an der Oberfläche genauestens erfassten. Als er sicher war, die Position einer Gruppe Cherubim lokalisiert zu haben, bewegte er sich auf sie zu und kam genau zwischen ihnen herausgebrochen. Dabei packte er den Schaft ihrer Kanone auf seine Schulter und landete ein Stück entfernt damit in einer knienden Haltung. Auf sie gerichtet drückte er ab und der Rückstoß fegte ihn von den Beinen. Die Explosion vernichtete die sechs Engel, sodass nur ihre qualmenden Rüstungen zurückblieben. Onyx knallte mit dem Rücken gegen ein Haus, dessen Außenwand jedoch standhielt. Die Kanone wurde dabei unbrauchbar, doch das machte sie nicht nutzlos. Er packte sie mit beiden Händen und verwendete sie als schwere Keule, um drei schwer gerüstete Feinde zu

Brei zu prügeln, bevor das Metall der zerstörten Waffe so sehr verbogen war, dass er sie nur noch nach einem Seraphim werfen konnte.

Der Kerl lebte danach nicht mehr lange, weil Granite ihn aus der Luft griff und in der Mitte auseinanderriss, um sich in dessen Blut zu baden. Das tat er häufiger, um damit seine Feinde in Angst und Schrecken zu versetzen, was auch in diesem Fall wieder sehr gut klappte. Viele Cherubim gingen entsetzt auf Abstand, was seine Krieger nutzen konnten, um sie hinterrücks zu schnappen und zu erledigen.

Er und Onyx schlugen im Vorbeirennen die Fäuste aneinander und widmeten sich dann wieder neuen Feindgruppen.

Der Kommandant hatte sich nun eine kleine Bande Engel gesucht, die es auf unbeholfene, junge Torkan abgesehen hatten. Sie standen dicht zusammen und sahen verängstigt aus, währen die gerüsteten Krieger sie mit ihren Lanzen beschossen.

Wütend stürmte er auf sie zu und ignorierte die Treffer, die er abbekam. Mit einem Sprung riss er den ersten Gegner um und schlug seinen Kopf zu blutigem Matsch. Anschließend griff er sich dessen Waffe und durchbohrte damit zwei andere Kerle, bevor er eine Frau am Flügel packte und sie daran mehrmals auf den Boden zu schmettern. Sobald alle Angreifer beseitigt waren, scheuchte er die ängstlichen Jugendlichen in eines der Gebäude und verriegelte die Tür.

Sofort bemerkte er, wie immer mehr der Gegner sich dem Dom näherten. Obsidian war bereits dabei, mit zwei Lichtlanzen den Hauptzugang zu verteidigen, während Venge und einige andere Gargoyles darum herum kreisten und zu verhindern versuchten, dass Kanonen darauf abgefeuert werden konnten.

Da Granite und seine Leute damit beschäftigt waren, die Engel im Dorf aufzuhalten und Steine auf alles zu schleudern, was flog, eilte Onyx zu seiner Freundin, um ihr beizustehen.

»Denkt an die Pioniere!«, rief er seinem Kumpel zu, der sofort mehr Verteidiger zu den Katapulten schickte, damit sie ihren Beschuss fortsetzen konnten.

Obsidian war eine unnachahmliche Kämpferin, die mit den beiden Stabwaffen herumwirbelte und die Cherubim das Fürchten lehrte. Aufgrund ihrer Flügel konnte keiner von ihnen so schnell und geschickt mit diesen Waffen umgehen, wie sie es fertigbrachte. Mit Saltos, Schrauben und Wandläufen zog sie die Aufmerksamkeit vieler Krieger beider Seiten auf sich. Einmal kam Venge herabgestürzt und packte die Spitze einer der Lanzen. Er trug sie damit ein Stück in die Luft und warf sie, sodass sie auf einem Cherubim landete, ihm eine Waffe in den Brustkorb rammen und sich abstoßen konnte. Anschließend benutzte sie die Körper anderer Engel als Trittbretter und schien durch die Lüfte zu laufen, während sie links und rechts Hälse öffnete und Rüstungen durchbohrte. Als sie irgendwann wieder auf dem Boden landete, lagen um sie herum fast zwanzig Leichen.

Onyx schleuderte seinen Hammer, um einen Seraphim zu treffen, der sich von hinten an sie heranschleichen wollte. Er wurde gegen die Seitenwand des Doms gepresst, wo ein gesprungener Schlag ihm ein Ende setzte. Mit der schweren Diamantwaffe über der Schulter trat er neben Obsidian, die ihm anerkennend zunickte.

»Sieht nicht gut aus, was? Granite kann sie nicht alle aufhalten und es scheinen immer mehr zu werden ...«, stellte sie fest.

»Wir müssen durchhalten, sonst wird Satanas fallen,« gab er entschlossen zurück.

Die beiden kämpften Seite an Seite, unterstützt von der rapide schwindenden Anzahl von Gargoyles, die den besser gerüsteten Engeln nicht gewachsen waren. Selbst der giftige Atem konnte nur begrenzt Schaden anrichten.

Aus dem Augenwinkel konnte Onyx sehen, wie mehrere Belagerungswaffen nacheinander vernichtet wurden. Zu viele der Lichtkanonen feuerten ungehindert und richteten verheerende Schäden im Dorf an. Je mehr von Granites Leuten starben, desto verbissener kämpfte er.

Der Hüne benutzte die Überreste eines Katapults, um damit immer gleich mehrere Cherubim aus der Luft zu schlagen und sie totzutrampeln. Er warf Felsbrocken, schleuderte Balken und seine Fäuste setzten vielen Angreifern ein blutiges Ende, doch selbst sein unermüdlicher Einsatz konnte nicht verhindern, dass irgendwann auch die letzte Schleuder gesprengt wurde. Umzingelt und in der Unterzahl kämpfte er weiter und weiter, konnte jedoch nicht länger vermeiden, dass die Armee auf den Seelendom vorrückte.

Obsidian und Onyx hatten die Stellung gehalten, konnten aber unter dem Beschuss der Lichtkanonen nicht mehr am Eingang ausharren, wenn sie nicht gesprengt werden wollten. Sie zogen sich ins Innere zurück, wo weiterhin viele Erzieher und neu beseelte Torkan an den Rändern kauerten. Wann immer ein Steinhaufen zum Leben erwachte, eilte jemand dorthin, um ihm in Sicherheit zu bringen, doch die Wände der löchrigen Steinkuppel vibrierten zusehends stärker, als sich die Kämpfe näherten.

Nach und nach kamen Cherubim und Seraphim durch die Öffnungen geschwebt und fingen an, auf die Torkan zu schießen. Obsidian rannte wie ein Schatten von Feind zu Feind und löschte sie auf brutale und gnadenlose Weise aus. Ausgerissene Flügel, durchlöcherte oder zerschmetterte Körper und blutige Rüstungsteile lagen überall herum.

Derweil nutzte Onyx seinen Hammer, um leblose Felsbrocken gegen weiter oben schwebende Gegner zu schießen.

»Guter Schwung!«, lobte Blauquarz ihn und warf fallengelassene Lichtlanzen wie Speere nach Engeln.

Neben dem Kommandanten erwachte ein Torkan zum Leben und sah sich um, bevor ein großer Felsen von der Decke stürzte und ihn erschlug. Onyx selbst musste aus dem Weg springen, um demselben Schicksal zu entgehen.

Zornig knurrend kam er wieder auf die Beine und war gezwungen, mit anzusehen, wie die Lichtexplosionen der Kanonen immer mehr Teile der Kuppeldecke zum Einsturz brachten. Dutzende beseelter Neulinge starben schon kurz nach der Entstehung. Es war da größte Unrecht, dass er jemals bezeugen musste. Die Engel waren herzlose Monster und hatten nichts anderes als Leid und Tod verdient.

In einem Anfall unkontrollierbarer Rage sprintete er über einige der Geröllbrocken und vollführte eine wilde Schlagfolge mit dem Diamanthammer, der mehr als 15 Cherubim das Leben kostete, die dumm genug waren, innerhalb des Doms zu landen.

Auch Obsidian war voller Hass und tötete einen Feind nach dem anderen, doch es war nur ein Tropfen auf dem heißen Stein. Immer mehr von ihnen kamen und immer mehr Explosionen töteten oder zerstörten das Leben in der direkten Umgebung.

Sie kämpften unermüdlich und nach einer Weile spürte Onyx, wie sein Körper von Schrammen, Kerben und Löchern geziert war, weil er unentwegt beschossen oder von Waffen getroffen wurde. Selbst seine Körperhärte konnte einem solchen Dauerbeschuss nicht ewig standhalten, sodass seine Kraft allmählich nachließ. Eine besonders kräftige Explosion schleuderte ihn durch den Eingang hinaus auf den Boden. Aus seiner liegenden Position sah er, wie stark der Dom beschädigt war.

Beinahe 20 Kanonen feuerten pausenlos darauf, während die letzten verbliebenen Krieger im Dorf einer nach dem anderen abgeschlachtet wurden. Granite hatte ein Bein verloren und hüpfte umher, um bis zum letzten Moment Engel zu töten, doch er war kaum noch effektiv.

Neben dem Kommandanten landete ein stattlicher Seraphim mit weißgoldener Rüstung und einem Großschwert. Er sah zu ihm herunter.

»Du hast wacker gekämpft, Krieger. Doch nun ist euer Schicksal besiegelt.«

Ein harter Tritt gegen den Kopf ließ ihn das Bewusstsein verlieren.

***

Ein Schock durchzog Onyx, als er zu sich kam. Obsidian hatte ihm eine saftige Ohrfeige verpasst.

»Komm zu dir, du nutzloser Steinblock!«, sagte sie energisch.

Ihr Gesicht wies einen langen Riss auf und ihr Körper war ungewohnt rau und uneben wegen der vielen Treffer, die sie hatte einstecken müssen. Ansonsten wirkte sie jedoch überraschend fit.

Er sah sich um und stellte fest, dass sie ihn an den Rand der Mauer geschleift hatte, nicht weit vom Dom entfernt, der noch immer unter Beschuss stand.

»Wir sind erledigt. Gegen diese Übermacht kommen wir nicht an,« sagte er schicksalsergeben.

»Das sehe ich etwas anders, mein Lieber. Sieh mal!«, forderte sie ihn auf und deutete auf den Dorfrand.

Als er ihrem Finger folgte, bemerkte er fast 40 gerüstete Torkan-Krieger, die mit Steinschleudern und Knüppeln auf die Engel losgingen. Zudem kamen mehrere hundert Gargoyles herangeflogen, um die Angreifer beim Dom zu attackieren. Was ihm außerdem auffiel, war, dass viele Seraphim eilig steil nach oben davonflogen, als ob sie dringend verschwinden mussten. Bei näherem Hinsehen erkannte er, dass große Felsbrocken von irgendwoher in die Luft geschleudert wurden und Adicia trafen.

»Wer beschießt da die Stadt? Das sollten wir doch nicht tun ... Befehl von General Jade,« stammelte er.

Obsidian grinste. »Das ist General Jade!«

»Was?«, fragte er, immer noch benommen.

»Komm schon!«, sagte sie und zog ihn auf die Füße.

Gemeinsam eilten sie am Innenrand der Mauer entlang und eine Treppe hinauf auf die Brüstung. Von dort sahen sie die große Streitmacht der Torkan, die auf Satanas zumarschierte. Über 100 Katapulte feuerten auf Adicia und sorgten dafür, dass sich viele der Engel zurückzogen, um zu helfen. Das brachte den Angriff auf das Dorf beinahe zum Erliegen.

Mit einer mit Eisen verstärkten Lichtlanze in der Hand stand Jade auf einem Hügel in der Nähe und bellte Kommandos, während sie mit der Waffe auf Ziele deutete. Die grüne Kriegerin trug eine Metallrüstung und wirkte fest entschlossen, die Himmelsstadt zu Fall zu bringen.

»Wir sollten zu ihr gehen und herausfinden, was los ist,« schlug Obsidian vor.

Sie beobachteten, wie die Krieger das Dorf Stück für Stück zurückeroberten. Dabei eilten sie zu Granite, der mit nur einem Bein am Mauerrest eines eingestürzten Hauses lehnte.

»Hey Leute! Jetzt kriegen diese Bastarde ordentlich aufs Maul! Ich würde ja helfen, aber die anderen können ruhig auch mal etwas Ruhm abhaben.«

»Du hast dich wacker geschlagen. Hast vermutlich fast halb so viele Geflügelte erledigt wie ich,« spottete Obsidian.

Er reagierte belustigt. »Pff. Bei dir kieselt es wohl! Ich habe die halbe Armee im Alleingang vernichtet, während du da drüben Wachposten gespielt hast. Ich habe ganz klar die Nase vorne.«

»Beim Lügen und falsch Wahrnehmen vielleicht, denn in der Schlacht war ich es, die die Feinde das Fürchten gelehrt hat!«, erwiderte sie und er schnippte ihr einen kleinen Stein gegen die Schulter.

Innerhalb einer halben Stunde waren die meisten Engel besiegt oder zurück in den Himmel geflohen. General Jade kam zufrieden durch das Haupttor geschritten und gab Befehle an ihre Leute weiter. Sie entdeckte die drei Veteranen und näherte sich mit einem skeptischen Blick.

»Was hockt ihr hier so nutzlos rum? Kein Wunder, dass Satanas in so miserablem Zustand ist!«, sagte sie, lächelte dabei aber halb.

»Ach halt doch die Schnauze, Jade! Im letzten Moment mit einer Armee anrücken und die Reste verjagen kann jeder,« keifte Granite ebenso grinsend zurück. Die beiden waren zusammen aufgewachsen und kannten sich gut.

Onyx stand auf und grüßte: »Ich bin froh, dich zu sehen. Viel länger hätten wir nicht aushalten können. Sagtest du nicht, du greifst woanders an und lenkst sie ab?«

Die grüne Befehlshaberin stellte ihre Waffe auf dem Boden ab. »Das sagte ich, ja. Allerdings gab es kein Ziel, dass sich angeboten hat. Bis wir bei Vania oder Sapientia gewesen wären und die neuen Katapulte aus Tupukah dorthin geschafft hätten, wärt ihr längst nur noch ein qualmender Schutthaufen gewesen. Stattdessen hat Basaltan entschieden, eine Pattsituation zu riskieren. Wir verteilen die Belagerungswaffen um das Dorf und richten sie auf Adicia. Wenn sie uns angreifen, werden wir sie bombardieren. Das sollte sie fürs Erste im Zaum halten.«

Diese Entscheidung erschien Onyx ungewöhnlich. »Wir vernichten die Stadt also nicht? Das sieht Basaltan gar nicht ähnlich.«

Sie kicherte kurz. »Das war auch nicht seine Entscheidung. Wenn es nach ihm ginge, würden wir die Stadt vom Himmel holen. Das hätte aber zur Folge, dass Satanas ebenfalls nur noch ein Krater wäre, weil die Trümmer genau hier einschlagen würden. Abgesehen davon würde die Rache der Engel grausam werden. So haben wir etwas gegen sie in der Hand, um sie in Schach zu halten. Das ist strategisch gesehen viel wertvoller als eine zerstörte Himmelsstadt. Mit einer Geisel kann man besser verhandeln als mit einer Leiche. Basaltan musste einsehen, dass radikale Angriffe ohne Sinn und Verstand hier nicht die beste Option sind.«

»Du konntest diesen sturen Bastard von seiner Meinung abbringen? Das muss das erste Mal gewesen sein, dass das jemandem gelungen ist,« meinte er erstaunt.

»War auch alles andere als einfach ... Viel Gebrüll und zertrümmertes Mobiliar. Ich war besorgt, ob wir es rechtzeitig schaffen, aber wie ich sehe, war meine Entscheidung richtig, dich zum Kommandanten zu machen. Du hast das Dorf länger gehalten, als ich es erwartet hätte. Das war ausgezeichnete Arbeit ... von euch allen,« sagte sie laut, damit auch Obsidian und Granite es hörten.

Onyx sah sich um. »Es wird lange dauern, diesen Ort wiederaufzubauen. Ob der Seelendom jemals wieder wie früher funktioniert, kann ich nicht sagen. Vor uns liegt viel Arbeit.«

***

In den folgenden Stunden half der Kommandant dem General dabei, die Katapulte bestmöglich zu verteilen. Außerdem begleitete er Obsidian zum Dom, um die Situation zu begutachten. Laut Blauquarz waren die strukturellen Schäden das Schlimmste. Da sie nicht wussten, wie die Beseelung funktionierte, war es auch nicht möglich, abzuschätzen, wie sich das Ganze auf die Entstehung neuer Torkan auswirken würde.

Granite kam ebenfalls dazu, nachdem er sein fehlendes Bein ersetzt hatte. Sein restlicher Körper war noch immer an vielen Stellen mit getrocknetem Blut beschmiert.

»Siehst mal wieder richtig scheiße aus,« stichelte Obsidian.

»Rede keinen Mist. Du könntest auch mal ein bisschen Farbe vertragen,« gab er zurück.

Als sich Blauquarz und Jade dem Trio anschlossen, war die Älteste erleichtert. »Ich hatte schon fast akzeptiert, dass meine Heimat heute vernichtet wird. Nur dank Onyx, dem General und M sind wir immer noch hier. Es ist ein wahres Wunder, wie viele tapfere Leute sich für uns eingesetzt haben.«

»Also waren die Informationen dieses M schon wieder zutreffend. Hätte er uns nicht gewarnt, wären wir kalt erwischt worden,« gab Onyx ungern zu.

»M hat euch kontaktiert?«, fragte Jade überrascht.

»Du kennst ihn?«, wunderte sich Obsidian.

Die grüne Kriegerin nickte. »Schon lange. Ich weiß nicht, wer er genau ist und es hat mich auch nie interessiert. Seine Informationen haben sich oft als enorm wertvoll erwiesen. Warum er sie mit uns teilt, ist für mich nicht von Belang.«

Anders als die anderen konnte Onyx das nicht einfach akzeptieren. »Wie kommt es, dass wir offenbar seit Jahren geheime Hinweise von einem Phantom bekommen, aber niemand auch nur ansatzweise ein Interesse daran zu haben scheint, wer dieser M eigentlich ist? Ich meine, man hilft doch nicht grundlos den Feinden des eigenen Volkes. Diese Art blindes Vertrauen ist kurzsichtig und zudem noch hochgefährlich. Was wenn er seine Meinung ändert und uns in eine Falle lockt? Was wenn man ihn erwischt und gegen uns verwendet?«

Granite zuckte mit den Schultern. »Solange er uns sagt, wo die besten Kämpfe abgehen, ist mir dieser Buchstabentyp scheißegal.«

Auch Obsidian schien es so zu sehen. »Er riskiert einiges, um uns diese Infos zukommen zu lassen. Wenn wir ihn bedrängen, könnte er seine Meinung ändern. Wir sollten einfach dankbar sein.«

»Seine Hilfe in der Vergangenheit war unbezahlbar, Onyx. Deshalb gewähre ich ihm einen Vertrauensbonus, anstatt ihn zu verfolgen. Ich hoffe, du kannst diese Entscheidung respektieren, wenn du sie schon nicht akzeptierst,« sagte Jade mit verschränkten Armen.

Der Kommandant sah kurz zu Boden. »Dann lasst es mich anders formulieren. Dieser M gibt uns seit Jahren Informationen, für deren Erhalt er in den höchsten Kreisen der Gesellschaft der Engel verkehren muss. In all der Zeit erlebten wir ein nicht enden wollendes Hin und Her von Angriffen und Schlachten ohne wirkliches Ergebnis. Wir bringen uns gegenseitig um, aber niemand macht nennenswerte Fortschritte. Natürlich können wir das ewig so laufen lassen, aber wenn M wirklich so viel über die Engel weiß, warum warten wir dann immer wieder auf kleine Hinweise, anstatt ihn einfach aufzusuchen? Laut Blauquarz wissen wir, wo er sich aufhält, oder? Wenn er die Engel so verdammt gut kennt, dann kann er uns sicherlich auch sagen, wie wir sie effektiver bekämpfen können. Wir sollten mit seiner Hilfe eine langfristige Strategie erarbeiten, anstatt immer wieder nur auf bevorstehende Ereignisse zu reagieren.«

Auf diesen Vorschlag hin entgegnete niemand etwas, da sie seine Worte offenbar zunächst verarbeiten mussten.

Zuerst äußerte sich Granite dazu. »Effektivere Kämpfe bedeutet doch auch größere und aufregendere Ziele, oder? In dem Fall bin ich ganz klar dabei!«

Obsidian nickte. »Es wäre tatsächlich keine schlechte Idee, das Blatt zu wenden und zur Abwechslung mal den Engeln einen Schritt voraus zu sein. Dank der Katapulte sind wir jetzt endlich in der Lage, zurückzuschlagen. Wer weiß, wozu wir in der Lage sein könnten, wenn M uns aktiver hilft?«

Mit einem langgezogenen Seufzer lenkte Jade ein. »Ich sehe den Vorteil, den du hier vorschlägst, Onyx. Das tue ich wirklich. Ich befürchte nur, dass wir M damit vergraulen könnten. Andererseits hast du nicht ganz Unrecht. Wir können nicht bis in alle Ewigkeit von Schlacht zu Schlacht rennen, ohne jemals etwas zu erreichen. Wenn M uns einen Weg zeigen kann, die Engel in die Defensive zu drängen und uns in Frieden zu lassen, dann ist es den Versuch wohl wert.«

»Lass das aber nicht Basaltan hören. Wenn er erfährt, dass wir mit einem Engel kollaborieren, wird er uns alle in die Lava werfen lassen,« warnte Obsidian sie.

»Wartet ... er weiß nichts davon?«, wunderte sich Onyx.

Jade lehnte sich an einen Geröllbrocken. »Nur weil wir anderen uns nicht andauernd lautstark über seine Führung beklagen, bedeutet das nicht, dass wir alles gutheißen, was er tut. Er ist ein starker Anführer, dem die Leute folgen, aber er ist auch extrem festgefahren und unflexibel, was auf lange Sicht schlechte Eigenschaften für einen Anführer sind. Also tun wir gelegentlich ein paar Dinge unter der Hand, von denen er nichts erfahren muss. So ist er zufrieden, wir gehen nicht alle wegen seines Starrsinns drauf und wir alle kriegen, was wir wollen.«

»Wenn ihr meine Meinung teilt, wieso droht ihr mir dann andauernd damit, mich zu melden, wenn ich etwas gegen ihn sage?«, wollte der Kommandant wissen.

Granite blieb eher still, da ihn die Politik wenig kümmerte. Obsidian sagte jedoch: »Es ist eine Sache, mit seiner Führung nicht immer einverstanden zu sein und hin und wieder die Regeln zu beugen. Es ist aber etwas ganz anderes, ihn offen anzuprangern und seine Position infrage zustellen. Wir agieren vorsichtig, subtil und clever, während du mit deiner Unzufriedenheit dich selbst und dein Umfeld gefährdest.«

Um der langen Diskussion ein Ende zu machen, fragte Granite laut: »Also was ist jetzt? Gehen wir diesen M suchen oder was?«

Jade stemmte die Hände in die Hüften. »Ja. Ich denke, es ist an der Zeit, herauszufinden, wie er uns sonst noch helfen kann. Sucht ihn auf und redet mit ihm, aber bedrängt ihn nicht. Findet heraus, wieso er sein eigenes Volk verrät und wie weit er zu gehen bereit ist. Wenn er uns hilft, macht ihn das möglicherweise zum Ziel für seine eigenen Leute. Dann müssen wir ihn beschützen. Blauquarz, wo können die drei ihn finden?«

Die Älteste deutete nach Westen. »Er lebt bei unserem westlichsten Dorf Diablon. Wo genau weiß ich nicht, aber die Anwohner sollten euch weiterhelfen können.«

Onyx nickte und richtete den Sitz des Hammers in seinem Rückenhalfter. »Alles klar. Wir brechen sofort dorthin auf und finden diesen M. Es ist an der Zeit, dass wir ein paar Antworten erhalten.«

Der Gefallene

Als Avvalon in Sicht kam, flogen Brasilan und Delora voraus, damit die Krieger des Adlervolkes die zehn Harpyien nicht als Angreifer interpretierten, die zusammen mit Sariel und Corvus auf die Stadt zuhielten.

»Ich hätte nie gedacht, einmal an der Seite von Harpyien zu fliegen. Und dann auch noch gemeinsam mit einem Bruder, von dem ich bis vor kurzem gar nichts wusste,« kicherte die Valarim.

Er entgegnete: »Was soll ich denn da sagen? Ich habe das Reich meines Volkes nie zuvor verlassen. Das dürfte interessant werden.«

Die Gruppe ging langsam in den Landeanflug über und sie kamen auf einer der größeren Holzplattformen zum Stehen, die meist nur von den Kriegern genutzt wurden. Dort stand Gihra bereits mit einigen Vertrauten bereit und wartete auf sie.

Sobald sie Sariel sah, ging sie mit offenen Armen auf sie zu und drückte sie kurz an sich. »Es tut gut, dich zu sehen, meine Liebe! Als ich Brasilan und Delora freistellte, um dir bei deinem Problem in Lucis zu helfen, hatte ich nicht erwartet, dass ihr mit einer Prozession Harpyien zurückkehren würdet,« lachte sie. Die Valarim stellte ihr Corvus vor. »Es ist mir eine Freude, die linke Hand von Cyrrae kennenzulernen. Ich hatte bereits mit ihr zu tun und kenne sie als weise und gütige Anführerin. Es freut mich sehr, dass wir nun einen Weg gefunden haben, unsere Beziehungen weiter zu verbessern.«

»Die Ritualmutter sieht das ebenso,« gab Corvus mit einer Verneigung zurück. »Wir haben erkannt, dass unsere selbst gewählte Isolation uns ebenso schützt wie schwächt. Es ist an der Zeit, uns für diejenigen zu öffnen, die wir als Freunde betrachten sollten. Bitte interpretiert diese Krieger nicht als Drohung oder Warnung. Sie begleiten uns aus einem anderen Zweck.«

Gihra nickte. »Einem Zweck, über den ich sehr gern mehr erfahren möchte. Bitte begleitet mich in meine Halle. Wir können bei Speisen und Getränken ausführlich über den Grund eures Besuchs sprechen.«

Damit hatte sie alle Besucher gemeint, die der Einladung freudig folgten. Gemeinsam ging die Prozession in Richtung des überdachten Nestes, in dem die Regentin ihren Thron und viele lange Tische hatte. Dort erwarteten sie bereits Gebäck, Fleisch und Obst zusammen mit Wasser und Säften.

Während sich die Krieger an den Tischen niederließen, um zu tafeln, setzte sich Sariel mit den anderen zu Gihra. Sie berichteten ihr ausführlich von den Geschehnissen in Hyneth und ihrem aktuellen Ziel, Luzifer aufzuspüren.

»Ihr sucht also den Gefallenen, ja? Und du sagst, er ist dein leiblicher Vater, Sariel?«, staunte Gihra.

»So scheint es wohl ...«, antwortete die Valarim. »Ich kenne seinen Namen kaum und auch von seinen Taten habe ich bislang nur wenig gehört. Delora sagte, ihr kennt ihn schon länger.«

Die Regentin nahm einen Schluck Beerensaft. »Nicht persönlich, aber wir stehen seit vielen Jahrzehnten mit ihm in Kontakt. Als ehemaliges Ratsmitglied verfügt er über viel Wissen über ihre internen Vorgänge und die Interessen der anderen Erzengel. Das hat meinen Vorgängern und mir viele diplomatische Türen geöffnet. Wir wären heute nicht als neutrale Partei bei allen Völkern bekannt, wenn wir uns nicht auf seinen Rat verlassen hätten. Im Gegenzug haben wir ihm stets

Anonymität zugesichert. Sein Aufenthaltsort ist ein gut gehütetes Geheimnis.«

»Delora sagte, sie kann den Ort nur mit uns teilen, wenn du es gestattest. Cyrrae hat die Bedeutung dieses Treffens zwischen Luzifer, Sariel und mir für die Harpyien erkannt. Deshalb schickte sie eine Einheit Krieger mit, um ihre Unterstützung zu zeigen. Wir kamen her in der Hoffnung, du würdest es auf dieselbe Weise handhaben,« erklärte Corvus höflich.

Sariel spürte, dass Gihra hin- und hergerissen war. Sie wollte ihnen helfen, aber auch das Versprechen an Luzifer wahren.

»Du fürchtest, dass er es dir anlasten könnte, wenn du uns verrätst, wo er sich versteckt, nicht wahr? Aber wir sind seine Kinder. Wir haben ein Recht darauf, ihn zu treffen.«

Die Avianerin seufzte. »Das mag sein, aber er weiß um eure Existenz und hat sich offenbar entschieden, euch niemals aufzusuchen. Das hat er sicher nicht ohne Grund vermieden.«

Delora setzte sich für ihre beste Freundin ein. »Diesen Grund finden wir nur heraus, wenn wir ihn fragen. Unsere Agenten suchen ihn ohnehin alle paar Monate auf. Glaubst du etwa, Sariel wird es auf sich beruhen lassen? Sie wird unseren Leuten folgen, bis sie ihn aufgespürt hat. Jetzt, wo sie seinen Namen kennt, wird sie ihn finden. Vielleicht wäre es das Beste, wenn wir dabei ein Auge auf sie haben, damit es nicht eskaliert.«

»Und wie stellst du dir das vor?«, hakte die Regentin nach.

»Indem wir der Bitte von Corvus nachkommen. Schicke eine Einheit mit uns, die sicherstellt, dass es nicht zu einer unnötigen Auseinandersetzung kommt. Du weißt, was passiert, wenn ein Engel dort auftaucht, den man nicht kennt. Ohne jemanden, der sie begleitet und die Lage beruhigt, würde es zu Problemen führen.«

Gihra verzog das Gesicht und seufzte mehrmals, während sie trank und darüber nachdachte, was das Beste wäre. Nach fast einer halben Stunde lenkte sie ein. »Also schön. Mir scheint, es gibt keinen Weg aus dieser Lage, ohne jemanden zu verärgern. Ich hoffe sehr, dass Luzifer es versteht. Ihm sollte klar sein, dass man seine Kinder ebenso wenig von etwas abhalten kann, wie ihn selbst. Brasilan soll ein paar der Windschwingen zusammentrommeln und euch begleiten. Delora, du gehst bitte selbst mit. Er kennt dich und vielleicht kannst du dafür sorgen, dass er meine Entscheidung versteht.«

Erleichterung und Nervosität machten sich in Sariel breit. »Wieso brauchen wir eine Eskorte, um ihn zu finden?«

»Die Eskorte ist nicht dazu gedacht, ihn zu finden, sondern den Frieden zu wahren,« erklärte Delora.

»Aber wir haben nicht vor, ihn anzugreifen,« versicherte Corvus.

Daraufhin stellte Gihra ihren Becher ab. »Es geht eher darum, dass man euch nicht angreift. Luzifer lebt in einem Dorf der Torkan namens Diablon. Es liegt am westlichen Rand ihres Gebiets und grenzt an unseres. Das Dorf selbst hat keinerlei strategische Relevanz. Obwohl es grob zwischen Lucis und dem Castel liegt, beachten die Engel es nicht. Dennoch leben dort abgesehen von ein paar wenigen Avianern hauptsächlich Mitglieder des Steinvolkes, die auf das Erscheinen eines Engels nicht positiv reagieren werden. Du brauchst also die Avianer und Harpyien, damit sie euch nicht massakrieren,« erklärte sie Sariel und Corvus.

»Wieso tolerieren sie Luzifer dort? Er ist ein reinblütiger Valarim,« wunderte sich Corvus.

Delora kratzte sich am Schnabelansatz. »Stimmt, aber er lebt seit langer Zeit dort und versorgt sie mit Informationen, damit sie den Streitkräften der Engel immer rechtzeitig zuvorkommen können. Andernfalls wären sie längst vernichtet worden.«

Diese Enthüllung verärgerte Sariel. »Mein Vater ist der Grund, weshalb die Nephilim immer wieder Tod und Unheil bringen?«

Gihra hob die Hand. »Sprich zuerst mit Luzifer, bevor du dir ein Urteil erlaubst, meine Liebe. Es hat einen Grund, wieso die Torkan ausschließlich mit den Engeln im Krieg liegen, mit uns und den Harpyien jedoch nicht. Wir kennen die genauen Hintergründe nicht, aber euer Vater möglicherweise schon.«

Da sie recht hatte, beruhigte sich ihr aufkeimender Zorn wieder. Dennoch war sie entschlossen, Luzifer zur Rede zu stellen. Es gab viele Punkte, die aufgeklärt werden mussten. Sie sah zu Corvus hinüber, der in Gedanken versunken war. Auch er schien viele Fragen zu haben.

»Wenn sonst alles geklärt ist, sollten wir den Aufbruch nicht lange aufschieben,« sagte sie dann.

»Wir sind eben erst angekommen ... nach mehreren Tagen des Fliegens. Bis nach Diablon brauchen wir mindestens noch drei Tage. Es liegt im Südosten an den Ausläufern des Gebirges. Warum rasten wir nicht wenigstens bis morgen früh? Die Harpyien wollen sich sicherlich auch ein bisschen ausruhen und hier umsehen. Immerhin waren sie noch nie hier,« warf Delora ein.

Corvus stimmte ihr zu. »Da hat sie recht, Schwester. Ich würde gern die Wunder Avvalons bestaunen. Unser Vater ist seit langer Zeit am selben Ort. Er wird nicht plötzlich verschwinden, wenn wir uns eine kleine Pause gönnen.«

Da niemand gewillt zu sein schien, sofort aufzubrechen, stimmte Sariel etwas widerwillig zu, bis zum kommenden Morgen zu warten und den restlichen Tag bei den Avianern zu verbringen.

***

Nach einem angenehmen Tag in Avvalon und einem anregenden Gelage am Abend war die Valarim am folgenden Morgen umso energetischer, als sie bei den Landeplätzen des Militärs auf Brasilan und seine Leute warteten. Ihr Flügel tat immer noch weh, denn die Heilung der Wunde war nicht einfach, solange sie jeden Tag stundenlang flog.

»Du solltest dir nicht zu viel zumuten, Schwester. Ich teile deinen Drang, ihm endlich zu begegnen, doch ein paar Tage machen jetzt auch keinen Unterschied mehr,« meinte Corvus beim Anblick ihrer Verletzung.

Sie winkte ab. »Ist nicht meine erste Wunde. Ich war jahrelang Kriegerin und habe einige Narben aus den Schlachten mit den Nephilim zurückbehalten. Ich musste mal eine halbe Schlacht mit ausgekugelter Schulter kämpfen, weil niemand da war, der sie mir hätte einrenken können. Es hieß weiterkämpfen oder getötet werden.«

»An einer richtigen Schlacht habe ich noch nicht teilgenommen, worüber ich ganz froh bin. Wir Harpyien schützen unsere Grenzen ja gerade deshalb so stark, weil wir so etwas nicht erleben wollen.«

Wenig später kam Brasilan mit zehn ebenso stattlichen Kriegern an. Er sah zufrieden aus, als er vor ihnen stand. »Es tut gut, endlich wieder im Dienst zu sein. Egal wie lange ich frei habe, letztlich bin und bleibe ich ein Kommandant.«

Gemeinsam mit der nun beinahe doppelt so großen Prozession flogen sie nach Südosten in Richtung Diablon. Der Flug dauerte fast vier Tage, weil sie es mit einem Unwetter und vielen Kreuzwinden zu tun bekamen, die um diese Jahreszeit im Gebirge keine Seltenheit waren.

Letztlich glitten sie aber von den hohen Gipfeln herunter und sahen das grüne Land, das sich im Süden ausbreitete und weit im Osten in ein kränkliches Graubraun überging. Dort begann das Reich der Nephilim, wie Sariel wusste.

»Da unten!«, sagte Delora und deutete auf eine Ansammlung von Punkten am Fuße eines Berghangs.

Je näher sie kamen, desto mehr Details konnte die Valarim erkennen. Diablon war ein unscheinbares Dorf am Hang direkt unterhalb der Gebirgsausläufer. Die meisten Häuser und Hütten bestanden aus Stein und Holz, waren viereckig und hatten Schrägdächer, damit der Regen leichter ablaufen konnte. Daran und an den Skulpturen aus Stein, Holz und Stroh erkannte man deutlich, dass dort sowohl Torkan als auch Avianer lebten. Ausgetretene Wege bildeten ein Geflecht zwischen den Gebäuden, die den Transport von Waren mit Karren ermöglichten. Da es Sommer war, regnete es wenig und die Gehwege waren rissig und trocken.

Bereits als sie sich dem Ort näherten, hörten sie aufgeregte Rufe und sahen viele Steinleute mit primitiven Waffen oder Felsbrocken aus ihren Häusern kommen, um ihr Zuhause zu verteidigen.

Da die Gruppe am Rand des Dorfes landete, schienen sie überrascht und verunsichert zu sein. Neben zwei massigen Torkan kam eine Avianerin mit dunklen Federn in ihre Richtung, während der bewaffnete Rest kampfbereit und nervös wartete. Derweil machten weder die

Windschwingen noch die Harpyien irgendwelche Anstalten, jemanden zu provozieren.

»Wieso kommen zwei Engel mit einer Gruppe Avianer und Harpyien nach Diablon? Habt ihr die anderen Völker unterworfen und seid nun hier, um es zu Ende zu bringen?«, fragte ein über zwei Meter großer Kerl aus hellem Stein.

»Sie ist nicht gekleidet wie ein normaler Engel. Sieh dir nur ihre Flügel an!«, murmelte der andere, dunklere Torkan.

Delora machte einen Schritt nach vorne und erklärte: »Wir sind nicht hier, um euch anzugreifen. Erinnert ihr euch an mich? Ich bin eine Vertraute von Fürstin Gihra aus Avvalon.«

Die Avianerin trat weiter vor. »Delora? Was tust du denn hier? Du kommst doch sonst immer allein ... Es wirkt schon ein wenig verdächtig.«

»Die Engel haben niemanden unterworfen. Ganz im Gegenteil, wir haben das Bündnis gegen sie gestärkt. Weder wir noch die Harpyien aus dem Norden sind dem Steinvolk feindlich gesinnt,« versicherte die Agentin.

»Warum habt ihr dann zwei seltsame Engel in eurer Mitte?«, wollte der helle Kerl wissen.

»Wir begleiten die beiden, um euch zu zeigen, dass sie nicht wie die anderen Engel sind. Sie sind Verbündete unserer beiden Völker und haben nicht vor, euch zu schaden. Seht sie euch an! Beide sind keine reinblütigen Engel, sondern Mischlinge. Die Cherubim würden sie niemals akzeptieren.«

»Das mag schon sein ...«, fing der schmale, dunkle Mann an. »... aber wieso sieht uns diese Frau dann so hasserfüllt an?«

Delora drehte sich zu Sariel um, die tatsächlich nur finstere Blicke für die Steinleute übrig hatte.

Corvus stellte sich vor sie. »Wenn du dich nicht beherrschst, wird das hier nicht funktionieren.«

Sie knurrte. »Wie soll ich hier stehen und entspannt aussehen, wenn vor mir ein Haufen Nephilim stehen? Diese Leute sind Bestien!«

»Diese Leute sind einfache Dorfbewohner, die nur ihr Zuhause verteidigen wollen. Keiner von ihnen hat dir etwas getan, oder? Wir sind hier, um zu erfahren, wie wir gegen den Engelsrat vorgehen können. Das bedeutet, wir sind den Engeln gegenüber feindlich gesinnt, ebenso wie die Torkan. Wir werden aber keine Fortschritte machen, wenn du weiterhin an deinem alten Hass festhältst. Du musst dich beruhigen!«, sagte er eindringlich, aber leise.

Es fiel Sariel extrem schwer, die vielen Erinnerungen an die brutalen Schlachten gegen das unnachgiebige Steinvolk auszublenden, doch sie wusste, dass es unumgänglich war, wenn sie ihren Vater treffen wollte. Nach ein paar Minuten hatte sie es geschafft, ihre Wut zu unterdrücken.

Sie sah die beiden verunsicherten Männer an. »Ich muss mich entschuldigen. Ich habe einige Kämpfe miterlebt und wenn ich euch sehe, kommen unschöne Erinnerungen hoch.«

»So geht es vielen Kriegern, die heimkehren,« meinte die Avianerin aus dem Dorf.

»Wenn ihr nicht gekommen seid, um uns anzugreifen, warum seid ihr dann hier?«, hakte der helle Kerl nach.

Delora sagte unverblümt: »Wir sind hier, um Luzifer zu sehen. Diese beiden sind seine Kinder.«

»Er hat Kinder?«, wunderte sich der dunkle Mann.

Sein heller Kamerad meinte: »Luzifer will hier in Frieden leben und seine Anwesenheit muss zu unser aller Schutz geheim bleiben. Es ist bedenklich, dass ihr dieses Wissen mit Engeln geteilt habt.«

»Nur mit diesen beiden. Als seine Kinder haben sie ein Recht darauf, zu wissen, wo er ist. Sie wollen mit ihm sprechen, nichts weiter. Wir anderen sind nur hier, um euch zu zeigen, dass sie die Unterstützung der Avianer und Harpyien haben. Wir garantieren euch, dass es keine Probleme geben wird,« versicherte Delora.

Nach einigen Minuten weiterer Diskussionen und Rückversicherungen erlaubten die Dorfältesten den Besuchern, Diablon zu betreten. Viele der Torkan schienen darüber nicht erfreut zu sein, doch sie wirkten auch erleichtert, dass es keinen Kampf geben würde.

Sariel war verwundert. »Ich habe noch nie einen Nephilim gesehen, der nicht aufs Kämpfen scharf war.«

»Sie sind Individuen, so wie wir anderen auch. Jeder von ihnen ist einzigartig. Als Kriegerin hat man dir eingebläut, dass sie allesamt Monster sind, damit du sie leichter töten kannst, aber die Realität ist niemals so simpel,« kommentierte Brasilan.

»Die Harpyien denken ganz ähnlich über alle Engel. Keiner von uns ist über solche Denkfehler erhaben,« stimmte Corvus zu.

Während die Krieger weiter unten im Dorf zurückblieben, folgten die anderen Delora die steinigen Wege den Hang hinauf. Einige Kinder der Avianer und ein paar junge Torkan spielten dort mit einem Lederball und starrten sie neugierig an.

»Wie kommt es, dass sich die Engel nicht um diesen Ort scheren?«, fragte Sariel ihre Freundin.

Daraufhin entgegnete Delora: »Offiziell behaupten wir, dass es sich um ein Dorf der Avianer handelt. Da das zum Teil wahr ist und einige von uns in der Umgebung umherfliegen, haben die Engel das nicht hinterfragt. Sie haben keinen Grund, diese Lande näher zu untersuchen. Das Castel ist der bestgesicherte Ort am Himmel und ist rein militärisch. Ihre Übungen und Transporte finden allesamt weit oben über den Wolken statt. Solange ihnen niemand einen Tipp gibt, beachten sie das Land unter sich nicht. Sie sind viel zu arrogant, um anzunehmen, dass einer ihrer Feinde sich so nah an ihren Machtzentren verborgen hält.«

Das klang auf seltsame Weise logisch, fand Sariel.

Sie gingen den Weg immer weiter hinauf, bis das letzte und höchstgelegene Haus in Sicht kam. Es war eine solide Holzhütte mit Brennholzstapel, einem Schuppen und einem alten Karren in einer kleinen Scheune. Insgesamt sah der Ort vollkommen normal und unscheinbar aus, wenn auch einzigartig in seiner Bauweise, die weder zu den Torkan noch zu den Avianern passte.

»Lasst mich vorgehen. Ich kenne ihn schon lange. Wir wollen ja nicht, dass er nervös wird,« schlug Delora vor und ging allein die Stufen zur Veranda hinauf, um an die Tür zu klopfen.

Heraus kam ein hochgewachsener, schlanker Valarim mit heller Haut, braunen Augen und schwarzem, kurzem Haar sowie einem Stoppelbart. Er trug eine Art Togagewand aus beigem Stoff mit ein paar Goldringen an den Armen und einem hochwertigen Seilgürtel aus geflochtenem Gold.

»Delora! Was für eine angenehme Überraschung, dich zu sehen, meine Liebe! Du warst seit Monaten nicht mehr zu Besuch. Komm doch rein! Ich habe ein paar neue Keksrezepte ausprobiert, die die Kinder im

Dorf absolut lieben. Du wirst begeistert sein!« Seine Stimme war angenehm, nicht zu tief und sehr melodisch. Als die Agentin keine Anstalten machte, das Haus zu betreten, wurde sein Gesichtsausdruck besorgt. »Nicht? Ich habe sicher auch noch ein paar Äpfel da ... Nein? Also schön, ich beiße an. Welche weltverändernde Krise spielt sich gerade ab, dass du so ernst bist?«

Sie atmete tief ein. »Ich bin vor einer Weile zwei Personen begegnet, die allem Anschein nach deine Kinder sind.«

Sein Lächeln schwand langsam. »Oh ...«

»Du hast nie erwähnt, dass du welche hast. Wäre das nicht eine Information gewesen, die du hättest teilen sollen? Wenn das bekannt wird, werden die Engel sie jagen, um an dich ranzukommen.«

Er verzog unzufrieden das Gesicht. »Was glaubst du wohl, weshalb ich es geheimgehalten habe? Sie dürften es eigentlich gar nicht wissen. Solange es keiner wusste, waren sie nicht in Gefahr. Wer hat den beiden gesagt, dass ich ihr Vater bin? Außer ihren Müttern hat es niemand gewusst.«

»Der Mentor hat sie aufgeklärt,« sagte Delora knapp.

Sofort runzelte Luzifer ernst die Stirn. »Wenn er entschieden hat, dieses Wissen zu teilen, muss er glauben, dass eine Chance besteht. Wo sind sie jetzt?«

Anstelle einer Antwort trat die Avianerin beiseite und gab den Blick auf Sariel, Corvus und Brasilan frei. Während der ersten Sekunden brachte keiner von ihnen eine Reaktion zustande. Sie starrten sich nur alle gegenseitig an. Dann ging Luzifer an der Agentin vorbei und trat auf seine Kinder zu.

»Sariel. Corvus. Ihr seid es wirklich ...«

»Ja, wir sind es. Die Frage ist, warum du es uns so schwer gemacht hast, es herauszufinden,« sagte Sariel ernst.

Anstelle einer Antwort umarmte er sie fest und tat dann dasselbe bei ihrem Bruder. Völlig verdutzt sahen sie ihn an.

»Wieso schaut ihr so überrascht? Dachtet ihr, ich wäre wütend, weil ihr mich gefunden habt? Ich bin viel eher besorgt, dass ihr zornig seid, weil ich euch verlassen musste.«

»Musstest? Aus welchem Grund musstest du das?«, hakte Corvus nach.

»Das ist eine lange Geschichte. Um mein Handeln zu verstehen, müsst ihr sie hören. Bitte kommt rein, ihr alle! Es ist wohl an der Zeit, euch einiges zu berichten,« meinte er und ging voran ins Haus.

Seine offene und herzliche Art war so entwaffnend, dass sie der Einladung ohne Zögern folgten.

Das Innere war simpel gehalten. Es gab nur zwei Räume und im Größeren davon gab es einen einfachen Esstisch, eine Küchenzeile, einen Schaukelstuhl und einen Kamin, in dem ein Feuer brannte. Sie alle setzten sich und er stellte Plätzchen und Saft auf den Tisch. Anschließend ließ er sich seinen Kindern gegenüber nieder und betrachtete sie.

»Ihr seid stattliche Erscheinungen geworden. Euch so zu sehen macht mich sehr stolz. Ich wüsste gern mehr über euch, aber mir ist klar, dass ich euch wohl viele Antworten schulde, bevor ich darum bitten kann. Diesen Augenblick habe ich mir oft vorgestellt ...« Nach einem kurzen Moment hatte er sich wieder gefasst. »Was wisst ihr über mich?«

Sariel zählte auf: »Dein Name ist Samael. Du warst lange Jahre ein Mitglied des Engelsrats und hast über die Engel geherrscht. Aus irgendeinem Grund hast du dich jedoch von ihnen abgewandt und bist nach deiner Verbannung geflohen, weshalb sie dich als Geächteten betrachten und auf deinen Namen spucken. Niemand weiß, wohin du gingst und ob du noch lebst. Das ist aber auch schon alles.«

Er nickte. »Samael ... Diesen Namen habe ich schon sehr lange nicht mehr gehört. Als ich fortging, änderte ich ihn in meinem Hochmut zu Luzifer, dem Lichtbringer. Heute erscheint es beinahe ironisch.«

»Was ist damals passiert, Vater?«, fragte Corvus und nahm sich einen Keks.

»Ihr kennt sicher die Legende von Vasuviel der Verräterin. Sie war einst diejenige, die erkannte, dass die Macht der Auraklinge in den Händen des Rates zu gefährlich war. Unsterbliche Wesen mit einer solchen Kraft auszustatten, musste zu Missbrauch führen. Nachdem die Reiter ihren Aufstand verhinderten und die Harpyien als niedere Wesen vertrieben worden waren, wuchs die Macht des Rates wieder an. Ich war ein Teil dieses ungerechten Systems. Vasuviel war eine gute Freundin und ich habe ihre Beweggründe verstanden. Erst danach wurde mir immer häufiger bewusst, wie falsch unser Handeln war. Es mag euch nicht geläufig sein, aber nicht alle Ratsmitglieder sind gleichgestellt,« erzählte er.

Daraufhin meinte Sariel: »Ja, einige nutzen ihre Auramagie, um die anderen zu beeinflussen.«

Luzifer hielt inne. »Ihr wisst also schon von dieser Kraft der Valarim. Ja, manche von ihnen sind mächtiger als andere. Meine Brüder und ich entwickelten durch die Auraklinge Gaben, die besonders gut geeignet waren, um andere zu manipulieren, selbst andere Erzengel. Während die übrigen Valarim Dinge wie Kreativität, Gerechtigkeitssinn oder auch einfach nur soziales Bewusstsein in anderen fördern können, waren unsere Fähigkeiten präziser. Ich bin in der Lage, die Bedürfnisse und geheimen Wünsche der Leute zu erspüren, und kann dieses Wissen nutzen, um sie zu beeinflussen. Außerdem kann ich die Leute bestimmte Dinge vergessen lassen. Gabriel ist eine Silberzunge und kann andere allein mit seinen Worten von beinahe allem überzeugen. Und Michael kann die Ängste und Sorgen anderer spüren und sie gegen sie verwenden. Zu Anfang war es ein tolles Gefühl, nahezu unaufhaltsam zu sein, doch mit der Zeit wurden meine Brüder gierig und verfolgten zum Teil sehr egoistische und extreme Absichten. Als ich das erkannte, versuchte ich, die anderen Ratsmitglieder umzustimmen, bremste die beiden aus und wollte ihnen die Fehler ihres Handelns aufzeigen. Als ich dann versuchte, ihren Krieg gegen die Nephilim, die Torkan, zu beenden, wurde ich zu einer Gefahr für sie. Sie erfanden Lügen und nutzten ihre Gaben, um den restlichen Rat gegen mich aufzubringen. Sie stellten mich als Lügner und Verräter dar, woraufhin man mich verbannte und ich als Geächteter fliehen musste.«

Brasilan nippte an einem Becher Saft. »Und wegen ihrer Auramagie ist es unmöglich, die Bevölkerung der Engel mit der Wahrheit zu konfrontieren. Sie sind also im Grunde unbezwingbar.«

Luzifer seufzte. »Zuerst war ich anderer Meinung. Ich änderte meinen Namen und ging zu den Avianern. Monatelang versuchte ich, ihnen von den Machenschaften des Rates zu berichten, aber nicht einmal die Harpyien wollten mir zuhören. Ich bin der festen Ansicht, dass die Engel vom Weg abgekommen sind, und wollte sie zurück ins Licht führen, so wie Vasuviel es einst versuchte. Doch anders als meine alte Freundin fand ich kaum Anhänger, also blieb mir nichts anderes übrig, als unterzutauchen.«

»Aber wieso hast du uns beide gezeugt und dann zurückgelassen? Du hättest uns mitnehmen können,« warf Sariel vorwurfsvoll ein.

Er nickte langsam. »Ich verbrachte viel Zeit damit, zu überlegen, wie ich die Engel und auch die anderen Völker davon überzeugen konnte, dass der Rat über Kräfte verfügt, die niemand sehen kann. Es schien keinen Weg zu geben, wie sich etwas nicht Nachweisbares nachweisen ließ. Ich entschied mich stattdessen, zu verhindern, dass die Erzengel ihren Einfluss noch mehr vergrößern konnten. Zunächst begann ich damit, den Avianern und Harpyien Tipps zu geben, wie sie den Engeln zuvorkommen konnten. Ich gab ihnen Informationen und geheimes Wissen, das sie nutzen konnten, um der Kontrolle durch den Rat zu entgehen. Zu sehen, wie die anderen Völker an Stärke gewannen, machte mir bewusst, dass eine starke Front gegen die Engel ein mächtiger Schild sein konnte. Ich habe euch beide in der Hoffnung gezeugt, dass ihr eines Tages eine Brücke zwischen den Völkern werden würdet. Besondere Individuen, die die Stärken der Engel und der anderen Völker miteinander verbinden und damit der lebende Beweis dafür sind, dass wir harmonisch koexistieren können. Damit das klappt, musstet ihr bei euren Völkern aufwachsen und ihre Kulturen kennenlernen. Wärt ihr bei mir geblieben, hättet ihr euch nur zu Engeln entwickelt, denen niemand vertraut, weil euch niemand kennt. Hätte ich euch von mir erzählt, wäre der Rat auf euch aufmerksam geworden und hätte euch gejagt oder auf ihre Seite gezogen. Es war grausam, dass wir getrennt sein mussten, aber nur deshalb seid ihr heute noch am Leben und so starke

Persönlichkeiten. Ich bin stolz auf euch beide,« sagte er und löste damit Tränen in Sariel aus.

Er stand auf und nahm sie in den Arm, während sie ihm erzählte, was sie alles erlebt und bei den Engeln erduldet hatte. Auch Corvus berichtete grob über sein Leben.

Luzifer setzte sich wieder hin. »Ihr seid so stark geworden ... Weit mutiger und stärker als ich es je für möglich gehalten hätte. Ich stimme Deloras Einschätzung zu, dass der Rat vermutete, wer du bist, Sariel. Deshalb haben sie dich kleingehalten. Du wurdest sicherlich beobachtet, weil man meinen Einfluss fürchtete. Als du zu laut wurdest, haben sie dich entfernt. Aber warum hat der Mentor dir gesagt, wie du mich finden kannst? Ich habe versucht, ihn das alles vergessen zu lassen, aber sein Verstand ist mächtiger als bei jedem Engel. Er muss einen Grund gehabt haben, dieses Geheimnis zu lüften und euch und mich damit in Gefahr zu bringen.«

Sariel setzte ihren Becher ab. »Er sagte es mir, weil meine Gabe darin besteht, den Kräften anderer Valarim zu widerstehen. Ich bin gegen ihre Beeinflussung immun. Wenn wir diese Fähigkeit mit deiner Erfahrung kombinieren, könnten wir etwas bewirken.«

Sofort richtete sich Luzifer in seinem Stuhl auf. »Du kannst ihre Manipulation durchschauen und ignorieren?« Sie nickte. »Dann verstehe ich jetzt, warum er euch herführte. Er hat recht. Die meisten Ideen, wie man den Rat bekämpfen könnte, scheiterten daran, dass sie einfach die wichtigsten Personen mit ihrer Auramagie umdrehen können. Wenn du dagegen immun bist, ist das der mächtigste Vorteil, den wir jemals gegen sie in der Hand hatten. Leider nutzt uns selbst das nicht viel, wenn wir keinen Weg finden, dass die Leute uns wirklich zuhören und vertrauen.«

Nun war es Corvus, der das Wort ergriff. »Vielleicht kann ich dabei behilflich sein. Meine Gabe besteht darin, dass andere mich als Freund wahrnehmen, dem man vertrauen kann. Selbst wenn man mich nicht kennt oder ich jemandem geschadet habe, sehen mich die Leute positiv. Wenn Sariel und ich gemeinsam auftreten und deine Erfahrung nutzen würden, könnten wir die beiden größten Hindernisse überwinden, die dich zurückgehalten haben.«

Luzifer war sprachlos und sowohl Delora als auch Brasilan schienen neugierig zu sein, was das genau bedeutete.

Seine Tochter trommelte mit den Fingern auf die Tischplatte. »Eine wichtige Frage habe ich noch, bevor wir über die Zukunft sprechen. Du sagtest, der Grund für deine Verbannung war, dass du den Krieg gegen die Nephilim beenden wolltest. Heute versteckst du dich hier unter ihnen. Ich habe gegen sie gekämpft und ihre Brutalität gesehen. Warum wolltest du ihnen helfen?«

Ihr Vater sah sie an und sein Blick wurde mitleidig. »Das Schicksal der Torkan ist unfassbar traurig. Niemand weiß genau, wie oder warum sie entstanden sind, aber schon kurz nach ihrer Entdeckung schürten Michael und Gabriel Hass gegen sie und brachen den Krieg vom Zaun. Zu Beginn unterstützte ich sie dabei, bis mir auffiel, dass sie sich nur verteidigten. Ich fragte die beiden, warum ihnen das Steinvolk so ein Dorn im Auge war, doch bis heute bekam ich nie eine Antwort darauf. Ich verstehe nicht, weshalb der Rat diese Leute so sehr hasst. Seit Jahrhunderten töten die Engel sie, obwohl ihr einziges Vergehen darin besteht, am Leben zu sein. Als ich mich hier versteckte, habe ich ihr Volk studiert, mir ihre Lebensweise angesehen. Es sind ausgesprochen unschuldige Lebewesen, die nur aufgrund des Krieges zu den groben Kampfmaschinen geformt wurden, denen du begegnet bist. Neu beseelte Torkan sind lichterfüllte Wesen ohne jede Furcht oder Misstrauen. Ich konnte diese Ungerechtigkeit nicht länger mitansehen. In ihrer Sprache gibt es ein Wort für gerechten Zorn: Mephistopheles. Im Laufe der Jahre bekam ich viele Namen ... Samael, Luzifer, Beelzebub, Satan ... Manche waren abfällig gemeint, andere erinnern mich an mein Versagen. Die Torkan nennen mich jedoch Mephisto oder einfach M. Ich gebe ihnen Informationen und taktische Ratschläge, weil ich weiß, wie der Rat denkt und handelt. Nur dank meiner Hilfe schlagen sie sich so gut gegen die Armee der Cherubim.«

Darauf wusste Sariel keine passende Reaktion. Als er sie fragte, was ihr durch den Kopf ging, antwortete sie: »Ich habe viele Jahre gegen sie gekämpft. Was ich sah, waren keine unschuldigen, bemitleidenswerten Wesen, sondern bestialische Monster, die Freude am Töten hatten. Was immer sie auch einst gewesen sein mögen, heute sind die Nephilim kaum besser als Tiere. Dein Handeln ist der Grund, weshalb sie noch immer eine Gefahr darstellen.«

Luzifer rieb sich über die Bartstoppeln. »Mir scheint, wir müssen dich mit ihnen in Kontakt bringen. Du solltest ihre Kultur kennenlernen und mit ihnen sprechen, damit du verstehst, dass dieser Konflikt zwei Seiten hat. Wenn du vorhast, mit Corvus und mir gegen den Rat vorzugehen, musst du dir vergegenwärtigen, dass die Erzengel diesen Krieg ausgelöst haben. Was immer wir gegen sie unternehmen, können wir nur gemeinsam mit den Torkan erreichen. Solange du dich nicht von deinem alten Hass lösen kannst, werden wir keine Fortschritte machen, fürchte ich.«

Sie seufzte. »Ich bemühe mich schon sehr, nicht die Fassung zu verlieren, wenn ich einen dieser groben, wandelnden Felsbrocken sehe. Es kommen einfach so viele alte Emotionen und Erinnerungen hoch ... All das Leid, der Schmerz und die Verluste, die ich erlitten habe. Das kann ich nicht einfach ignorieren oder vergessen.«

Ihr Bruder legte seine Hand auf ihre. »Das vielleicht nicht, aber genau wie wir Harpyien kannst du die schlechten Erinnerungen durch positive ersetzen. Indem wir Zeit mit ihnen verbringen und mehr über sie lernen, kannst du all die finsteren Gedanken aufarbeiten und aus einem anderen Blickwinkel betrachten.«

Sie rieb sich das Gesicht und Luzifer sah zu den beiden Avianern. »Heute war für uns alle ein sehr anstrengender Tag. Viele Emotionen, Informationen und neue Erkenntnisse wurden geteilt. Vielleicht sollten wir eine Pause einlegen und einen Spaziergang machen, was meint ihr?«, fragte Luzifer in seinem nun wieder gut gelaunten, charismatischen Tonfall.

Blinde Wut

Diablon lag vor ihnen und erstreckte sich den gesamten Hang hinauf bis zu den Ausläufern des Gebirges. Onyx war noch nie so weit im Westen gewesen und er hatte auch nie zuvor die Berge gesehen.

»Seht euch das an! Wie unfassbar riesig das ist ...«

»Venge würde sich hier sicher wohlfühlen. Es ist schade, dass er in der Schlacht verletzt wurde und uns nicht begleiten konnte,« meinte Obsidian.

Wie üblich brummelte Granite. »Das blöde Vieh wäre uns hier sowieso nicht von Nutzen.«

Sie sah ihn an. »Wenn hier keine zwanzig Krieger bei uns wären, die zusehen, würde ich dir jetzt die Fresse polieren, du Arsch! Wie oft hat er dir schon deinen staubigen Hintern gerettet? Und immer noch hackst du auf ihm rum!«

»Ihr beiden solltet endlich damit aufhören, euch andauernd zu zanken. Wir sollen Vorbilder sein, keine kabbelnden Kleinkinder,« ermahnte Onyx sie. »Wie sind die Leute hier?«

Die schwarze Kriegerin antwortete: »Blauquarz sagte, dass hier unser Volk und die Avianer zusammenleben. Sowas gibt es nur hier, aber es scheint gut zu funktionieren. Wenn dieser M hier ist, dürfte er nicht schwer zu finden sein, immerhin ist er der einzige Engel.«

»Wenn er frech wird, dann nicht mehr lange ...«, knurrte Granite drohend.

Onyx schüttelte den Kopf. »Sei so gut und bedrohe unseren wichtigsten Informanten nicht sofort, wenn du ihn siehst, in Ordnung?«

Der Hüne zuckte mit den Schultern. »Ich kann nichts versprechen. Beim Anblick von Engeln kriege ich immer dieses Jucken in der Faust.«

»Ich dachte, das Jucken wäre eher in deinem Kopf, weil sich dein kleines Hirn sofort überanstrengt,« stichelte Obsidian und er boxte ihr gegen den Arm.

Gemächlich näherten sie sich dem Dorf, wo einige der Anwohner sie bereits mit freundlichem Winken begrüßten. Auch die Mitglieder des Adlervolkes schienen sie wohlwollend wahrzunehmen.

»Sind das Avianer? Die sind ja voller Federn und haben Schnäbel!«, lachte Granite laut und wirkte dadurch sehr plump.

»Was dachtest du denn, wie sie aussehen? Man nennt sie das Adlervolk,« kommentierte Onyx.

Sie gingen auf einen Handwerker zu, der mit Hammer und Meißel an einer Skulptur arbeitete.

Obsidian fragte: »Sei gegrüßt, Freund! Wir sind auf der Suche nach M. Er hat uns geholfen, Satanas zu retten, und wir würden ihm gern unseren Dank aussprechen.«

Der kleine, breite Torkan hielt inne. »Noch mehr Besucher für den alten Engel heute, was? Ist richtig populär. Mephisto wohnt ganz oben im letzten Haus an der Gebirgsgrenze.«

Sofort hakte Onyx nach. »Mehr Besucher? Wer hat noch nach ihm gesucht?«

»Vorhin kam eine ganze Prozession Avianer und sogar Harpyien hier an. Könnt ihr euch das vorstellen? Harpyien! Ich dachte schon, die gibt es gar nicht. Hatten zwei Engel mit seltsamen Flügeln dabei, ist aber schon einige Stunden her,« erzählte der Anwohner.

Sofort waren die drei alarmiert. Wenn andere Engel auf der Suche nach M waren, dann schwebte ihre wichtigste Informationsquelle in Lebensgefahr.

»Wir müssen sofort da hoch und ihn beschützen!«, entschied Onyx und sie wollten losrennen, als sie auf der Straße, nur ein paar Häuser weiter, die besagten Besucher entdeckten.

Zwei Avianer liefen mit drei Engeln dort umher und plauderten. Es sah nicht danach aus, als wollten die Besucher ihren Informanten angreifen.

»Was ist da los?«, fragte Obsidian misstrauisch.

Der Kommandant beobachtete das Treiben eine Weile, bis sich der weibliche Engel umdrehte und er sie richtig sehen konnte. Sofort wallte unbändiger Zorn in ihm auf, als er sie wiedererkannte.

»Das ist diese Cherubim-Kriegerin, gegen die ich im Kargland nicht gewinnen konnte! Ich wusste doch, dass hier was faul ist! Die haben sich gegen uns verschworen! Krieger! Vernichten wir die verdammten Engel!«, brüllte er und stampfte los, während er seinen Diamanthammer zog.

***

Der zornige Ausruf erregte die Aufmerksamkeit der kleinen Gruppe und sie alle starrten auf die drei Torkan, die offenbar ihretwegen so herumschrien.

»Die kommen nicht aus dem Dorf. Sehen mir wie Krieger aus,« vermutete Luzifer.

Sariel erkannt einen von ihnen sofort. »Der mit dem Hammer war in der Schlacht beim Kargland! Wir haben gekämpft, wurden aber unterbrochen. Dieser Drecksack hat viele meiner Kameraden auf dem Gewissen!«

»Offenbar denkt er dasselbe über dich,« kommentierte Corvus.

Delora flog sofort los, um die Verstärkungen zu holen, während Luzifer erfolglos versuchte, einen Kampf zu verhindern.

In diesem Moment konnte sich Sariel jedoch nicht mehr beherrschen. Sie breitete ihre Schwingen aus und schoss brüllend auf den Hammerträger zu. Dass sie selbst keine Waffe mit sich führte, war ihr in dem Augenblick vollkommen egal. Auch ihr Gegner sprang blindlings hoch und wollte sie mit seinem Hammer treffen, doch sie war schneller. Sie packte ihn an der Taille und riss ihn mit sich auf das freie Gelände außerhalb des Dorfes. Dort landeten sie rollend am Boden, was für die Valarim wegen des Gewichts des Torkan schmerzhafter war.

Bevor er nach ihr schlagen konnte, was aufgrund ihrer fehlenden Rüstung sofort tödlich enden würde, beförderte sie ihn mit einem Flügelschlag herunter und stand auf.

Neben ihnen krachte eine schwarze Kriegerin mit einer Lichtlanze auf den Boden. Corvus hatte seine roten Klauen angelegt und warf Sariel ebenfalls eine Lanze zu.

»Hier! Die wirst du brauchen!«, rief er.

Sie fing die Waffe gerade rechtzeitig auf, um den Schaft des Hammers zu parieren, der dicht an ihrem Gesicht vorbei sauste. Aus nächster Nähe schoss sie ein Lichtprojektil gegen den Kopf ihres Feindes und er taumelte rückwärts. Bevor sie nachsetzen konnte, grub er sich blitzschnell in den Erdboden hinein und verschwand. Sie kannte diese Technik der Nephilim gut und wusste, dass er ihre Position aufgrund ihrer Bewegungen würde orten können. Daher warf sie ihre Waffe einige Meter entfernt auf den Boden und hob selbst ab, um ihn zu verwirren.

Diese Taktik funktionierte hervorragend, denn er schoss knurrend aus der Erde, wo ihre Lanze lag. Dort erwartete sie ihn in der Luft, packte ihn am Kopf und schleuderte ihn wieder zurück auf den harten Boden.

Sofort musste sie einem Geschoss ausweichen, das die schwarze Kriegerin abgefeuert hatte, bevor Corvus sie erneut in einen Zweikampf verwickelte.

Weiter hinten bemerkte sie, wie Brasilan mit seinen Fingerklauen gegen den hünenhaften Riesen antrat und sich bemerkenswert gut hielt. Der Kerl warf Felsbrocken und schlug wild um sich, doch der Avianer war wendiger und wesentlich schneller, sodass er den Angriffen beinahe spielend entging. Leider hatte er kaum eine Möglichkeit, seinerseits Schaden anzurichten, da keiner von ihnen gegen massiven Stein eine Chance hatte.

Zwanzig weitere Steinkrieger kamen aus dem Boden und umzingelten die sechs Duellanten, doch Delora kam mit den Avianern und Harpyien dazu und stürzte sich auf sie. Dadurch entstand ein Scharmützel vor Diablon, wie die Dorfbewohner es noch nie gesehen hatten, denn viele sahen entsetzt zu, darunter auch Luzifer.

Sariel konnte nicht länger beobachten, da sie dem Hammer entgehen musste, der wieder und wieder nach ihr schlug. Nur dank ihrer schnellen Reflexe konnte sie die Angriffe abwehren oder im letzten Augenblick ausweichen. Sie nutzte den Vorteil ihrer Flügel, um Windstöße einzusetzen, die den wildgewordenen Krieger auf Abstand hielten. Dann zog sie die Schwingen ein, bevor er sie packen und gegen sie verwenden konnte.

Ihr war klar, dass sie ohne ordentliche Rüstung auf Zeit spielte. Der Kerl hatte sie bereits am Bein gestreift und seitdem humpelte sie leicht. Ein einziger richtiger Treffer würde genügen, um sie auf der Stelle zu töten.

Schnell warf sie sich zur Seite, als Corvus an ihr vorbeiflog. Die schwarze Kriegerin hatte ihn erwischt und er segelte rücklings über das Gras. Anstatt ihm zu folgen, kam sie mit wirbelnder Waffe auf Sariel zu.

Mit einem konzentrierten Knurren machte sich die Valarim für einen Nahkampf bereit. Diese Torkan konnte hervorragend mit der Lanze umgehen, doch auch sie hatte den Vorteil der Agilität ohne Flügel. So schenkten die beiden sich nichts und es folgte eine erbitterte Schlagab-folge, die die Gegnerin gewann, weil sie im Fluss ihrer Bewegung die messerscharfe Kante ihres Unterarms gegen Sariels Arm stieß und ihr damit eine tiefe Schnittwunde zufügte.

Vor Schmerz zischend wich sie zurück, musste sich aber auf den Boden werfen, weil der Hammerkrieger sie sonst zu Brei geschlagen hätte. Beide Steinkrieger setzten zu einem finalen Stampfangriff an, sodass sie auf dem Rücken liegend die Schwingen entfaltete und sich mit Wind über den Boden katapultierte, wo sie beinahe von dem großen Kerl erschlagen worden wäre, der dort aufschlug. Brasilan hatte ihn irgend-wie angehoben und fallen gelassen.

Die schwarze Kriegerin war schneller als ihr fast ebenso dunkler Kamerad. Sie setzte zu einem weiteren Angriff mit der Lanze an, aber Corvus parierte den Hieb mit beiden Klauen und lenkte ihn zur Seite weg. Es folgte ein gewirbelter Tritt, der ihn zeitgleich in die Luft hob, von

wo aus er seine Angriffsserie fortsetzte. Seine Bewegungen waren flie-
ßend und zielgerichtet, wie Sariel es selbst von den Cherubim nicht
kannte.

Sie hielt ihre Lanze quer, als der Hammer erneut auf sie niederging.
Es kostete sie all ihre Kraft, um der rohen Gewalt des Nephilim standzuhalten. Ihre Arme zitterten unter der Wucht, aber sie konnte ihn
abwehren. Den nächsten Hieb vermochte sie jedoch nicht mehr zu blo-
cken, da die Lanze in der Mitte zerbrach. Sie hatte unfassbares Glück,
dass sie dadurch leicht zur Seite stolperte, sodass der Hammer direkt
neben ihr auf den Boden krachte. Sie reagierte sofort und nutzte die
beiden Hälften als Kurzstäbe. Mit mehreren Drehungen und schnellen
Seitschritten schlug sie sie dem Kerl immer wieder gegen den Körper,
doch es war, als würde sie versuchen, den Berg zu schlagen.

Er lachte: »Du hast keine Chance gegen mich! Ohne deine Rüstung
und deine tolle Lanze bist du nichts!«

Sofort danach wurde er von seinem bulligen Kameraden umgerissen,
der von Brasilan und zweien seiner Leute simultan getroffen worden
war.

Den Moment der Pause nutzte Sariel zum Durchatmen. Sie überlegte
fieberhaft, wie sie die Felsenkrieger besiegen sollten. Es fiel ihr jedoch
absolut nichts ein. Keiner ihrer Verbündeten war ohne Kriegsgerät der
Engel imstande, die Nephilim zu bezwingen.

Nun kamen beide von ihnen auf sie zu gestampft. Einer schleuderte
einen großen Felsbrocken, der andere hob den Diamanthammer zum
Schlag. Zwar konnte sie dem Geschoss entgehen, aber dadurch geriet sie
in die direkte Angriffslinie des zweiten Gegners. Sie schloss die Augen
und bereitete sich auf den tödlichen Treffer vor, doch der kam nicht.

Stattdessen landete ihr Vater zwischen ihnen und entfachte mit seinen großen, grellweißen Schwingen einen mächtigen Wirbelwind, der die beiden hasserfüllten Krieger aus dem Weg fegte.

Er sah seine Tochter an und half ihr auf die Beine. »Ich habe euch eben erst wiedergefunden, da lasse ich sicher nicht zu, dass man euch mir wieder wegnimmt.«

»Der Kerl wird nicht aufgeben, Vater. Wir müssen ihn vernichten!«, beharrte Sariel und rannte an ihm vorbei. Dabei sprang sie in die Luft und zielte mit beiden Lanzenteilen auf dessen Kopf, während er mit dem Hammer ausholte und sie zu Boden schmettern wollte.

Bevor jedoch einer von ihnen traf, gab es eine gewaltige Lichtexplosion, die sie alle in verschiedene Richtungen schleuderte.

Sariel krachte unsanft auf einige spitze Steine und rollte mehrmals über den unebenen Boden, bis sie zum Stillstand kam. Mit einem erschöpften Seufzer spuckte sie eine Ladung Dreck aus und hievte sich in eine hockende Position. Auch die anderen waren aus dem Weg gesprengt worden. Lediglich Luzifer schwebte flügelschlagend über dem Geschehen und landete sanft.

Am Rand des Dorfes befand sich der Ursprung der Detonation. Es war der Mentor höchstpersönlich. Er stand dort in seiner weißgoldenen Robe mit der weiten Kapuze und hielt die Auraklinge zwischen den Händen, die Spitze auf dem Boden. Seine Präsenz war derart einnehmend, dass selbst die wütenden Nephilim nicht wagten, den Kampf fortzusetzen. Stattdessen stampften sie langsam und vorsichtig zur Mitte des Platzes, wo Luzifer gelandet war. Auch Brasilan, Corvus und Delora waren dort, sodass es Sariel sinnvoll erschien, sich ihnen anzuschließen.

Sobald sie angekommen war, starrte sie den Hammerkrieger ebenso finster an, wie er sie. Dann wanderten ihre Blicke jedoch zum Mentor, der regelrecht von innen heraus zu leuchten schien. Das mächtige Großschwert in seiner Hand verströmte unfassbare Macht.

Er blieb vor ihnen stehen und sah einen nach dem anderen an. »Seht nur, was der Engelsrat vollbracht hat. Jene, die eigentlich Freunde sein sollten, die dasselbe Ziel teilen, bekämpfen sich gegenseitig, anstatt sich die Hände zu reichen.«

»Freunde?! Diese Fanatikerin ...«, fing Onyx an und auch Sariel wollte eine Tirade loslassen, als die Auraklinge unvermittelt grell zu leuchten begann.

Die Valarim fühlte einen übermächtigen Sog, der sie mit voller Wucht gegen den ebenso machtlosen Nephilim presste. Beide versuchten, sich gegen die Kraft zu wehren, doch es schien unmöglich. Dann plötzlich spürte sie etwas Neues, eine Art Verbindung zu dem Felskrieger, die zuvor nicht da gewesen war. Das helle Licht wurde für einen kurzen Moment unerträglich heiß, bevor es sie beide mit einem Ruck auseinanderriss. Sie krachten auf den Boden und rappelten sich mühsam wieder auf. Damit schien das Ereignis jedoch noch nicht vorbei zu sein.

Sariel spürte die heiße Energie in ihrem Inneren. Sie breitete sich unaufhörlich in ihrem ganzen Körper aus und zog bis in die Flügelspitzen. Währenddessen sah sie aus dem Augenwinkel, wie der Nephilim sich krümmte und in Flammen stand. Alle Anwesenden starrten mit ungläubigen Blicken auf die beiden und rührten sich keinen Millimeter.

Als die Hitze nachließ, trat sie vorsichtig auf ihre Freunde zu. Zu ihrer Überraschung war die Schnittwunde an ihrem Bein verschwunden. Außerdem fühlten sich ihre Flügel schwerer an. Als sie sie nach vorne bewegte, um sie anzusehen, weitete sie die Augen und ein Schock durchzog ihren Körper. Ihre einstmals hellgrauen Adlerschwingen waren nun dunkelgrau. Zudem schienen die Federn nicht länger normale Federn zu sein. Sie waren scharfkantig und schienen aus einem seltsamen Material zu bestehen, das weder organisch noch Metall war. Bei ihrer Berührung bemerkte sie, dass sie extrem hart und doch voll beweglich waren.

Sie sah wieder zu den anderen, die nun den Nephilim betrachteten, der sich ebenfalls stark verändert hatte. Seine grobe, schwarze Oberfläche war nun dunkelgrau und wirkte leicht kristallin. Zuvor war seine Statur nur entfernt humanoid gewesen, doch jetzt sah er aus wie ein bulliger, muskulöser Glatzkopf aus grauem Rohdiamant. Als er die Augen öffnete, leuchteten sie, als wäre sein Inneres mit Lava gefüllt. Auch aus seinem leicht geöffneten Mund kam das Leuchten.

Die beiden sahen sich an und nahmen die neue geistige Verbindung wahr. Nun konnte Sariel weitaus mehr von ihm wahrnehmen als nur seine Emotionen. Sie spürte seine Gedanken, sein ganzes Sein, in ihrem Inneren, als wäre er ein Teil von ihr. Seinem Gesichtsausdruck entnahm sie, dass es ihm genauso erging. Keinem von beiden gefiel das im Geringsten.

Sein Blick wurde erneut düster und aus feinen Rissen, die sich von seinen Ellenbogen bis zu den Fingern zogen wie ein Netz, kam feurige Hitze aufgestiegen. Flammen und Qualm entstanden und auch an anderen Stellen seines Körpers kam das orangefarbene Leuchten dezent durch die Diamanthaut.

Instinktiv hob Sariel eine Hand. Darin bildete sich aus reinem Licht eine Lanze, die zwar nicht aus Materie bestand, aber dennoch spürbar hart war und als Waffe eingesetzt werden konnte.

Sie hatte keine Ahnung, was geschehen war oder wie sie das machte, doch das war ihr in diesem Augenblick auch egal.

Die beiden gingen erneut aufeinander los und wollten sich bekämpfen, aber ihre Angriffe blieben vollkommen wirkungslos. Eine Art unsichtbare Barriere verhinderte, dass sie sich gegenseitig treffen konnten.

Es dauerte fast fünf Minuten der frustrierten Versuche, bis sie aufgaben und auf Abstand zueinander gingen, woraufhin die Waffe verschwand, und seine Arme aufhörten zu brennen.

»Was in aller Welt ist mit uns geschehen? Was hast du getan?«, fragte sie und sah verwirrt zum Mentor hinüber, der alles stillschweigend beobachtet hatte.

Keiner der anderen sagte auch nur ein Wort, doch der Robenträger lehnte sich wieder auf das Schwert. »Die Auraklinge ist die mächtigste Waffe, die wir kennen. Sie ist so machtvoll, dass sie gelegentlich einen eigenen Willen zu haben scheint. Vor einer Weile rief sie mich mit ihrer Macht zu sich und führte mich an diesen Ort zu genau diesem Zeitpunkt. Nicht ich habe dieses Ereignis ausgelöst, sondern die Klinge.«

»Und was verdammt nochmal war dieses Ereignis?! Mein ganzer Körper wurde verändert ... Ich erkenne mich selbst nicht mehr wieder!«, rief Onyx fassungslos und starrte auf seine Hände.

»Ihr beide wurdet von der Klinge erwählt. Sie hat euch und eure Schicksale untrennbar miteinander verbunden. Eure Körper wurden mit ihrer Macht verändert, weil ihr eine Aufgabe habt, für die ihr diese Fähigkeiten benötigen werdet,« sagte der Mentor rätselhaft.

»Eine Aufgabe? Was denn für eine Aufgabe?«, fragte Delora.

»Das kann ich nicht sagen. Die Auraklinge ist auf eine Weise mit dem Schicksal verbunden, die niemand versteht. Sie hat vorhergesehen, dass Sariel und Onyx eine Einheit bilden müssen. Zu welchem Zweck das der Fall ist, werden wir erst erfahren, wenn die Zeit gekommen ist.«

»Ich will das aber nicht! Ich will nicht mit dieser widerwärtigen Engelsbrut verbunden sein! Mach das wieder rückgängig!«, verlangte der Torkan-Krieger.

Der Mentor schüttelte den Kopf. »Das kann ich nicht. Niemand kann das. Die Klinge hat euch auserwählt, also habt ihr keine Wahl. Eure Verbindung verhindert, dass ihr euch gegenseitig verletzen könnt. Tatsächlich macht sie euch sogar stärker, wenn ihr in der Nähe des anderen seid.«

Darauf reagierte Sariel trotzig. »Das ist nutzlos, weil ich niemals freiwillig in der Nähe dieses mordenden Grobians bleiben werde.«

»Eure Seelen wurden verbunden. Das ist ein Band von unglaublicher Seltenheit und Stärke. Es ist eure Bestimmung, zusammenzuarbeiten. Dagegen könnt ihr euch sträuben, so viel ihr wollt. Das ändert nichts,« stellte der Mentor klar.

Brasilan schüttelte den Kopf. »Nie hätte ich gedacht, so etwas je zu sehen ...«

»Scheiße. Und was sollen wir jetzt machen? So kannst du kaum zurück nach Tupukah,« meinte Granite zu Onyx.

Der veränderte Torkan betrachtete noch immer seine Hände. »Irgendwie muss es möglich sein, diese Verbindung zu trennen. Mit dieser neuen Kraft könnte ich ganze Bataillone von Cherubim im Alleingang vernichten.«

Luzifer trat vor ihn. »Das wirst du aber nicht. Du kamst her, um den Mann zu treffen, der deinem Volk seit Jahren geholfen hat, zu überleben. Nun, hier bin ich. Ich habe euch geholfen, weil der Krieg gegen euer Volk Unrecht ist. Der Ursprung dieses Unrechts ist weder die Armee der Cherubim noch meine Tochter.«

»Tochter?«, fragte Onyx erstaunt und sah zu Sariel hinüber.

»Ganz recht. Die Engel verstießen sie, genau wie mich und alle anderen hier. Doch es waren nicht alle Engel, sondern nur der Rat der Valarim. Sie sind es, die für all das Leid verantwortlich sind. Wenn wir den Krieg beenden wollen, dürfen wir uns nicht gegenseitig bekämpfen. Auch die Schlachten zwischen euch und den Himmelsstädten sind nur eine Ablenkung, die keine Seite weiterbringt.«

Obsidian verschränkte die Arme. »Deswegen kamen wir her. Wir wollen wissen, wie wir endlich die Oberhand gewinnen und die Engel besiegen können.«

Nun ergriff wieder der Mentor das Wort. »Das könnt ihr nicht, denn es ist nicht der Weg zum Frieden. Euer Ziel darf nicht die Auslöschung eines anderen Volkes sein, denn dann seid ihr ebenso verblendet wie die Engel. Schließt euch mit den Avianern und Harpyien zusammen und bildet eine Opposition. Ihr müsst verstehen, dass die Cherubim und Seraphim nicht eure Feinde sind. Sie sind Gefangene. Sklaven einer kleinen Gruppe mächtiger Personen. Gemeinsam könnt ihr den Rat zum Handeln zwingen und sie hervorlocken. Nur so kann es gelingen, die Engel aus ihrem Griff zu befreien.« Er sah Sariel und Onyx an. »Ihr beide besitzt gemeinsam große Kraft. Vielleicht groß genug, um den Erzengeln die Stirn zu bieten. Das ist jedoch nur dann der Fall, wenn ihr eine harmonische Einheit bildet. Solange ihr euch gegenseitig misstraut, verachtet und sogar hasst, sind eure Kräfte instabil und unberechenbar.«

»Dann sollten wir vielleicht allein kämpfen. Selbst ohne diese neuen Kräfte haben wir eine gute Chance, etwas zu erreichen,« meinte Sariel zuversichtlich und sah verächtlich zu Onyx hinüber.

Der erwiderte die Geste und sagte: »Sehe ich auch so. In diesem einen Punkt stimme ich der Engelsbrut zu.«

Luzifer stellte sich neben den Mentor. »Alleine wird keiner von uns etwas ausrichten können. Selbst große Macht ist nicht immer der Schlüssel zum Sieg. Das hat Vasuviels Niedergang deutlich gezeigt. Nur gemeinsam können wir etwas verändern. Auch die Valarim sind nicht allein, sondern bündeln ihre Kräfte. Die Auraklinge gab euch beiden die einmalige Chance, ungeahnte Fähigkeiten zu nutzen, um diese Welt von der Gier meiner Brüder zu befreien. Es wäre töricht und kindisch, diese Hoffnung aufgrund eines alten Grolls zu verschenken. Ihr wollet meinen Rat, wie ihr euer Volk retten und die Engel bezwingen könnt. Nun, das ist er. Arbeitet mit uns zusammen.«

Delora, Brasilan und Corvus stimmten nickend zu. Selbst Obsidian sagte: »Alles andere haben wir schon versucht, Onyx. Wenn die anderen Völker bereit sind, uns zu helfen, dann sollten wir ihnen zumindest zuhören, meinst du nicht?«

Granite zuckte mit den Schultern. »Macht was ihr wollt, solange ich jemanden bekämpfen kann.«

Der Felskrieger brummte unzufrieden. »Also schön! Einen Versuch ist es wohl wert, aber ich werde nicht mit dieser arroganten Furie kooperieren.«

Sariel erwiderte: »Keine Sorge, diese Furie hat auch keinerlei Interesse, mit einer Steinbirne wie dir zu arbeiten.«

Luzifer und der Mentor sahen sich hilflos an. Der Erzengel seufzte und sagte: »Wir haben wohl noch einiges an Arbeit vor uns ...«

»So scheint es,« stimmte der mysteriöse Mann in der Robe zu. »Dann lasst uns besser damit anfangen, bevor der Rat bemerkt, dass etwas im Gange ist.«

Epilog

Sieben Tage lang versuchten alle Anwesenden, Sariel und Onyx zu überreden, sich aufeinander einzulassen. Letztendlich gaben sie nach und setzten sich in einen Raum, um zu reden. Viele Stunden später einigten sie sich darauf, eine vorsichtige Zusammenarbeit zu versuchen, jedoch waren sie nach wie vor skeptisch und eher Rivalen als Freunde.

»Das ist mehr, als ich erwartet hatte ...«, gab Luzifer zu, als die beiden dieses Ergebnis verkündeten.

Sie begaben sich an einen ruhigen Ort, weit entfernt von den Gebäuden des Dorfes, um ihre neuen Kräfte auszuprobieren. Sie taten sich damit noch recht schwer, wenn sie nicht gerade zornig waren.

Der Mentor war geblieben, um ihnen zu Beginn zu helfen. Er sagte: »Die Nutzung dieser Kräfte erfordert Übung, Disziplin und Konzentration. Wenn ihr eure geistige Verbindung zulasst, könnt ihr euch gegenseitig dabei helfen.«

»Versuchen wir es erstmal so,« beharrte Onyx und der Gelehrte pustete genervt aus.

Unerwartet erschien einige Meter entfernt von ihnen eine Art violette Energiewolke, die von Blitzen durchzogen wurde. Kurze Zeit später trat eine Frau heraus, die in Leder gerüstet war, orangefarbenes Haar hatte und eine große Zwillingsaxt auf dem Rücken trug.

»Was ist das jetzt wieder?«, fragte Sariel und war schon bereit, sich gegen einen Angriff zu verteidigen, doch der Mentor schien die Person zu kennen.

Er sah sie ernst an. »Viking. Dein Erscheinen so kurz nach einem Ereignis mit der Auraklinge ist sicher kein Zufall.«

Die Frau, die eindeutig eine Kriegerin war, nickte. »Da hast du recht, alter Freund. Wir haben die Spitze der Velarenergie gemessen, aber das ist nicht der Grund, warum ich hier bin.« Sie betrachtete die beiden unfreiwilligen Verbündeten. »Sind das die Auserwählten?«

»Ob sie wollen oder nicht,« entgegnete der Gelehrte.

»Ist das nicht immer so?« Sie trat auf Sariel und Onyx zu. »Ihr kennt mich nicht, aber ich weiß, was mit euch geschehen ist. Vielleicht kann ich euch helfen, diese neue Gabe zu kontrollieren.«

Der Mentor fragte sie: »Wie das?«

»Ich habe einige Erfahrung mit Seelenbindungen und Flüchen. Außerdem kenne ich einige Leute, die das ein oder andere über Magie wissen. Ich bin sicher, wir können sie dabei unterstützen, ihre Kräfte in den Griff zu bekommen,« erklärte die Frau.

»Und warum solltest du das für uns tun, Fremde?«, fragte Luzifer, der zu ihnen stieß.

Die Kriegerin namens Viking sah erst den Mentor und dann den Valarim an. »Wir fanden Hinweise darauf, dass die Reiter zurückgekehrt sein könnten. Der Grund dafür befindet sich dieses Mal zwar nicht auf Paldur, aber sie wissen von der Klinge und ihrem Aufbewahrungsort. Wenn sie mit dem fertig sind, was sie vorhaben, werden sie hierher zurückkommen und beenden, was sie mit Vasuviel begonnen haben.«

Sofort waren die beiden todernst. »Wenn das stimmt, sind wir alle verloren. Der Rat ist völlig unbedeutend, wenn sie wirklich zurückgekehrt sind.«

Viking nickte. »Und genau deshalb bitte ich euch darum, eure neuen Auserwählten mit mir zu nehmen. Wir werden ihre Macht brauchen, wenn wir verhindern wollen, dass es zu einer weiteren Säuberung kommt.«

Trotz der Lage auf Paldur und den vielen Reden über Dringlichkeit und Planung waren sowohl Luzifer als auch der Mentor sofort einverstanden, wenn die beiden zusagten.

»Wovon redet ihr eigentlich? Was für Reiter? Ich will mein Volk retten, sonst nichts,« beharrte Onyx.

Sariel kannte jedoch die Geschichten der apokalyptischen Reiter. Sie ließ die geistige Verbindung zu ihrem unfreiwilligen Partner kurz zu und ermöglichte ihm, ihre Besorgnis und Furcht zu spüren.

Er sah sie verwundert an. »So schlimm ist es?«

»Schlimmer. Wenn wir nicht helfen und diese Wesen nach Paldur zurückkehren, werden sie sämtliche Reiche dem Erdboden gleichmachen, ganz gleich, wer dort lebt,« erwiderte sie.

Der Torkan warf den Kopf in den Nacken. »Ach Scheiße! Wieso lasse ich mich bloß zu so einem Unsinn überreden? Na gut! Wenn es euch allen so wichtig ist, dann komme ich eben mit ...«

Die Frau namens Viking sah die beiden an. »Diese Reise wird alles verändern. Falls ihr wiederkehrt, werdet ihr nicht mehr dieselben sein. Die Reiter sind mit nichts vergleichbar, was ihr euch auch nur vorstellen könnt. Macht euch reisefertig. Schon bald bringe ich euch an einen Ort, wie ihr ihn noch nie gesehen habt.«

Lesen Sie auch die Paladin-Reihe:

Omni Legends - Der Paladin: Illusion
ISBN-13: 978-3753459165
ASIN: B08Z73J6K4

Omni Legends - Der Paladin: Wandlung
ISBN-13: 978-3754305690
ASIN: B09DGLLQSJ

Omni Legends - Der Paladin: Beschwörung
ISBN-13: 978-3754357040
ASIN: B09J13ZRB8

Omni Legends - Der Paladin: Manipulation
ISBN-13: 978-3755755081
ASIN: B09NGNNF8G